9
嘘つき転校生は
頼れる先輩の危機に
駆けつけます。

CONTENTS

It's said that the liar transfer student controls
Ikasamacheat and a game.

liar liar

ライアー・ライアー9
嘘つき転校生は頼れる先輩の危機に駆けつけます。

久追遥希

篠原緋呂斗（しのはら・ひろと）　**７ツ星**
学園島最強の7ツ星（偽）となった英明学園の転校生。目的のため嘘を承知で頂点に君臨。

姫路白雪（ひめじ・しらゆき）　**５ツ星**
完全無欠のイカサマチートメイド。カンパニーを率いて緋呂斗を補佐する。

彩園寺更紗（さいおんじ・さらさ）　**６ツ星**
最強の偽お嬢様。本名は朱羽莉奈。《女帝》の異名を持ち緋呂斗とは共犯関係。桜花学園所属。

秋月乃愛（あきづき・のあ）**６ツ星**
英明の《小悪魔》。あざと可愛い見た目に反し戦い方は悪辣。緋呂斗を慕う。

榎本進司（えのもと・しんじ）**６ツ星**
英明学園の生徒会長。《千里眼》と呼ばれる実力者。七瀬とは幼馴染み。

浅宮七瀬（あさみや・ななせ）**６ツ星**
英明6ツ星トリオの一人。運動神経抜群な美人ギャル。進司と張り合う。

水上摩理（みなかみ・まり）**５ツ星**
まっすぐな性格で嘘が嫌いな英明学園1年生。姉は英明の隠れた実力者・真由。

霧谷凍夜（きりがや・とうや）**６ツ星**
勝利至上主義を掲げる森羅の《絶対君主》。えげつない手を使うことで有名。

阿久津雅（あくつ・みやび）**６ツ星**
二番区・彗星学園所属。《ヘキサグラム》のナンバー2だったが……。

夢野美咲（ゆめの・みさき）**５ツ星**
天音坂学園の１年生。新星プレイヤーとして注目されている「自称主人公」。

水上真由（みなかみ・まゆ）**５ツ星**
英明学園の隠れた天才と称される摩理の姉。基本やる気なしの3年生。

椎名紬（しいな・つむぎ）
天才的センスと純真さを併せ持つ中二系JC。学長の計らいでカンパニー所属に。

羽衣紫音（はごろも・しおん）
白雪と更紗と親交の深い「ごく普通の女子高生」。その正体は……。

口絵・本文イラスト：konomi（きのこのみ）

プロローグ　物語を紡ぐ者（シナリオライター）

liar liar

――全てが、思い通りに進んでいた。

随分前に掲げた一つの〝結末〟と、そこに至るまでの膨大な〝シナリオ〟。そんなものを追いかけ続ける行為に疲労を感じていないわけではなかったが、途中で投げ出すつもりはさらさらない。

覚悟なんかとっくに決まっている――退路なんか、とっくに断（た）っている。

たとえ彼の望む〝結末〟が学園島（アカデミー）の歴史を揺るがしかねない無謀で無遠慮な未来だとしても、それを為（な）すためには大きな壁が立ち塞がっているとしても、そんなことは関係なかった。何せ、彼には勝利に繋（つな）がる道しか見えていない。例の《決闘（ゲーム）》は既に佳境だ。ここからの大逆転なんて、波乱なんて有り得ない。

「有り得ないんだよ――ねえ、7ツ星？」

モニターに映る自身の〝敵〟に眇（すが）めた視線を向けながら。

彼は、退屈を持て余したような声音でそう言って、短く息を吐き出した。

第一章　帰還と洗礼

liar liar

＃

――十月八日、土曜日。

つい数時間前まで行われていた二学期学年別対抗戦・二年生編《修学旅行戦(フォルティッシモ)》をどうにか終え、あと二日ほど残っている旅行をようやく満喫できるはずだった俺と姫路(ひめじ)は、どういうわけか二人して飛行機に乗っていた。

「ふぅ……」

まあ、飛行機といってもいわゆる大型旅客機の類(たぐい)ではなく、榎本(えのもと)が手配してくれた小型のチャーター機みたいなものだ。本来、修学旅行で訪れていたルナ島から学園島(アカデミー)までは一日半ほどかかる――ルナ島にも学園島(アカデミー)にも大きな空港がなく連絡船を利用する必要があるためだ――のだが、この便であれば明日の朝には帰島することが出来るらしい。

そこまで考えた辺りで、隣に座る姫路が微(かす)かに身体(からだ)を動かしてこちらを向いた。

「大丈夫ですか、ご主人様？」

「え？　……大丈夫って、何が？」

「いえ。四日前――学園島(アカデミー)を発(た)った際は楽しみが先行してつい訊(き)きそびれてしまいましたが、ご主人様は高所恐怖症だったかと思いまして」

「ああ……そのことか」

澄んだ碧の瞳を心配そうに揺らしながらそんなことを言ってくる姫路に対し、俺は得心して小さく頷く。確かに、俺――篠原緋呂斗は、観覧車の頂点で気絶したこともあるくらいの高所恐怖症だ。マンションなら四階以上には住みたくない。

「けど、今は別に平気だな。高所恐怖症にも色んなタイプがいると思うけど、俺は下が見えなければ問題ない。ってわけで、窓の外はなるべく見ないようにしてる」

「なるほど、そうでしたか。……では、わたしが壁になって差し上げますね？」

微かに口元を緩ませながら上体を起こし、俺の視線を独り占めするような位置に身体を寄せてくる姫路。さらりと揺れる白銀の髪に目を奪われ、仄かな香りに優しく鼻孔を撫でられて、俺はドキドキを誤魔化すように「お、おう……」とだけ呟く。外を見るのは確かに怖いが、学園島に着くまで彼女を見つめ続けていたら理性を保てる自信がない。

そんなわけで、半ば強引に話を変えてしまうことにした。

「そういえば……今さらだけど、悪いな姫路。結局、ルナ島はあんまり堪能できなかっただろ？　せっかくの修学旅行だったのにさ」

――二学期学年別対抗戦・二年生編《修学旅行戦》。

この数日間、俺たちが参加していたのはそんな名前の《決闘》だ。世界有数の観光地であると同時に〝カジノ島〟なる別名を持ち、島内の至るところでチップを賭けたカジノゲームが行われているルナ島。そんな島を舞台に、学園島(アカデミー)の中間ランキングで〝上位ブロック〟に位置付けられた七学区が真正面からぶつかり合った。

それに加えて、同時期にルナ島を訪れていた〝本物のお嬢様〟こと羽衣紫音(はごろもしおん)ともまさかの遭遇。彩園寺更紗(さいおんじさらさ)の替え玉を知った彼女に〝俺たちが偽物(にせもの)として相応(ふさわ)しいかどうか〟を問う試験(ゲーム)を吹っ掛けられ、《修学旅行戦(フォルティツシモ)》本来の勝利条件よりずっと高いハードルを超えなければならなくなった……というのも記憶に新しい。

「はい。そんな紫音様の試験(ゲーム)を、ルナ島最強の【ストレンジャー】である天音坂(あまねざか)学園の竜(りん)胆戒(どうかい)様——通称【ファントム】様のお力を借りる形で切り抜けたのが本日のお昼過ぎ、ですからね。確かに、ルナ島を観光できたのはたったの数時間でした」

「だよなあ……」

「ですが、ご主人様。ルナ島の目玉が〝カジノ〟なのだとすれば、わたしたちほど島の魅力を味わい尽くした観光客はそういないと思いますよ？　何せ、ハイジ湖……数十万人に一人しか辿(たど)り着(つ)けないとされる幻の湖を、他でもないご主人様と一緒に見ることが出来ましたので。これ以上の幸せなど望むべくもありません」

「……まあ、そう言ってくれるとありがたいけど」

「はい。それに——こうなるかもしれない、というお話は事前に伺っていましたからね」

記憶を辿りながら告げる姫路(ひめじ)に対し、俺も小さく「だな」と頷(うなず)きを返す。

彼女の言う通りだ——今からおよそ半月前、一ノ瀬(いちのせ)学長から〝二学期学年別対抗戦〟の全体説明があった直後のこと。各学年が挑むことになる《決闘(ゲーム)》の概要と対策を話し合う中で、俺と姫路が三年生編《習熟戦》にも参加する計画は既に共有されていた。

「そもそも、対抗戦のスケジュール自体がかなり入り組んでるんだよな。十月五日に《修学旅行戦(フォルテイツシモ)》が始まって、六日には学園島(アカデミー)で《習熟戦(リフレイン)》が開幕。んで、《修学旅行戦(フォルテイツシモ)》の方は三日でスパッと終わるけど、《習熟戦(リフレイン)》は決着がつくまで無制限だ」

「例年だと五日から一週間はかかる、とのことでしたね。そのため、《修学旅行戦(フォルテイツシモ)》が終わってすぐに帰還すれば途中から参戦できる……と」

「ああ。もちろん、《習熟戦(リフレイン)》が順調に進んでたら呼ばないとは言われてた。なのに榎本(えのもと)から連絡があったってことは——それも《修学旅行戦(フォルテイツシモ)》が終わって何時間も経(た)たないうちにSOSを飛ばしてきたってことは、要するに相当ヤバい状況だってことだ」

「そう、ですね……単純にプレイヤースキルで考えれば、6ツ星ランカーを三名擁する英明(えいめい)学園はむしろ有利なはずなのですが」

「まあな。だから、何かあったんだと思う。榎本たちの思惑を覆(くつがえ)すくらいの何かが……あいつが〝7ツ星(俺)じゃなきゃ引っ繰り返せない〟って判断するほどの何かが、さ」

言って、互いに目を見合わせながら静かに頷く俺と姫路。……まあ、そういうことになるのだろう。多分、榎本(えのもと)はこうなることを予見していたんだ。7ツ星でなければ対処不能な事態が訪れることを察知していて、だから俺たちを呼び戻す算段を立てていた。ならば俺は——たとえ〝偽りの7ツ星(ニセモノ)〟だとしても——絶対に、勝たなきゃいけない。

（ま、そんなのはいつものことだけどな……）

ちらり、と手元の端末に視線を落とす。現在時刻は夜の七時過ぎだ。この飛行機が学園島(アカデミー)に到着するまで、あと半日以上はかかる。

「今のうちにルールだけでも確認しておくか。あとは、出来れば今日までの戦況も——」

「——いえ」

と……そこで、俺の言葉を遮るように姫路(ひめじ)が首を横に振った。そうして彼女は、そのまま白い手袋を付けた左手をふわりと俺の手に重ねてくる。手袋越しなのに柔らかな感触と仄(ほの)かな熱を感じるのは、多分気のせいじゃないだろう。

澄んだ碧(あお)の瞳をこちらへ向けて、姫路は優しく言葉を紡ぐ。

「ルールの確認については賛成ですが、それでも最低限にしておきましょう。細かい注釈や具体的な戦術はそれこそ榎本様に伺った方が効率的ですし……それに、お忘れですかご主人様？　ご主人様は、つい数時間前まで紫音(しおん)様——【バイオレット】様と激戦を繰り広げていました。実は今にも寝落ちしそうなくらい眠いのではないですか？」

「……よく分かったな、姫路」

「当然です。わたしが、ご主人様を一番よく見ていますので」

少し上目遣いの体勢でそんな言葉を口にする姫路。そうして彼女は、脇に置いていたキャリーバッグからブランケットを取り出すと、俺の膝にふわりと乗せる。

「まずはぐっすりお休みください、ご主人様。《カンパニー》には《修学旅行戦（フォルティッシモ）》のサポートと並行して《習熟戦（リフレイン）》の戦況管理も指示しておりましたので、ルール及び状況の確認は起きてからでも充分に間に合います。ちなみに、加賀谷（かがや）さんと紬（つむぎ）さんも追って学園島（アカデミー）へ戻ってきてくれる予定ですよ」

「用意周到すぎる……そこまで言うなら今回は甘えさせてもらうとするか。まあ、座ったまま寝るのってちょっと苦手なんだけど――」

「？　なるほど、つまり膝枕をご所望ということですね。かしこまりました、どうぞ」

「……いや、どうぞじゃねえわ」

くすりと悪戯（いたずら）っぽい笑みを浮かべながらメイド服の短いスカートに覆われた太ももをぽんっと叩（たた）いてみせる姫路に対し、俺は多少の強がりと共に首を振る。

が、結局二人とも疲れが溜（た）まっていたため数分後には本格的な睡魔に襲われ、いつの間にか肩を預け合うように眠っていた――というのは、あとで機長から聞いた話だ。

＃

俺と姫路（ひめじ）を乗せたチャーター機は、ほぼ定刻通りに学園島（アカデミー）へ到着した。

着陸地点は零番区の中心に程近いエリアだ。大型の飛行場こそないものの、要人を乗せる小型飛行機程度であれば充分に離着陸できるよう整備されている区画。四番区にある英明（えいめい）学園までは一時間もかからないくらいの距離だろう。

「ん……」

無事に高度を落とし切り、地面を滑走しながら勢いを殺し始めた飛行機の中で、俺は小さく伸びをする。……狭い座席（シート）の上、という、寝るにはあまり適さないシチュエーションだったものの、意外に疲れは取れているようだ。起き抜けの時間を使って《習熟戦（リフレイン）》のルールも多少は理解することが出来た。

とにもかくにも、すぐに降りられるよう諸々（もろもろ）の準備をしておくことにする。

「なあ姫路、そっちの荷物も回してくれるか？」

「？　いえ、ですが……わたしはあくまでもメイドですので。ご主人様のお荷物はわたしが持たせていただきますよ？」

「にしても持ちすぎだって。半分くらい寄越（よこ）してくれてもいいだろ？」

「……分かりました。では、お言葉に甘えさせていただきます」

「あ、それでは篠原（しのはら）さん。わたしの荷物も持っていただけますか？　ちょっと重たくて」

「ん？　ああ、ならこっちに——って、は？」

声の聞こえた後部座席の方へと身体を向けかけて、途端に動きを止める俺。

繰り返すが、ここは小型チャーター機の機内だ。ルナ島からここまで、機長の他には俺と姫路しか乗っていなかったはず。それなのに、後部座席から何故か聞き覚えのある声がする。見れば、隣の姫路も驚きを隠せないような様子で碧の瞳を見開いている。

意を決して後ろを覗き込んでみれば……そこにいたのは、一人の少女。

「おはようございます、雪。それに篠原さんも。気持ちのいい朝ですね」

羽衣紫音——。

学園島にいてはいけない最大級の爆弾が、にこにこと嫋やかな笑みを浮かべていた。

——緊急事態だ、と思った。

「は……？　え、いや、ちょっ……ちょっと待て」

「はい、待ちます」

既に着陸操作を終え、完全に制止した飛行機内。混乱に満ちた俺の言葉に、彼女は素直に頷いてみせる。学園島のそれではないどこぞの制服、ふわりと広がる綺麗な長髪と人形みたいに整った容姿。どこからどう見ても羽衣紫音に相違ない。

彼女が学園島にいるというのは、色々な意味で大問題だった。《修学旅行戦》の個人トップに輝いた【ストレンジャー】にして、その正体は本物の〝彩園寺更紗〟――そう、羽衣は、あの彩園寺が替え玉を務めている超絶ＶＩＰなお嬢様そのものなのだ。彼女が普通の高校生活を願ったからこそ彩園寺は〝誘拐〟を企てて、それが回りまわって俺の嘘へと繋がった。……つまり、乱暴な言い方をしてしまえば彼女こそが全ての発端であり、同時に〝ここにいてはいけない人物〟でもあるわけだ。

「何で……お前が、ここにいる？」

だから俺は、絞り出すようにして疑問の言葉を口にした。

「お前との勝負はもう終わったはずだろ。そりゃ話を途中で切り上げる形になっちまったのは悪いと思ってるけど……お前は、彩園寺と一緒にルナ島に残ったはずだ」

「はい。わたしも、最初はそうするつもりでした。ただ、雪と篠原さんがあんまり急いで帰ってしまうものですから……少し、興味が出てしまって」

「興味って……いや、そんなことはどうでもいい」

チャーター機の搭乗口が開いていくのを横目に見ながら、俺は焦って首を振る。

「ルナ島でも話しただろ、羽衣。俺と彩園寺にとって、お前の正体がバレるのはめちゃくちゃ困るんだ。ルナ島は色々と緩かったし、お前は〝たまたま居合わせた観光客〟ってだけだったけど、学園島に入るなら話は別だ。飛行機を降りたらすぐに入国検査も入島検査もある……学園島のセキュリティが尋常じゃないのは分かってるだろ？　羽衣紫音、なんて偽名が通るはずない。多分、その場で正体がバレて大騒ぎだ」

「確かに、そうなれば莉奈にも篠原さんにも迷惑が掛かってしまいますね」

「……紫音様にも、ですよ」

ふわりと髪を揺らす羽衣に対し、姫路が嘆息交じりに口を挟む。

「紫音様の正体が露わになれば、今の〝ごく普通の高校生〟生活は即終了です。学園島が恋しくなる気持ちは分かりますが……それより、いかがなさいますかご主人様？」

「いかが、ってのは？」

「ここは既に学園島内です。引き返す、という選択を取るには少し遅すぎるでしょう。今からでも、せめて女狐様——もとい、一ノ瀬学長に協力を」

「——いえ」

と。

そんな姫路の提案を遮ったのは、他でもない羽衣紫音だった。彼女は、ルナ島でも何度か見せていたような、上品で可憐でどこか悪戯っぽい笑みを浮かべて続ける。

「心配していただかなくても大丈夫ですよ、雪。今からその証拠をお見せします」

「あ、おい——」

言うが早いか、羽衣はとんっと軽やかな仕草で搭乗口の階段を駆け下りると、長い髪を靡かせながらゲートの方へ向かっていった。学園島の入島検査は——初回の場合は諸々の手続きがあるためそうとも限らないが――基本的に無人のゲートを潜るだけで全てが処理される。パスポートの確認、人相の照合、DNA情報や端末情報の取得。ありとあらゆる情報が精査され、問題があれば即座にその人物を拘束する。

そして、羽衣紫音は――異常なし、だった。

「ふふっ……」

ゲートの向こうでこちらを振り返り、見惚れてしまいそうな笑みを浮かべる羽衣。怪訝な顔をしつつ俺と姫路が追い付くと、彼女は人差し指を立ててこんなことを言う。

「これが〝証拠〟です。学園島のセキュリティが厳しいことなんて、多分わたしが一番よく知っていますから。羽衣紫音の名前できちんと許可は取っています」

「許可？　許可って……いつ？」

「ついさっき、です。……実はわたし、飛行機の中で連絡を取っていたんです。わたしの友人で、彩園寺家の息が掛かっていない学園島管理部の偉い方に――ふふっ。わたし、こう見えてもごく普通の女の子ですから。女の子って、結構計算高いんですよ？」

「「…………」」

人差し指を軽く唇に押し当てて、ふわりと微笑む羽衣。

そんな彼女を前に、俺と姫路は小さく脱力しつつそっと顔を見合わせた。

＃

——結局。

羽衣は俺の家に匿うことになった。何らかのルートで庇護はされているようだが、それでも自由に出歩かせるのは危険すぎる。当然、俺たちと一緒に英明へ連れていくわけにもいかない……というわけで、他に選択肢がなかったと言った方が正しいかもしれない。

ともあれ、午前八時過ぎ——。

俺と姫路は、家で着替えやら食事やらを済ませてから英明学園を訪れていた。

学年別対抗戦の真っ最中、ということで学園自体は特別休暇中だが、端末IDの照合さえ済めば校門は勝手に通過できる。早朝だろうが深夜だろうが関係ない。

誰もいない校門を歩く傍ら、隣の姫路が「それにしても……」と切り出した。

「すみません、ご主人様。紫音様の行動力は身をもって知っていたはずなのですが」

「姫路が謝ることじゃないって。それに、正体がバレない保証があるなら別にいい。ルナ島での戦いぶりを見る限り、あいつの才能は凄まじいからな……《習熟戦》が極端にヤバい戦況なら、それこそ知恵を貸してもらう場面だってあるかもしれない」

「確かに、紫音様の実力には目を瞠るものがありますからね。ただ……あまり思い通りに動いてくださる方ではありませんが」

かつての日々を思い返しているのか、やや遠い目をして呟く姫路。俺も似たような目に遭うのかと思うと暗澹たる思いにはなるが、先ほどの一件で〝単なる無鉄砲ではない〟ことだけは理解できた。正体がバレるような真似はきっと控えてくれるだろう。

　そんなこんなで、姫路と共に足を進める。集合場所として指定されているのはいつも通りの生徒会室だ。特別棟の階段を上り、目当ての部屋の扉を開ける――と、

「ぁ……緋呂斗、くん」

「シノ……？　それに、ゆきりんも」

　そこにいたのは二人の少女だった。……いや、まあそれ自体は当たり前と言えば当たり前なのだが、気になるのは彼女たちが浮かべている表情だ。単に〝朝が早いから〟とかそういう問題ではなく、空気感やらテンションやらが明らかに普段と違う。

「えへへ……帰ってきてくれたんだ、緋呂斗くん。ごめんね、せっかくの修学旅行だったのに呼び戻しちゃって……」

　まず一人、机に突っ伏した状態からわずかに顔を上げ、力ない笑みを浮かべてみせたのは秋月乃愛だ。普段の彼女なら――それが好意なのか単なるあざとさムーブなのかはともかく――俺の姿を見るなり距離を詰めてくるのがほとんどなのだが、今は全くもってそれがない。栗色ツインテールは心なしか萎れ、目元も微かに赤くなっている。

（普段から主張が激しいだけに、素っ気ない対応だと寂しいような……じゃなくて）

　端的に言えば〝元気がない〟ということだ。あまり寝ていないのか表情には疲れも窺え

るし、単純に沈んでいるようにも見える。どんな時でもあざとさを忘れない英明の小悪魔こと秋月が、まともに笑顔すら浮かべられないくらい落ち込んでいる。

　そして、それはもう一人——浅宮七瀬についても全く同じことが言えた。

「乃愛ちが謝ることじゃないと思うけど……まあ、ウチらが不甲斐なかったことは確かかも。シノもゆきりんも、ありがとね。わざわざルナ島から飛んできてくれてさ」

　鮮やかな金糸をさらりと揺らしつつ、挨拶代わりに右手を上げてそんなことを言ってくる浅宮。秋月ほど露骨ではないが、彼女の方も普段の明るさは感じられない。

（ん……）

　秋月乃愛と浅宮七瀬。

　二人の表情が、そしてこの暗い雰囲気が示す事実はたった一つ——要は、《習熟戦》の戦況がそれだけ悪いということだろう。俺と姫路が呼び戻された時点で大方の見当は付いていたが、もしかしたら想像以上に酷いのかもしれない。秋月と浅宮というかなり明るい部類に含まれる二人が揃って意気消沈してしまうほどに《習熟戦》は詰まっている。

と——

「——よくぞ戻ってきてくれた、篠原緋呂斗。そして姫路白雪」

　俺がそんな二人への返答に迷っていると、不意に背後の扉がガチャリと開いた。続けて顔を出したのは、榎本進司——英明学園高等部の生徒会長だ。彼の表情はいつも通りの仏頂面で、秋月や浅宮と比べれば平静を保っているように見える。……まあ、もしかしたらそれこそ彼なりの強がりなのかもしれないが。

ともかく、榎本は俺と姫路の前で緩やかに腕を組みつつ口を開く。

「まずは、二人ともに礼と称賛を送っておこう。二学期学年別対抗戦・二年生編《修学旅行戦(フォルテイッシモ)》——聞けば【ファントム】の様子がおかしかったり別の【ストレンジャー】が幅を利かせていたりと例年通りでない部分も多々あったようだが、よく勝利を掴(つか)んできた。もっとも、個人成績ではトップを逃しているようだがな」

「……感謝してるなら細かいことは目を瞑(つぶ)ってくれよ、榎本。別にいいだろ？《修学旅行戦(フォルテイッシモ)》は完全なチーム戦だ。個人の成績なんかどうだっていい」

「だから礼を言っているのだろう。英明学園にとって、長らく課題とされていた〝次世代の戦力〟が整ってきているのは嬉(うれ)しく思う。……が、喜んでばかりもいられない。今日で開始から四日目となる《習熟戦(リフレイン)》もまた、非常に良くない展開となっている」

ふぅ、と重い息を吐き出しながら静かに首を横に振る榎本。

「もちろん、本来なら僕たち三年生だけで片付けるべき問題なのだがな。ただ僕は、それでは戦力が足りないと判断した。7ツ星・篠原緋呂斗がいなければもはや勝利を掴み得ないと判断した。……《習熟戦(リフレイン)》の戦況はそれほどにマズい」

そこまで言い切ってから、榎本はコツコツと足を進めると、六人掛けテーブルのいつもの席に腰を下ろした。そうして、静かに視線を持ち上げながら一言。

「座れ、二人とも。……本当なら一つ一つ現状の共有をしておきたいところだが、何しろ時は一刻を争う。今日の《決闘(ゲーム)》が始まる前に、最低限のルール説明だけしておこう」

「……ああ、頼む」

榎本(えのもと)の口ぶりから並大抵のものではない危機感と緊迫感を察知しながら。

俺と姫路(ひめじ)は、揃(そろ)ってソファに腰を下ろすことにした。

十月九日、午前八時半――《習熟戦(リフレイン)》四日目開始前。

最低限のルール説明を行う、と宣(のたま)った榎本は、俺と姫路が座るのを見届けてからテーブルの上に端末をセットした。そのまましばし操作を進める――と、俺たちの眼前に浮かび上がったのは大きな投影画面だ。そこには《習熟戦(リフレイン)》のルール文章(テキスト)が刻まれている。

「ん……」

俺も姫路も、飛行機の中で一通り目は通しているが……まあ、現状はまだ曖昧な部分の方が多いくらいだ。復習も兼ねて、もう一度頭から読み直すことにする――。

【――二学期学年別対抗戦・三年生編《習熟戦(リフレイン)》ルール説明】

【《習熟戦》は〝拠点強化×宝物乱獲〟の《決闘》である。各学区がそれぞれ一つの〝ダンジョン〟を管理し、他学区のダンジョンから〝宝物〟を奪うことでptを入手する。そして、このptを用いて自学区のダンジョンを強化し、最終的に〝総合評価S〟まで育て上げる……それこそが《習熟戦》の勝利条件である】

【参加学区は七学区で、内訳は三番区桜花、四番区英明、七番区森羅、八番区音羽、十四番区聖ロザリア、十六番区栗花落、十七番区天音坂。また《習熟戦》は選抜制であり、各学区に所属する三年生のうち最大20名を〝プレイヤー〟として登録できる】

【《習熟戦》は、全て仮想現実空間で行われる《決闘》である。このため、各学区に必要個数のログイン装置を進呈する。装置内の規定箇所に端末をセットし、ログイン操作を実行することで意識のみが仮想現実空間に移動する】

「……〝拠点強化×宝物乱獲〟の《決闘》、か」

導入部分を読み切った辺りで、俺はポツリと呟きながら一旦顔を持ち上げた。

二学期学年別対抗戦・三年生編《習熟戦》——昨日までの《修学旅行戦》もなかなかの規模だったが、こちらはこちらで相当に大掛かりな《決闘》のようだ。他学区の管理するダンジョンを攻めることでｐｔを入手し、そのｐｔで自学区ダンジョンを強化する。

「要するに、この〝ｐｔ〟ってのをガンガン稼いで自分たちのダンジョンを強化しまくるのがメインの《決闘》……ってことでいいんだよな？」

「ああ。その理解で間違いない」

秋月と浅宮が静かだから、という理由もあってか、俺の問い掛けに頷いてくれたのは榎本だ。彼は相変わらずの仏頂面で腕を組みつつ、静かな視線を持ち上げて続ける。

「拠点の防衛、あるいは強化……ソーシャルゲーム等でもよく見かける〝ダンジョンビルド〟というのがこの《習熟戦》における基本要素の一つだ。各ダンジョンには〝宝物〟と呼ばれるアイテムのようなものが配置されており、他学区の侵攻者たちはそれを奪うために攻め込んでくる。その侵攻を防ぐため、各学区はダンジョンを強化する必要がある」

「なるほどな。それを繰り返して、最終的には〝総合評価Ｓ〟を目指す……と」

「そういうことになる」

静かに頷く榎本。……大まかな括りとしてはそれほど難解でもなさそうだ。プレイヤーは他学区の宝物を狙う侵攻者であり、同時に自学区のダンジョンを守護する防衛者でもある。互いにｐｔを獲り合って、最も早く総合評価Ｓに至った学区の勝利というわけだ。

「そして、ダンジョンの評価というのは具体的にこのような形となっている」

言いながら榎本は再び端末の表面を撫でる。その瞬間、目の前に浮かぶルール文章が次の項目へと切り替わった。

【――ダンジョンの性能、及び評価について】

【各学区は、仮想現実(VR)空間内でそれぞれ一つのダンジョンを管理する。《習熟戦(リフレイン)》におけるダンジョンには〝領域／罠術(わな)／配下／制約〟という四つの強化項目(ステータス)が存在し、これらにｐｔを割り振ることでダンジョンの性能を強化することができる】

【領域――ダンジョンの広さ、複雑さに関わるステータス。
罠術――ダンジョン内に仕掛けられる〝罠〟の強さや種類に関わるステータス。
配下――ダンジョン内に配置できる〝モンスター〟の強さや種類に関わるステータス。
制約――ダンジョンに突入してきた侵攻者のログイン時間を制限するステータス】

【四つの強化項目(ステータス)は全てランクＧ（最低）からランクＡ（最高）まで強化することができる。《決闘(ゲーム)》の開始時点では全学区のダンジョンが〝領域：Ｇ／罠術：Ｇ／配下：Ｇ／制約：Ｇ〟であるものとする】

【そして、各強化項目の持つランクの総計から、該当ダンジョンの〝総合評価〟が決定される。総合評価は各学区の勢力を表す指標であり、ダンジョンに出現する宝物のランクや各プレイヤーのランクは、全て所属学区の総合評価によって規定される】

【総合評価が一つ上がるごとに、該当学区は《追加選抜》の権利を一つ獲得する。これを使用すると、本来《習熟戦》の参加権利を持たない生徒を新たに〝プレイヤー〟として選抜することができる（ただし学区のプレイヤー人数が20名を超えてはいけない）。

　また、総合評価が〝Ｓ〟に達した学区が現れた場合、該当学区は〝発展勝利〟の要件を満たしたものとして《習熟戦》の勝者となる】

　ルールの内容が一段落したところで、俺は「ん……」と小さく声を零す。

　ダンジョンを構成する四つの強化項目――【領域／罠術／配下／制約】。これらにｐｔを割り振ることで、ダンジョンは徐々に強化されていく。【領域】に振ればより広く複雑に、【罠術】に振ればそこら中が凶悪な罠だらけに、といった寸法だ。

「最終的に目指すのはもちろん〝総合評価Ｓ〟だとして……強化項目が四種類あるってことは、同じ量のｐｔを突っ込むにしても強化の方向性は色々あるってことだよな」

「その認識で問題ない。ちなみに、プレイヤーの稼いだｐｔは各々が個別で消費するわけではなく、全て〝指揮官〟と呼ばれる立ち位置のプレイヤーが一元管理している。指揮官はｐｔの管理や割り振り、罠やモンスターの配置、あるいは指示出し……といった特殊な権限を持つ代わり、ダンジョン内に立ち入ることが出来ない後方司令塔だ。途中で交代も可能な仕様だが、英明(えいめい)の指揮官は初日より僕が務めている」

「……そりゃまあ、妥当な人選だと思うけど」

「そうですね。一つの学区から20名が選抜されるということは、防衛の際は最大で１００名以上の侵攻者を相手にするということです。そんなことが出来るのは――７ツ星であるご主人様を除けば――榎本(えのもと)様くらいしか思いつきません」

「ふむ……持ち上げるのは勝手だが、優勢を保てていないのでは意味がないだろう」

やや渋い顔で首を横に振る榎本。そうして彼は、気を取り直したように言葉を継ぐ。

「とにもかくにも、ダンジョンを構成するのは【領域／罠術／配下／制約】という四つの強化項目(ステータス)だ。これらの合計が各学区における総合評価(ダンジョンランク)となる――そして、総合評価(ダンジョンランク)がＳに到達すれば即座にその学区の勝利だ。拠点強化がそのまま勝敗に直結している」

「はい。それと……所属学区の総合評価が各プレイヤーのランクを決定する、という特殊な仕様も《習熟戦(リフレイン)》におけるキーポイントの一つですね」

「ああ、そうみたいだな」

涼やかな姫路(ひめじ)の声に頷(うなず)きを返しつつ、目の前の投影画面に視線を戻す俺。

各強化項目（ステータス）の合計が〝総合評価（ダンジョンランク）〟であり、その値こそが該当学区に所属しているプレイヤーの強さ（ランク）でもある——これは、要するに〝自学区のダンジョンが強ければ強いほどプレイヤー自身も強くなる〟ということだ。《習熟戦（リフレイン）》に個人のレベルという概念は存在しない。ｐｔを稼いでダンジョンを強化していけば自（おの）ずと所属プレイヤーも強くなる。

「って……ん？　それじゃあ、同じ学区のプレイヤーは全員同じ強さになるのか？　だったら選抜も何もないような気がするけど……」

「いいや、そういうわけではない」

　俺の疑問に対し、斜め前に座る榎本（えのもと）が小さく首を横に振る。

「まず……前提として、《習熟戦（リフレイン）》の参加者は〝スキル〟と呼ばれる能力を用いて侵攻や防衛を行う。この《決闘（ゲーム）》ではダンジョンの評価と同様にスキルの方もランク分けがされていてな、プレイヤーは〝自身のプレイヤーランク以下〟のスキルを五種まで選んでセットできることになっている。ダンジョン内でない限り変更はいつでも可能だ」

「？　ああ」

「だがな、仮に同じスキルを使う場合でも、使用者の等級によってその出力は大きく変わるんだ。例えば攻撃系のスキルなら、５ツ星と６ツ星とで与えるダメージが大幅に変化する。プレイヤーランクが高いほど多様なスキルを使用でき、その性能は等級によってブーストされる……くらいに考えておくと分かりやすいだろう」

「なるほど、そういうことか……」

要はプレイヤーランク（＝所属学区の総合評価）が高くて等級も高いやつが最強、というわけだ。それなら確かに分かりやすい。

「まあ、あとはアビリティの兼ね合いもあるんだろうけど……」

「そうだな。《習熟戦》において、アビリティは各プレイヤーの持つ〝固有スキル〟のような扱いになっている。五種のスキルと三種のアビリティ、これが侵攻の際にも防衛の際にも要となる《習熟戦》参加者の武器というわけだ」

「そうなると、戦略の幅はかなり広そうですね……ちなみに、《習熟戦》のスキルというのはコスト制ですか？　もしくは硬直時間のような仕様があるのでしょうか？」

「いや、もっと単純に回数制限制だ。アビリティも含めて〝一度のログインにつき十回まで〟というのがスキル使用に関する規定だな」

「一度のログインで十回まで……」

反芻するように呟きながら白手袋に包まれた右手をそっと口元へ持っていく姫路。

「なるほど。だとすれば、軽く取り回しの良いアビリティだけでなく、単独で大きな効果が期待できるものなども採用しておいた方が良さそうですね」

「ふむ、そう考えるのが一般的だな。軽いアビリティにも当然需要はあるが、少なくとも一枠は〝必殺技〟のような位置付けで捉えているプレイヤーが多いだろう。普段とは選出の基準が少々異なるかもしれない。……ちなみに篠原と姫路の両名については、ルールにもある《追加選抜》権利を用いて《決闘》に参加してもらう予定だ。その場合、アビリティの登録は参加当日中――つまり今日中に決めてくれればいい」

「へえ……そいつはなかなか大盤振る舞いだな」

思ったよりは猶予のある期限にそっと胸を撫で下ろす俺。……《追加選抜》。そんな仕様があるおかげで、俺と姫路は――特に不正というわけでもなく――正規の方法で《習熟戦》に参加できる。そう考えればありがたい話だ。

「っていうか、プレイヤーが二人も増えたら意外と簡単に盛り返せたりしてな」

「それほど楽観的な状況ならば良かったのだがな……残念ながら、英明学園の生存プレイヤーは現在たったの四名だ。加えて、そのうちの一名――古賀恵哉については、権利を有しながらも出場を拒否している。要はここにいるメンバーが全戦力、というわけだ」

「――……なるほど」

榎本の零す深刻な声音に俺も少しだけ声を低くする。

（この時間になっても他のプレイヤーが誰も来ないから、多分そういうことだろうとは思ってたけど……改めて断言されるとやっぱりキツいな）

ただ、過ぎたことで悩んでいても仕方がない。

「ここまでは大体ＯＫだ。で、あとは肝心のもう一つ――〝宝物乱獲〟の部分だな」

「ふむ……ああ、そうだな。それが、現状で把握しておくべき最後のルールだ」

そう言って、榎本は再び端末に手を遣った。普段なら積極的に相槌やら茶々やらを入れてくる秋月と浅宮が揃って元気を失くしているため、ルール説明がどんどん進む――それ自体は悪いことではないものの、やはり気にはなるのだろう。ちらりと傍らの浅宮に無言の視線を投げ掛けてから、榎本は静かに画面を切り替えた。

【――ダンジョンの侵攻について】

【《習熟戦》はターン制の《決闘》である。毎日午前九時をスタート時刻とし、そこから第1ターン、第2ターン……と一時間おきにターンが進行する（昼休憩あり）】

【各ターンにおいて、生存学区のうち一学区が〝防衛学区〟として選出され、その他の学区は〝侵攻〟あるいは〝ダンジョン強化〟のいずれかを選択する。〝侵攻〟を選んだ学区は防衛学区のダンジョンにログインすることができ、逆に〝ダンジョン強化〟を選んだ学区は所持ｐｔを自学区ダンジョンの各強化項目に割り振ることができる】

【侵攻者は、他学区ダンジョン内で〝ｐｔを稼ぐ〟ために行動する。ここで、ｐｔの獲得方法は〝宝物乱獲（トレジャーハント）／敵の撃破（ハック＆スラッシュ）／陣地確保（ドミネーション）〟の三種類。また、侵攻者の稼いだｐｔは直ちに指揮官の管理下に置かれる】

【各ダンジョンには一つだけ〝固有宝物（コア）〟と呼ばれる特殊な宝物（トレジャー）が存在する。固有宝物（コア）はダンジョンの心臓であり、これを失った学区は直ちに敗北する。通常の探索方法で固有宝物（コア）を発見することは出来ないが、一つの学区が一度の侵攻で〝四つ以上〟の宝物（トレジャー）を獲得した場合、該当ダンジョンの固有宝物（コア）がマップ上に図示されるようになる。

また、他学区の固有宝物（コア）を手に入れた場合、専用の〝特殊能力〟を得ることができる】

【固有宝物（コア）の喪失により生存学区が一学区となった場合、該当学区は――拠点強化（ダンジョンビルド）の状況に関わらず――〝殲滅（せんめつ）勝利〟の要件を満たしたものとして《習熟戦（リフレイン）》の勝者となる】

「……ふぅ」

ルール文章（テキスト）を最後の一行まで読み終えて、俺は静かに息を吐いた。

《習熟戦（リフレイン）》のメイン要素でもある〝宝物乱獲（トレジャーハント）〟――ダンジョンの強化に必要なｐｔを獲得するため、プレイヤーは他学区のダンジョンへと侵攻を掛ける。ｐｔの入手方法は全部で三つだ。宝物乱獲（トレジャーハント）、敵の撃破（ハック＆スラッシュ）、それから陣地確保（ドミネーション）の三種類。

「各項目の詳細も別のページに載っているが……まあ、この辺りは文面で見ると少々複雑な部分もあるからな。実際に見てきてもらった方が早いだろう」

「そうさせてもらうよ。けど……何ていうか、バランス調整は結構されてそうだよな。強いダンジョンは攻めにくいんだろうけど、総合評価（ダンジョンランク）が高いほどランクの高い宝物（トレジャー）が出るんだから、侵攻が上手（うま）くいった場合のメリットは大きい。逆に、弱いダンジョンは見返りが少ない……ただ、だからって攻め込む価値が薄いってわけでもない」

「ああ、そうだな。どんなダンジョンでも〝固有宝物（コア）〟がある以上攻める価値はある。入手すると莫大（ばくだい）なｐｔだけでなく特殊効果まで手に入る固有宝物（コア）……殲滅勝利まで見据えているかどうかはともかく、他学区を攻め落とすというのは非常に意味のある行動だ」

「……もしかして、もう落とされてる学区もあったりするのか？」

「栗花落（つゆり）と聖（せい）ロザリアは既に陥落しているぞ？　無論、英明（えいめい）も他人事（ひとごと）ではないがな」

　淡々と告げる榎本（えのもと）に対し、小さく息を呑（の）みつつ「……そうか」とだけ返す俺。

（とにかく、《習熟戦（リフレイン）》はひたすらｐｔを稼いでダンジョンを強化していくのがメイン目的の《決闘（ゲーム）》……総合評価（ダンジョンランク）を上げて〝ランクＳ〟にするか、もしくは他学区を全部攻め落とすのが勝利条件。とりあえず、今はこのくらい押さえておけば充分か……？）

　俺がそこまで考えた——ちょうど、その時だった。

「——ね、緋呂斗（ひろと）くん」

不意に、左側からくいっと制服の袖を掴まれた。一瞬遅れて視線を向けてみれば、そこでは微かに下唇を噛んだ秋月がこちらを見上げているのが分かる。それも、いつものあざとい上目遣いじゃない。本気で訴えかけてくるような、純粋かつ真摯な表情だ。

少しだけ潤んだ声で秋月は言う。

「《習熟戦》のルールは、今緋呂斗くんたちも確認してくれた通り……そんなに捻じ曲がってないし等級も活かせる内容だから、本当なら乃愛たちがリードしてなきゃいけない《決闘》だよ。でもね、もう分かってると思うけど……今の英明は、大ピンチなの。乃愛が緋呂斗くんに抱きつくのも忘れちゃうくらい……それくらい、大ピンチなんだよ」

「……まあ、それは忘れてもいいけど」

「えへへ、緋呂斗くんの意地悪……でも、でもね？　英明が大ピンチなのは本当のことだけど、それでも乃愛たちは別に諦めたわけじゃないから」

ぎゅ、っと俺の腕を掴みながら。

目元を赤く腫らした秋月は、震える唇で言葉を紡ぐ。

「だって、諦めるなんて格好悪いもん。乃愛たちは、どんな手を使ってでも絶対勝ちに行く……だから、緋呂斗くんたちに戻って来てもらったんだよ。本当は、最後まで旅行楽しんで欲しかったけど。でも、緋呂斗くんがいなきゃ英明を守れないから……だから緋呂斗くん、白雪ちゃん。乃愛たちと一緒に戦って？」

「……ん、乃愛ちの言う通りだし。そもそもウチ、本当に諦めてたら全部投げ出してパーッと遊んじゃうタイプだからね。沈んでるってことは、まだ粘りたいってこと。引っ繰り返せると思ってるってこと。だから二人とも、ウチらに手貸して」

秋月に続いて、対面の浅宮(あさみや)も微かに身を乗り出しながらそんなことを言ってくる。

そして――ふぅ、と。最後に嘆息を零(こぼ)したのは榎本(えのもと)だ。

「聞いての通りだ、二人とも。詳しい戦況については追って話すが……とにかく、僕たちは現在相当な劣勢に置かれている。故に、二人にも今すぐ手を貸してもらいたい」

落ち着いた声音でそんなことを言ってから、榎本はちらりと端末に視線を遣(や)る。釣られて端末の時刻表示を覗(のぞ)いてみれば、現在時刻は午前九時七分――《習熟戦(リフレイン)》の四日目が始まってほんの少し時間が経(た)ったところだ。そろそろ動く必要があるだろう。

榎本が淡々と言葉を継ぐ。

「《習熟戦(リフレイン)》の〝防衛学区〟はターン毎(ごと)に切り替わるが、その順序はいずれかの学区が脱落しない限り固定だ。現在は音羽(おとわ)から始まり、天音坂(あまねざか)、桜花(おうか)、森羅(しんら)、英明という順になっている。そして、初手である音羽学園のダンジョン――【音律宮】は、他三学区のダンジョンと比べればある程度攻略しやすいと言える」

「へえ？　要は、ごちゃごちゃ言ってないでさっさとｐｔを稼いでこい、ってことか」

「……ふむ。そう上手(うま)くいくと良(い)いのだがな」

何とも言えない表情で首を振って、榎本（えのもと）はテーブルの上の端末を手に取った。そうして彼は、とある画面を俺たちの前に展開する。《習熟戦（リフレイン）》の管理画面……それも、通常のプレイヤーが扱うものではなく、学区単位の情報を処理する指揮官固有の画面（モノ）だ。その中にある【《追加選抜（スカウト）》権利：残り2枠】なる項目を、榎本はそっと指先で示す。

そうして一言、

「まずは体感してきてくれ。僕たちが、どれほど危うい状況にあるかを——現地（ダンジョン）でな」

【——英明（えいめい）学園指揮官が《追加選抜（スカウト）》権利を行使しました】

【篠原緋呂斗（しのはらひろと）、及び姫路白雪（ひめじしらゆき）の両名に《習熟戦（リフレイン）》の参加権利が付与されます】

【残りプレイヤー数：4→6】

……と、いうわけで。

俺たちは、生徒会室の真上にある多目的ホールから《習熟戦（リフレイン）》のログイン装置に乗り込むと、数秒後には仮想現実空間（VR）へと意識を飛ばされていた。

＃

【八番区音羽（おとわ）学園：管理ダンジョン〝音律宮〟】

【領域：C／罠術（わな）：C／配下：C／制約：D。ダンジョンランク：C】

【残りプレイヤー数：14】

【制限時間：30分――侵攻開始】

……次に意識が覚醒した時、目の前にあったのは巨大な洞窟への入り口だった。

（お、おお……!?）

ほんの数秒前まではログイン装置内のメカメカしい機材やら何やらしか映っていなかったはずの視界。それが唐突に切り替わったことで思考に大きな混乱が生じる。

洞窟――そう、やはりどこからどう見ても洞窟だ。ＲＰＧなんかでも定番の暗く深い洞穴がそのまま目の前に鎮座している。俺が立っているのはその入り口、つまりまだ足を踏み入れてもいない場所だが、地下方向へと斜めに伸びている穴は見るからに巨大。外観からは一体どれだけの規模なのか想像するのも難しい。

「これが、ゲームの中の世界……なのですか」

と、不意に囁(ささや)くような声が耳朶(じだ)を打って、俺は反射的に右を向いた。そこでは制服姿の姫路白雪が、俺と同様に驚きと感心が混ぜ合わさったような表情を浮かべている。

「お疲れ様です、ご主人様。……どうやらわたしもご主人様も、無事に〝プレイヤー〟として登録できているようですね」

「みたいだな」

涼やかな声音に一つ頷(うなず)く俺。榎本の言っていた《追加選抜(スカウト)》とやらが問題なく機能したのだろう。まあ、そうでなければ俺たちが呼び戻された意味もなくなってしまうが。

そんなことを考えながら、手を握ったり足踏みをしたりと軽く身体を慣らしてみる。

「にしても、現実世界で動いてるのと何も変わらないな……操作は特に問題なさそうだ」

「そうですね。実際にはわずかな遅延が発生しているようですが、感覚機能に補整を入れることで帳消しにしているとのことです。視覚や触覚すらも精密に再現され、痛覚のみ数値的な〝ダメージ〟として処理される、と……さすがは学園島の技術力ですね」

「うん♪　だから……えいっ♡」

と——そんな姫路の解説に合わせて甘い声を上げ、同時にふわりと身体を寄せてきたのは英明の小悪魔、もとい秋月乃愛だった。彼女は誘うような上目遣いと共にそっと俺の腕を取り、そのまま微かに照れの混じった表情でぎゅーっとこちらに密着してくる。

そうして一言、

「——こうやって抱きついたりも出来るんだよ、緋呂斗くん♡」

(!)

小柄な身体と反比例するように大きな胸が押し付けられ、同時にふわふわの栗色ツインテールから柑橘系の香りが仄かに漂う。確かに、視覚だけでなく触覚も嗅覚もばっちり再現されているようだ——じゃなくて。

「……分かった。分かったからもうちょっと離れてくれ、秋月」

「え～？　もう、せっかくisland tubeの全島放送で『緋呂斗くんは乃愛のものだ～♡』

って宣言しようと思ってたのにぃ」

「わ、乃愛ちマジ策士……既成事実ってヤツ？　やば、ウチも見習わないと……」

感銘を受けたようにそう言って、手元の端末に高速フリックで何やら打ち込み始めたのは浅宮七瀬(あさみやななせ)だ。彼女はいつも通り制服のブレザーを腰に巻き、圧倒的なプロポーションを惜しみなく晒(さら)している。その表情は普段通り、いつもの明るい浅宮だ。

「「……？」」

生徒会室にいた時とはあまりにも違う二人の態度に、俺は思わず隣の姫路と目を見合わせた。そして、少し躊躇(ためら)いながらも率直な疑問を口に出してみる。

「あー……あのさ、二人とも。もう大丈夫なのか？　さっきはかなり凹(へこ)んでたけど……」

「んーん、全然。シノたちが来てくれたから気持ちはちょっとマシになったけど、それでも何していいか全然分かんないし……ホントお手上げ、ってカンジだよ？」

「そうそう♪　でも……それでも、乃愛たちは英明学園の代表だもん。《決闘(ゲーム)》が始まったら、いつでも学園島(アカデミー)のみんなに見られてるんだもん。だから、くら～く沈んでるのは舞台裏でだけ！　ステージの上では、いつでもみんなのアイドル乃愛ちゃんだよ♡」

えへへ、とあざとい笑みを浮かべて両手の人差し指を頬(ほお)に押し当てる秋月。……なるほど、その理由なら〝偽りの7ツ星〟である俺にも痛いくらいによく分かる。いくら劣勢だからといって、お通夜みたいなテンションで《決闘(ゲーム)》に臨むわけにはいかない。

「分かった。そういうことならもう訊かない――で、だ」

だから俺は、目の前に横たわる〝ダンジョン〟へと改めて視線を向けることにした。

「音羽学園の管理ダンジョン【音律宮】……見た目は、アレだな。よくあるRPGの洞窟型ダンジョンって感じだ。で、肝心のステータスってのは……」

「あ、それなら端末見なくても分かるよ？　ここって仮想現実のゲーム空間だから、必要な情報は直接視界に映し出されるようになってるってワケ。ダンジョン情報、って声に出したり視線をちょっと上に向けたりすれば表示が切り替わるはず」

「……相変わらずヤバいな、学園島」

呆れ半分、驚嘆半分の感想を口にしてから、俺は浅宮に教わった通り視線を少しだけ持ち上げてみることにした。するとその瞬間、先ほどのルール確認の際にも登場した〝ダンジョン評価〟なる項目がずらりと目の前に浮かび上がる。

【八番区音羽学園：管理ダンジョン〝音律宮〟】
【領域：C／罠術：C／配下：C／制約：D。ダンジョンランク：C】

「【音律宮】の特徴は……〝バランス型〟って感じかな♪」

俺と姫路が情報を確認したのを見て取って、秋月が後ろ手を組みつつ口を開く。

「どれかの強化項目に特化してるわけじゃないけど、どの項目も低いわけじゃない……みたいな感じ。一応、特化型のダンジョンに比べればまだ攻略しやすいかも♪」

「なるほどな……でも、さっきの榎本(えのもと)はなんか微妙な反応してなかったか？」

「ん、まーね。だってシノ、ウチらのステータス見てみ？　けっこーヤバいよ？」

「……ヤバい？」

浅宮の発言に小さく首を傾(かし)げながら視線を動かしてみると、先ほどまで【音律宮】のダンジョン情報が表示されていた視界に、今度は〝プレイヤー情報〟なる項目が現れた。こちらは、自分自身の所持スキルやランクなどを確認できる画面らしい。

（っ……これは）

そこに表示された文字列を見て、俺は思わず息を呑(の)んだ。……【篠原緋呂斗(しのはらひろと)／プレイヤーランク：E】。プレイヤーランクというのが〝所属している学区の総合評価(ダンジョンランク)〟であることは榎本から教わったばかりだ。つまりこれは、英明(えいめい)の総合評価(ダンジョンランク)が【E】であることを表している。目の前の【音律宮】より二段階も低い。

鮮やかな金糸を指先で弄(いじ)りながら、浅宮は少しだけ固くなった声音で続ける。

「一つ一つの強化項目(ステータス)はまだしも、総合評価(ダンジョンランク)の方は一段階違うだけで別物ってくらい強くなるんだよね。で、《ライブラ》の発表だと、総合評価(ダンジョンランク)Cのダンジョンを攻略するなら適性ランクもC……よーするに、ウチらは結構無謀なコトをしようとしてるってわけ」

「……なるほど」

浅宮の言葉に小さく頬(ほお)を引(ひ)き攣(つ)らせる俺。……けれど、それこそ秋月の言う通りだ。無謀だからと言って諦めるわけにはいかないし、沈んでいる暇なんかどこにもない。

だから。

「じゃあ、その総合評価（ダンジョンランク）Ｃとやらがどれだけ凶悪なのか味わってから帰らないとな」

俺は、微（かす）かに息を吐き出しながら、自分自身に気合いを注入するべくそう言った。

――《習熟戦（リフレイン）》は〝拠点強化（ダンジョンビルド）×宝物乱獲（トレジャーハント）〟の《決闘（ゲーム）》だ。

他学区のダンジョンを侵攻してｐｔを手に入れ、それを使って自学区のダンジョンを強化する。ｐｔの管理や割り振りは指揮官が一手に担っているため、俺たちが侵攻の際に考えるべきは〝いかにしてｐｔを獲得するか〟――それだけだ。

「ダンジョンでｐｔを稼ぐ方法は、全部で三つあるとのことでした」

洞窟をモチーフにした音羽（おとわ）学園のダンジョン【音律宮】に足を踏み入れながら、白銀の髪をさらりと揺らした姫路（ひめじ）が涼やかな声音でそう切り出す。

「宝物乱獲（トレジャーハント）、敵の撃破（ハック＆スラッシュ）、陣地確保（ドミネーション）……いずれもｐｔを入手できる行為には違いないと思うのですが、通常はどれを狙うものなのでしょうか？」

「んー、そだね。セットしてるスキルにもよるかもだけど、普通は〝宝物（トレジャー）〟かな」

姫路の問いに答えたのは一歩前を行く浅宮（あさみや）だ。彼女はピン、と指を立てながら続ける。

「てゆーか、他の二つは〝宝物乱獲（トレジャーハント）〟のオマケみたいなモノなんだよね。〝敵の撃破（ハック＆スラッシュ）〟は他学区のプレイヤーとかモンスターを倒すと——つまり体力（HP）を0にするとＰｔが手に入るってことだけど、その手の敵って普通に宝物（トレジャー）を守るために配置されてるワケだから、結局狙いは〝宝物（トレジャー）〟になるし。それと、陣地確保（ドミネーション）っていうのは《召喚陣（ポータル）》スキル……ダンジョン内に追加のログイン地点を作れるスキルを使うこと。けど、それも普通は〝宝物（トレジャー）の近くにログインする〟ためのものだから……やっぱ、最優先は宝物（トレジャー）ってカンジ」

「では、ダンジョンに入ったらまずは〝宝物（トレジャー）〟の在処（ありか）を探る……というのが王道だと？」

「そゆこと！」

姫路の呟（つぶや）きに対し、ぐっと親指を立ててみせる浅宮。

「ダンジョンにはたくさんの宝物（トレジャー）が散らばってて、ウチら侵攻者はそれを獲（と）りに行くってワケ。ちな、一回の侵攻で四つの宝物（トレジャー）を手に入れると〝固有宝物（コア）〟っていう最高ランクの宝物（トレジャー）の座標が分かるようになるんだけど、最初はあんまり気にしないでふつーに宝物（トレジャー）を狙っていくのが基本かな。ちょうど今、乃愛（のあ）ちがやってるみたいにね」

ほら、と視線を動かす浅宮に釣られ、俺と姫路は揃（そろ）って秋月（あきづき）の方へ身体（からだ）を向けた。すると、まさにその瞬間、ウインクするように片目を閉じた彼女がこんな言葉を紡ぎ出す。

「《ランクE探索スキル：千里の網》——発動♡」

歌うような声音が耳朶（じだ）を打った刹那、彼女の周囲を薄緑色の光が取り囲んだ。ヴェールのようなそれは秋月の全身を隈（くま）なく包み込み、やがてふわりと霧散する。

「――見えた！　えへへ、お待たせみんな♪　一番近い宝物の位置が分かったよ♡」

「へえ……それが〝スキル〟か」

「うん♪　乃愛は探索系とか移動系のスキルをメインで採用してるんだよ。ちなみに、みゃーちゃんは攻撃系メインで、会長さんは指揮官だから特別枠！」

「特別枠？　って……ああ、そういや専用の権限があるとか言ってたな」

「そ。進司が言うには、指揮官の〝固有スキル〟っていうのがあるみたい。敵モンスターの配置を調べたり、ウチらの視界を通して状況確認したり、あとは音声指示とかも。ただ指揮官のスキルもウチらと同じで回数制限制だから、適当には使えないんだよね」

「回数制限制……か。確かに、その辺も気にしておかないとな」

　この《習熟戦》において、プレイヤーは一度のログインにつき十回までしかスキルを使えない。デフォルトでセットされている《通信》や《緊急退避》――ダンジョンからの脱出効果――なんかも全てスキル扱いだ。気軽に使っていると破滅する可能性がある。

　俺の思考がそこまで進んだ辺りで、秋月がくるりと俺たちの方を振り返りつつ続ける。

「で……探索にきた侵攻者を迎え撃つ〝敵〟は、大きく分けて三種類！　罠と、モンスターと、それから防衛学区のプレイヤーだよ。普通は宝物の近くにモンスターが配置されてて、その周りには罠が張り巡らされてて、プレイヤーは状況に応じて投入される――ってパターンが多いかも。えへへ、ランクの高い宝物は守りも堅いから要注意♡」

「なるほどな……じゃあ、今向かってる宝物(トレジャー)のランクってのはどんなもんなんだ？」

「そこまでは分かんないけど、《千里の網(ランクEスキル)》で見つけられたってことはそんなに高ランクの宝物(トレジャー)じゃないと思うよ。だから、守りもそこそこのはずなんだけど……しっ！」

と——そこで、俺たちよりも一歩だけ前を行っていた秋月が不意に少しだけ姿勢を低くした。そうして彼女は、洞窟の壁に背中を擦(こす)り付けるようにしてこっそり道の先を覗(のぞ)き込む。ごくりと息を呑(の)むこと数秒……やがて、ちょんちょんと手招きする秋月に促され、屈(かが)み込(こ)むような形で彼女と同じ場所へ視線を遣(や)ってみれば。

（うわ……何だよ、あれ!?）

思わず声を上げそうになり、慌てて右手で口を塞ぐ俺。

そこにあったのは、秋月の探索通り宝物(トレジャー)だった。外観としてはいわゆる木製の宝箱のようなもの。あれに近付いて端末を翳(かざ)せばランクに応じたｐｔが手に入るわけだ。仮想現実(VR)の視界には、いつの間にか【入手報酬：５００ｐｔ】なる表示が現れている。

けれど、問題はそんなことじゃなかった——当の宝物(トレジャー)を守護するかの如(ごと)く徘徊(はいかい)しているモンスター。それは、一言で表現するなら〝犬〟だった。が、当然ながらただの犬というわけじゃない。逆立つ毛が全て炎で構成され、呼気だけで凄(すさ)まじい熱を放つ赤の猛犬。

そんなものが……計四体、だ。

俺が内心の動揺をどうにか押し殺していると、隣の姫路(ひめじ)が静かに口を開く。

「【炎の番犬】――ランクDのモンスターですね。それが四体……浅宮様、秋月様。このまま飛び出して戦闘になった場合、わたしたちに勝ち目はあるのでしょうか？」

「やっ、無理……今飛び出したら全滅しちゃうって。同じランクならモンスターよりプレイヤーの方が断然強いけど、一つ離れたらちょっと厳しくなって、二つなら即撤退っていうのが大体のレベル感。ランクDならウチらと一つ差だけど、数が多すぎだし……」

「っ……けどさ、大したことない宝物なんだろ？　何でここまで守りが厳重なんだよ」

「それは、まあ何ていうか……ウチら以外の学区にとっては、このくらいの防御が〝大したことない宝物〟への力の入れ具合、ってコト。よーするに、これが〝最低ライン〟なんだよ。どの宝物を狙うにしてもふつーにこのくらいの妨害は用意されてる。……ま、これがウチらのダンジョンなら、最高ランクの宝物でもこんなに手厚く守れないけど」

悔しげに下唇を噛みながらそんなことを言う浅宮。……要するに、それだけ英明と音羽の間に勢力差があるということだ。あの宝物を守る四体の【炎の番犬】は、一体一体が俺たち英明のプレイヤーとさほど変わらない強さを持っている。それを全滅させて宝物を奪う、なんて、無茶無謀もいいところだろう。

「――えへへ♡　でもでも……さっきも言った通り、《習熟戦》は宝物を奪わなきゃｐｔが手に入らない《決闘》、ってわけじゃないからね♪」

と……そこで口を開いたのは秋月だった。彼女は腰を落とした体勢のままくるりとこちらを振り返ると、多少の空元気が混じったあざと可愛(かわい)い笑みを浮かべてみせる。

「モンスターを倒すだけでもｐｔゲット、だよ♡　宝物(トレジャー)よりはちょっと少額だけど、ランクＤなら一体で２００ｐｔくらいは手に入るもん。みゃーちゃん、いける？」

「もち！　てか、もう準備おっけー――《ランクＥ攻撃スキル：鮮烈なる火花》！」

浅宮が小声で叫んだ刹那、彼女が突き出した端末から閃光(せんこう)のような勢いで紅蓮(ぐれん)の矢が放たれた。スキルのランクこそ低いものの、浅宮の等級は６ツ星だ。《習熟戦(リフレイン)》の仕様を考えれば最低限の威力は保障されていることになる。

けれど――その瞬間、だった。

「くくっ……ほう？　これが攻撃のつもりか」

――感情を逆撫(さかな)でしてくるような厭味(いやみ)ったらしい声。

そんなものと同時に芝居がかった所作で俺たちの前に現れ、ばさりと広げた黒マントで浅宮の攻撃を受け止めたのは、よく見知った一人の男だった。

「久我崎(くがさき)……」

そう――久我崎晴嵐(せいらん)。八番区音羽学園のエースプレイヤーにして６ツ星の実力者。持ち前のカリスマ性で《我流聖騎士団》なる非公認組織のリーダーも務めており、巷(ちまた)では〝不死鳥〟の二つ名で知られている。

いつも通りの病的な笑みを湛えながら、久我崎はかちゃりと銀縁眼鏡を押し上げた。

「音羽学園のダンジョンへようこそ、７ツ星。本来なら僕が出張る必要などなかったのだがな。貴様が来ていると報せを受けた故、喜び勇んで飛び出してきてしまったぞ」

「……そうかよ。そいつは手厚い歓待だな」

「くくっ、違いない。何せ音羽と英明とでは総合評価が二段階も違う。いくら等級が上でも、学園島最強だとしても、この差はそうそう覆せるものではない――先ほど受けたダメージも既に完治してしまったようだしな」

黒マントをばさりと翻しながら煽るような口調でそんなことを言う久我崎。彼の言葉通り、仮想現実の視界に表示された彼自身の体力ゲージは――命中の瞬間にはほんの10％ほど削れていたものの――いつの間にか全快している。

「継続回復スキル……ってとこか？　〝不死鳥〟にはお似合いの効果だな」

「くくっ、ご明察だ7ツ星。僕のスキル構成ならばダメージはまず受けないし、受けてもすぐに回復できる。逆に攻撃系はやや手薄なのだが……特別に見せてやろう、篠原」

「！　……秋月ッ！」

「へ？　って……きゃっ！」

久我崎が言葉を紡ぎ終えた瞬間、嫌な気配を感じ取った俺は、彼の視線の先にいた秋月の手を思いきり引き、手近な壁に押し付けるような形で彼女を庇っていた。ふわり、と甘い匂いが鼻孔をくすぐったその刹那、俺の背後を轟ッと凄まじい爆音が駆け抜ける。

残響の中、舞い上がった土塊がパラパラと辺りに降り注いで。

「――《ランクC攻撃スキル：炎天晩夏》。よく反応したな、篠原緋呂斗」

「わ、わわっ……ありがと、緋呂斗くん」

俺の腕にすっぽりと収まって顔を真っ赤にしている秋月に「いや……」と首を振って見せつつ、俺は自身のステータスを確認する。と……案の定、体力ゲージが半分近く消し飛んでいた。避けたはずなのに、掠っただけなのにここまでのダメージに換算された。

「っ……」

内心の動揺を押し隠しながら対面の久我崎を睨み付ける俺。対する久我崎の方はと言えば、いかにも余裕そうな表情で銀縁眼鏡をくいっと押し上げている。

「くくっ……分かっただろう、篠原？　これが今の僕と貴様の差――音羽と英明の勢力差だ。今の攻撃が、ちょうどこの【炎の番犬】を一撃で葬れる程度の火力。【音律宮】に攻め入るのなら、せめてこのくらいはやれるようになって欲しいものだ」

「………」

「出直してくるがいい、最強。このまま焼き尽くされたくなければな」

再び端末を構えながら、後ろに四体の【炎の番犬】を従えて哄笑する久我崎。彼の言い分はもっともだろう。こうなってしまえば、一秒たりともここにいる意味はない。

（っ……久我崎の強さは知らないわけじゃない。でも、だとしてもこれまでの《決闘》では一度も負けてこなかった。それなのに、この実力差……っていうか、これが本当に〝一番攻略しやすいダンジョン〟なのか？　くそ、話にならないぞこんなの……！）

頭の中でぐるぐると思考を巡らせながらぎゅっと右手を強く握る。

劣勢の《決闘》に途中から参加する、という行為の意味を改めて感じながら――

「――《ランクＧ汎用スキル：緊急退避》発動」

俺たちは、揃って【音律宮】を後にした。

【二学期学年別対抗戦・三年生編《習熟戦》――四日目途中経過】

【各学区勢力（ターン進行順）】

【八番区音羽学園――音律宮。総合評価：C。残りプレイヤー数：14】

【三番区桜花学園――桜離宮。総合評価：C。残りプレイヤー数：17】

【十七番区天音坂学園――天網宮。総合評価：B。残りプレイヤー数：4】

【七番区森羅高等学校――森然宮。総合評価：C。残りプレイヤー数：15】

【四番区英明学園――英明宮。総合評価：E。残りプレイヤー数：6】

【十四番区聖ロザリア女学院、及び十六番区栗花落女子学園――脱落】

＃

久我崎の乱入により【音律宮】への侵攻が強制終了させられてしまったため、俺たちは仮想現実空間(VR)からログアウトして現実世界の生徒会室へ戻ってきていた。《習熟戦(リフレイン)》はターン制の《決闘(ゲーム)》であり、防衛学区以外のダンジョンが危険に晒(さら)されるようなことはない。また、プレイヤーは一つのターンに一度までしかログインを行うことが出来ないため、俺たちがもう一度【音律宮】に入るのも不可能だ。そして次のターンが始まるまではまだ三十分以上残っている——というわけで、先ほど後回しになっていた〝現在の状況〟を改めて共有しておこう、という話になった。

部屋にいるのは英明の生存メンバー五人と、それから一年生の水上摩理(みなかみまり)だ。艶(つや)やかな黒髪がトレードマークの、真面目で真っ直(ます)ぐな気質を持つ後輩少女。先輩方のお手伝いをさせてください、とのことで、《習熟戦(リフレイン)》が始まってから毎日ここへ来ているらしい。

ともかく——相変わらずの仏頂面で、右斜め前の榎本(えのもと)が静かに語り始めた。

「まず……信じられないかもしれないが、篠原(しのはら)。この《習熟戦》は、僕たち英明学園の圧倒的な優勢で始まった」

訥々と紡がれる声。

手元の端末を操作して《ライブラ》の記事を引用しつつ、榎本は悠然と言葉を継ぐ。

「少し時を戻そう。篠原たち二年生が学園島を発ったのと同じ日――十月四日に、学園島では二学期学年別対抗戦・一年生編《新人戦》が始まった。《新人戦》は学園島全土を駆け回る大規模《決闘》になるのが通例でな。当然のように今年も壮絶な激戦となった。特に目立った活躍をしたのは桜花の飛鳥萌々、天音坂の夢野美咲、そして英明の水上摩理だろう。この三名については高学年に引けを取らない。素晴らしい内容だった」

「わ、わ……その、進司先輩。そこまで褒められると少し恐縮してしまいます……」

「何故だ？　活躍したのだから誇るといい。水上は既に英明の貴重な戦力だ」

「！　あ、ありがとうございます……！　私、すっごく嬉しいです！」

「……ふーん？　進司って、やっぱそーゆー素直なカンジが好みなんだ……ふーん？」

「…………何だ、七瀬？」

「べっつにー」

つん、と榎本から視線を外して鮮やかな金糸をくるくると弄り始める浅宮。隣に座る水上は『わ、私のせいですか!?』みたいな顔で焦っているが、まあこんなやり取りは日常茶飯事だ。わざわざフォローするほどのことでもない。

小さく咳払いを挟んでから榎本は続ける。

「こほん。……ともかく、そんな水上の活躍もあって、《新人戦(プレリュード)》の勝者となったのは我らが英明学園だ。そして実を言えば、《習熟戦》の初期ptは《新人戦》の戦果に応じて割り振られる——つまり、《新人戦(プレリュード)》の結果が良かった学区ほど《習熟戦(リフレイン)》の初期段階で多くのptを持っている、ということになる。《ライブラ》の記事にもある通り、《新人戦(プレリュード)》上位ブロックの最終順位は英明、天音坂、桜花、森羅(しんら)、音羽(おとわ)、栗花落(つゆり)、聖(せい)ロザリアの順だ。この並びがそのまま初日の《決闘(ゲーム)》展開に反映された」

「確かに、初日は順調だったみたいだな。開始早々にptを突っ込んで総合評価(ダンジョンランク)をGからFに。侵攻の効率も上がって、その流れで序盤は快勝……って感じだ」

「うん、一日目はほんとに凄(すご)かったんだよ♪　島内SNS(STOC)でもisland tube(アイ・チューブ)のコメント欄でも、みーんな『英明が一位で決まりだな』って言ってたんだから。えへへ、乃愛(のあ)ちゃんも可憐(かれん)なプレイでいっぱい宝物(トレジャー)ゲットしちゃったし♡」

少しだけ自然になってきたあざと可愛(かわい)い笑顔と共に上目遣いで俺の顔を覗(のぞ)き込んでくる秋月(あきづき)。……確かに、こうして接していると忘れそうになるが、彼女は島内でも有数の高ランカーだ。対面に座る榎本と浅宮もまた、英明が誇る歴戦の6ツ星に違いない。

（7ツ星が不在だから云々(うんぬん)、って話だったけど、そもそも俺(おれ)が最強だってのは〝嘘(うそ)〟なんだから、英明の主力メンバーは普通にこの三人なんだよな……その上でスタートが順調だったなら、そのまま押し切れそうな気がするんだけど）

ルナ島を発(た)つ前から抱えていた疑問を改めて再生しつつ、俺は視線を正面に向ける。

「……それで？　そんなに好調だった《決闘(ゲーム)》がどうやったら今みたいな劣勢に追い込まれるんだよ。また《ヘキサグラム》みたいな不正集団が出てきたってのか？」

「いいや、そうではない。そうであったならまだ手の打ちようはあっただろうが、残念ながら全く違う。今回の〝敵〟は、それほど分かりやすい相手ではない」

そこまで言って、榎本(えのもと)は呼吸を整えるように小さく息を吐き出した。彼はそのままテーブル上の端末を操作すると、投影されている《ライブラ》の記事を十月七日の――《習熟戦(リフレイン)》二日目のそれへとスライドさせつつ言葉を継ぐ。

「《決闘(ゲーム)》初日が終了した段階で、英明(えいめい)のダンジョンは総合評価で一位だった。ただ、その翌日……二日目の《決闘(ゲーム)》が始まった辺りから、どうも流れが悪くなり始めたんだ。雲行きが怪しくなってきたというか、不運が続くようになったというか……」

「……進司(しんじ)が〝流れ〟とか〝不運〟とか言い出すの、めっちゃ珍しくない？」

「言われなくとも不合理な意見であることは自覚している。だが、そうとしか言いようがないくらい不都合が続いているんだ。例えば……そうだな、この上位ブロックの中で、三年生の戦力的に一段階劣るのは栗花落(つゆり)と聖(せい)ロザリアの二校だ」

「ん……まあ、そうだろうな」

十四番区聖ロザリア女学院は《凪(なぎ)の蒼炎(そうえん)》こと皆実雫(みなみしずく)が、そして十六番区栗花落女子学園は《鬼神の巫女（みこ）》こと枢木千梨（くるるぎせんり）が牽引（けんいん）する形で上位ブロックにのし上がった学区だ。ただし彼女たちはどちらも二年生。トッププレイヤーを欠いた状態で桜花（おうか）やら森羅（しんら）と張り合うなんて、さすがに無理だと言わざるを得ないだろう。

　ああ、と一つ頷（うなず）いて榎本は続ける。

「だからこそ、僕たちは早い段階で栗花落か聖ロザリアいずれかの固有宝物（コア）を奪ってしまおうと考えていた。固有宝物（コア）を奪取した際の入手ｐｔは非常に大きいうえ、特殊効果まで手に入れることが出来る。これを狙わない手はなかった」

「そりゃまあ、宝物乱獲（トレジャーハント）がメインの《決闘（ゲーム）》だもんな。妥当な考えだと思うぜ」

「ああ。僕たちが目を付けていたのは栗花落女子の方だ。初日の段階で《召喚陣（ポータル）》を設置できていたこともあり、どう考えても僕たちに利があった。固有宝物（コア）の所在は探査系スキルに引っ掛からない仕様だが、一度の侵攻で四つ以上の宝物（トレジャー）を手に入れるとその位置が晒（さら）される――と、そこまでは辿（たど）り着（つ）いたんだ。固有宝物（コア）の座標までは確かに掴（つか）んだ」

「……ってことは、その後で失敗したのか？」

「その通りだ、篠原（しのはら）。僕が満を持して七瀬（ななせ）たちに指示を出した頃には、既に他学区……音羽（おとわ）が栗花落の固有宝物（コア）を奪っていた。どうやら、彼らは最初から他の宝物（トレジャー）になど目もくれず、僕たちの動きを見て固有宝物（コア）の在処だけを探っていたらしい」

「なるほど……もう少しで落とせたはずの栗花落（ターゲット）を音羽に横取りされた、ってわけか」

「そういうことになる。……だが、無論それだけというわけではない」

嘆息交じりに首を振る榎本。

「栗花落が落とされたのなら、次に目を向けるべきは当然ながら聖ロザリアだ。栗花落の陥落と共に音羽のダンジョンが大きく強化されたため、聖ロザリアの争奪戦は過熱する見込みが高かった。そして……栗花落と聖ロザリアが残っていた頃のターンローテーションでは、僕たち英明の防衛ターンは聖ロザリアの直前だったんだ」

「へえ？　そうだったのか」

防衛学区は決められた順番で巡っていくが、脱落した学区が現れた場合は翌日からローテーションが組み直される。そして、ターンの進行順は意外と重要な戦略要素だ。

榎本は続ける。

「そういった事情から英明への侵攻は手薄になると踏んでいた。《習熟戦》の仕様上、ダンジョンを強化するには一つのターンを消費しなければならないからな。聖ロザリアへの侵攻を控えているなら、普通は〝強化〟を選ぶだろう。だというのに……」

「……えっと、その」

榎本が嘆息交じりに言葉を濁したのを見て、言いづらそうに話を継ぐ水上。

「何というか……全学区が協調しているとしか思えないくらいの総攻撃に晒されてしまったんですよね。まるで、聖ロザリア女学院を落とすより英明学園を削る方が先決だと言わんばかりの……結果、そのターンだけで、英明学園の選抜メンバーのうち半数以上の先輩方が《習熟戦》から脱落することになってしまいました」

「ふむ……悪夢のような話だが、全て水上の言う通りだ。そして、甚大な被害を受けた僕たちが新たな策を組み上げる間もなく、聖ロザリアはあっけなく攻め落とされた。こちらは天音坂学園の戦果だな。……そこから先は一気に置いてけぼり、といったところだ。現在の順位は天音坂、音羽、桜花、森羅、英明とされているが、他の四学区との間には距離を測るのも難しいくらい大きな溝があると思った方がいい」

「…………」

榎本の話を整理するべく、俺はそっと右手を口元へ遣った。

《習熟戦》の二日目から急激に狂い始めた歯車――栗花落への侵攻は横から戦果を掻っ攫われ、虚を突くようなタイミングで全学区から攻め込まれて、立て直す間もなく聖ロザリアまで落とされた。拠点強化がメイン要素となるこの《決闘》において、序盤に攻めやすい学区から固有宝物を奪って自学区を大きく発展させる……というのはかなり大きな一手だったはずだ。けれどそんな目論見は、榎本曰く〝流れ〟によって阻まれた。

「まあ……確かに、何かしらの意図は感じるよな」

視線は《ライブラ》の記事に落としたまま、俺は静かに口を開く。

「一つ一つの出来事は妥当なもんだけど、そこまで英明に不利な展開が続くってのも妙な話だ。でも、ここは上位ブロックだぞ？　仮に〝黒幕〟って呼べるようなプレイヤーがいたとして、それに軽々しく従うようなやつはいないと思うけど……」

「ふむ、それは間違いないだろう。協調を呑（の）むほど温（ぬる）くなければ洗脳を許すほど甘くもなく、そして脅迫を受けるほど弱くもない連中だ。が……これは、単なる直感だが」

「……直感？」

「ああ――少し、嫌な予感がするんだ。ダンジョンを強化する際、プレイヤーに指示を出す際、モンスターを駆使して防衛に当たる際……時折、僕の行動が誰かの思惑通りになっているような、そんな嫌な感覚がある。……故に、いるのかもしれない。他学区の動きを読み切り、それを自学区に利するよう完璧に制御しているプレイヤーが」

深刻な声音で言いながら、静かに端末を操作して投影画面を切り替える榎本（えのもと）。と、その瞬間、俺たちの前に映し出されたのは、《ライブラ》がまとめているらしい《習熟戦（リフレイン）》の勢力図だ。英明（えいめい）が最下位に置かれているのは当然として、ページの一角に〝注目プレイヤー特集！〟といったコーナーがあるのが見て取れる。

「三年生の選抜メンバー、か……有名なやつばっかりなんだろうけど、意外と直接当たったことはないプレイヤーも多いんだよな」

「そうかもしれませんね。では、僭越（せんえつ）ながらわたしから紹介させていただきます」

俺の救援要請（SOS）に気付いてくれたのか、隣の姫路（ひめじ）がこほんと咳払（せきばら）いしてからそんな言葉を口にした。そうして彼女は、投影画面に手を添えながら澄んだ声音で続ける。

「まずはこちら、三番区桜花（おうか）学園です。最も有名なプレイヤーは《女帝》彩園寺更紗（さいおんじさらさ）様であり、事実これまでのイベント戦も彼女を中心とした《女帝》親衛隊の方々でチーム編成されるパターンがほとんどでした。ただ、桜花は《女帝》様の入学以前からとっくに名門です。現在三年生にして生徒会長を務めている６ツ星の坂巻夕聖（さかまきゆうせい）様、そして《女帝》親衛隊のまとめ役である５ツ星の清水綾乃（しみずあやの）様。このお二人がツートップとなり、盤石（ばんじゃく）の体勢で桜花のプレイヤー陣を牽引（けんいん）しているようですね」

　姫路の声と同時、画面上では二人のプレイヤーが大きくピックアップされる。

　まず一人は、不遜な態度の青年だ。顔立ちやら背格好は平均的なそれだが、目つきがやや鋭く不機嫌そうなのが特徴だろうか。今年は彩園寺主体の体制だったためか遭遇したことはないが、桜花の生徒会長にして６ツ星ランカーならその実力は確かなはずだ。

「っていうか……桜花の生徒会長って三年生だったんだな。彩園寺とか藤代（ふじしろ）とか、二年生が目立ってるイメージだったけど」

「うん。ほら、《女帝》さんばっかり活躍してると反発が起こっちゃうかもだから、そういうのは年功序列なんだって。えへへ、《女帝》さんも大変だよね♡」

「そうですね。《女帝》様の配慮もあってこれまで表面化したことはありませんが、桜花は基本的に《女帝》派と反《女帝》派で緩やかに対立していますので。各派閥のトップがチームをまとめている、ということなのでしょう」

「なるほど。で……《女帝》側のまとめ役がこっちの先輩、ってことか」

二人の会話に得心しながら視線をスライドさせる俺。

投影画面上で徒会長の隣に映っている少女——清水綾乃。どこか見覚えがあるような気がするのは、おそらく〝彩園寺の取り巻き〟として何となく認識していた中に混ざっていたからなのだろう。おさげで眼鏡の、どこか柔らかい雰囲気の先輩だ。

「はい。清水様に関しては、完全に〝《女帝》派〟ですね。5ツ星ですがかなりの実力者ですよ？　ご主人様との一戦で《女帝》様が6ツ星になった直後、自分なんかが同じ等級にいてはいけないと自ら降格を選んだ方ですので……実力は6ツ星相当です」

（うわぁ……）

桜花の底力と彩園寺の求心力を改めて思い知り、小さく顔を引き攣らせる俺。

けれど、桜花にばかり注目しているわけにもいかない。

「続きまして、こちらが八番区音羽学園です。《ヘキサグラム》の解体に伴い、入れ替わりで6ツ星に再昇格した久我崎晴嵐様……そして、彼の率いる学園島非公認組織《我流聖騎士団》。今回の選抜プレイヤーは、ほぼ全員が組織のメンバーだそうです」

「……さすがだな、あいつ」

先ほどのダンジョンでも俺たちの前に立ち塞がった黒マントの男を脳裏に思い浮かべつ

つ、俺は小さく首を横に振った。態度や性格から軽んじられることもあるが、それでも不死鳥・久我崎晴嵐の実力は本物だ。舐（な）めてかかれる相手では決してない。

現時点でも既に相当な圧だが……ここで終わらないのが上位ブロックの《習熟戦（リフレイン）》だ。

「続けて、十七番区の天音坂（あまねざか）学園——ルナ島で【ファントム】様からも伺った通り、色々と飛び抜けた学区です。才能重視かつ少数精鋭、という学園島（アカデミー）の中でも異質な校風。そして、この《習熟戦（リフレイン）》でリーダー的なポジションに立っているのは奈切来火（なきりらいか）という女性だそうです。等級は6ツ星、二つ名は《灼熱（しゃくねつ）の猛獣》ですね」

「へえ？　聞いたことない名前だけど……天音坂ってことは、あれか。矢倉（グラサン）が言ってたみたいに、ここ半年は学校内の序列争いに参加してて公式戦には出てないってやつか」

「ご明察です、ご主人様。そして、驚くべきことに——いえ、選抜戦という形式を考えれば当然のことかもしれませんが、奈切様は当の学内戦で序列一位を獲得しています。誇張も何もなく、文字通り天音坂の頂点（トップ）……ですね」

「——……なるほど」

姫路（ひめじ）の説明に若干動揺しつつも、どうにか声を押し出す俺。……分かっていた。《習熟戦（リフレイン）》は学年別対抗戦の三年生編なんだから、各学区の主力が出てくるだろうことは覚悟していた。それでも天音坂の——竜胆曰（りんどういわ）く〝厳選された天才しか入学を許されない〟という天音坂の頂点（トップ）、というのはなかなかに重みのある称号だろう。

「来火ちゃんかぁ……実際、ヤバいよ？」

そんな俺の対面では、胸元で腕を組んだ浅宮が神妙な顔でうんうんと頷いている。

「何ていうか、二重人格みたいなカンジなんだよね。理性が完全オフになって本能だけで蹂躙してくることもあれば、逆に冷徹無比に指示を飛ばしてくることもあるみたいな。本能モードの時はウチより全然動けるし、理性モードの時は進司と同じかそれ以上に頭が回るって噂。もし本当だとしたら、６ツ星の中でもトップクラスにヤバいかも」

「そこまでか……」

話だけで若干気圧されながら手元の資料に目を通す俺。……天音坂の序列一位、６ツ星ランカー奈切来火。桜花三年のツートップや音羽の久我崎晴嵐と同様、いやもしかしたらそれ以上に警戒を向ける必要があるのかもしれない。

そして――最後に残った一つの学区に関しては、俺もはっきりと知っていた。

「七番区森羅高等学校。……霧谷凍夜のいる学区だ」

――二つの色付き星を有する６ツ星の《絶対君主》こと霧谷凍夜。

これまで様々な《決闘》でぶつかっている、非常に好戦的なプレイヤーだ。

「はい。その通りです、ご主人様」

俺の言葉を受けて、姫路が碧く澄んだ瞳をこちらへ向ける。

「霧谷様は、今回の《決闘》において最も警戒すべきプレイヤーの一人ですね。奈切様と同じく、あの方もまた現6ツ星の中で最上位に位置する実力者ですので」

「ふむ……確かに、霧谷凍夜に関しては格別の警戒を置く必要があるだろうな。僕の体感だが、《習熟戦(リフレイン)》で最も巧(うま)く立ち回り、最も多くptを稼いでいるのは彼だ。……が、今回の森羅はそれだけではない。驚くべきことに、彼女が参戦している」

　言いながら、投影画面の一部を拡大してみせる榎本(えのもと)。そこに映っているプレイヤーを見て、俺は思わず目を見開いた。……銀灰色の長髪。森羅のものとはまた違う、フォーマルで引き締まるような彗星(すいせい)学園の制服。そして突き刺さるように冷たい視線と表情。

「阿久津雅……⁉　いや、何でこいつがいるんだよ。森羅の生徒じゃないし、そもそも彗星は《SFIA(スフィア)》のいざこざで学年別対抗戦の参加を辞退してるんじゃ……」

「だから、と言った方がいいかもしれないな。《習熟戦(リフレイン)》の仕様として、《追加選抜(スカウト)》の対象者は〝現在《習熟戦(リフレイン)》に参加していない者〟としか指定されていないんだ。もちろん自学区からの選抜になるのが普通だが、システム上は他学区からの引き抜きも不可能ではない。森羅にも阿久津(あくつ)にもどのような意図があるのかは不明だが……ともかく彼女は、一昨日(おととい)から森羅のプレイヤーとしてこの《決闘(ゲーム)》に参加している」

「…………」

　あまりの事態に絶句する俺。……が、まあそれもそのはずだろう。《ヘキサグラム》の元幹部にして〝影の支配者〟とも目されていた少女・阿久津雅(みやび)。彼女の実力と底知れなさは、既に身をもって実感させられている。

それにしても、だ。

「こうしてみると、やっぱりとんでもない面子だな……桜花の坂巻&清水に音羽の久我崎晴嵐、天音坂の序列一位もヤバそうだし、森羅には霧谷と阿久津がいる。誰が〝黒幕〟だとしても、こいつら全員をまとめ上げるなんて絶対に無理だ」

「ああ。故に、やはり〝誘導〟という言葉が正しいのだろうな。《習熟戦》の黒幕は、他学区のプレイヤー陣を――おそらくは僕も含めて――思惑通りに動かしている。だとすればその人物は、これまでに戦ってきた誰よりも強敵だ」

「……ま、そういうことになりそうだな」

微かな動揺すら窺える榎本の言葉に、小さく肩を竦めつつ同意を返す俺。

とにもかくにも、ようやくある程度の状況は把握できた――二学期学年別対抗戦・三年生編《習熟戦》。6ツ星ランカーのひしめく悪夢のような戦場で、英明学園は今かつてない窮地に立たされている。《アストラル》や《SFIA》の時のように明確な〝敵〟がいるわけではないが、裏で糸を引いている〝黒幕〟の影もわずかに見え隠れしている。

そんな状況を、俺は今から引っ繰り返さなきゃいけないんだ。負けられないのはいつものことだが、これは普段の縛りとは全くもって意味が違う。だって《習熟戦》は、俺が参加した時点でもう相当に敗色濃厚なんだ。オセロで言えば白が一枚しか残っていないような盤面。ルール上まだ生きているだけ、というような、あまりにも悲惨な戦況。

「――だがそれでも、英明学園には勝機がある」

ただ……ポツリ、と。

暗くなりかけた空気を引き裂くように、榎本が静かに口を開いた。

「というか、ここがようやくスタート地点だ。篠原緋呂斗に姫路白雪、両名の参加をもって英明学園の戦力は遅ればせながら《習熟戦》の基準に復帰した。故に、ここからだ。僕たちの《決闘》はここから始まる」

「……何カッコつけてんの、進司。そんなの、言われなくても分かってるし」

「えへへ♪　乃愛もとっくに準備万端だよ♡」

宣言するように言い放った榎本と、それに追随して口々に決意を語る浅宮と秋月。そこへ「頑張ってください先輩方……！」と水上の真摯な声援が続く。浮かべる表情は様々だが、言いたいことは一つだ――ここから。俺たちの逆転劇はここから始まる。

だから、俺は。

「そうだな。……ま、このくらいのハンデがちょうどいいってもんだろ」

自らを奮い立たせるためにも、ニヤリと口角を上げてそう言った。

＃

——【音律宮】への短い侵攻とその後の作戦会議を終え、続く桜花の防衛ターン。

精神的にはある程度持ち直した俺たち英明陣営だったが……ここで『最も攻略しやすいのは音羽のダンジョンだ』という言葉の意味を痛感させられることになる。

四つの強化項目の中でも【配下】にptを集中させ、強力なモンスターを配置して〝撃退型〟の構築としている桜花学園の【桜離宮】。結論から言えば、俺たちがダンジョン内に滞在していられたのはたったの三分間だ。ランクBという桁違いに強い【死霊の長】に手も足も出ず、すごすごと撤退する以外の選択肢があっという間になくなった。

そして一時間の昼休憩を挟んで、続く天音坂の防衛ターン——彼らの【天網宮】は、いわゆる〝トラップダンジョン〟だ。至るところに罠が仕掛けられており、一歩進むだけでも一苦労。罠解除系のスキルを多めにセットして強引に進んでみたものの、一番近い宝物に辿り着くより早くスキルの使用回数制限に到達してしまった。戦果と言えば、その辺をうろついていた低級のモンスターを数体倒した程度だ。

朝から数えて四番目となる森羅の防衛ターンでは〝侵攻〟を選ばず、これまでに稼いだなけなしのptを榎本に割り振ってもらい……現在は、《習熟戦》四日目のラスト。

すなわち、英明学園の防衛ターンである。

「ん……」

目の前に展開された数十からなるモニターと、それらが映し出す情報を統合して作られているのであろうリアルタイム更新のダンジョンマップ。

そんなものをじっと見つめながら、俺は小さく息を吐き出した。

現在俺と姫路(ひめじ)がいるのは、主に指揮官が利用する〝管制室〟のような場所だ。仮想現実(VR)空間の中ではあるものの、どのダンジョンにも座標が紐付けられていない架空のオペレーションルーム。自学区のプレイヤーであれば誰でも自由にアクセスできる。

この管制室は——まあ名前の通りではあるのだが——基本的に〝指揮官がダンジョン内に散らばっているプレイヤーたちに指示を出す〟ための部屋だ。そのため、多数のモニターを通じてダンジョン各所の情報が際限なく入ってくる。監視系の罠から送られてくる画像や、自学区プレイヤーの視覚情報。それらが《ライブラ》の中継画面さながらの映像データとして目の前にずらりと並んでいる。

そう——あまりにも貧相で威圧感のない、英明ダンジョン(総合評価E)の情報が。

「…………」

画面の中に映っているのは、どこかの廃墟(はいきょ)らしき建物だ。【音律宮】が〝洞窟〟をモチーフにしたダンジョンだとすれば、こちらは庭園付きの〝宮殿〟……に見えないこともないが、スケールがかなり控えめなうえ全体的に寂れている。随所に宝物(トレジャー)を守るモンスターこそ配置されているものの、せいぜい槍(やり)を持った【骸骨兵(スケルトン)】だ。迫力なんてまるでない。

マップの上部には、こんな情報が記載されている。

【四番区英明学園：管理ダンジョン〝英明宮〟】

【領域：E／罠術：E／配下：E／制約：E。ダンジョンランク：E】

――全ダンジョンの中でもぶっちぎり最下位の、総合評価E。

（話には聞いてたけど……やっぱりキツいな、これは。侵攻者側がプレイヤーランクCくらいの戦力だってのに、こっちの罠やらモンスターは最大でもランクE。プレイヤーの人数だって全然足りてない。こんなの、いつ攻め落とされたって……）

「……ふむ。どうかしたか、二人とも？」

俺がモニターを見ながら密かに下唇を噛んでいたところ、不意に後ろからそんな声が投げ掛けられた。管制室の中央に位置する大きなデスク。全てのモニターを並列で眺められる場所から今も絶え間なく戦況を追っているのは、英明学園の指揮官――生徒会長にして6ツ星ランカー・榎本進司その人だ。

振り返った俺と姫路に対し、彼はほんの少しだけ口角を持ち上げながら続ける。

「もしや、現状を再確認して失望したか？　英明が相当な劣勢にあることは伝えていたはずだが、確かにこの光景は心臓に優しくないからな。気持ちは分からないでもない」

「……いえ、その」

榎本に話を振られ、先ほどから俺の隣で黙り込んでいた姫路がおずおずと口を開く。

「失望、というわけではありません。むしろ逆と言いますか……」

「逆？　それは、どういう――」

「――だから、絶賛してるんだよ。俺も姫路も、な」

言葉に迷っていた姫路の返答を引き継ぐような形で告げる俺。彼女がこくこくと頷くのを横目で見ながら、俺は微かに頬を緩めて続ける。

「確かに拠点強化の差は思った以上に深刻だ。他学区のダンジョンには手も足も出なかったけど、ここなら今の俺でも宝物の一つくらい奪えそうな気がする」

「……僕の聞き間違いか？　それを〝失望〟というのだろうが」

「いや、そうでもない――重要なのは、それだけ劣勢なのに英明が今でも生き残ってること の方なんだよ。今だって、ここを攻めてきてる侵攻者たちは軒並みプレイヤーランクC 以上……そいつをこんなダンジョンで抑えられてるんだとしたら、それは間違いなくプレイヤーの功績。特に指揮官の采配が絶妙だから、って事実の証明に他ならないだろうが」

半身をモニターへと向けたまま、俺は冗談めかした口調で榎本に賛辞を送る。

実際、凄まじい話ではあった――最低限しか、いや、そんな基準すら満たしていないように思える【英明宮】。けれど、榎本進司を始めとする英明の三年生たちは、こんなものを引っ提げて上位ブロックの主力メンバーと火花を散らして戦っている。これがファインプレーじゃなくて何なんだ、という話だろう。

「どうやって守ってるんだ、これ？」

「……特別なことはしていないが、そうだな。指揮官は各強化項目（ステータス）のランクに応じた罠（わな）やモンスターをダンジョンの中に配置できる、というのが《習熟戦（リフレイン）》のルールだ。罠の性能やモンスターの強さだけでなく、その〝量〟についてもランクに依存する」

「？　ああ」

「基本的にはどちらも宝物（トレジャー）を守るように配置するのが定石だが、【罠術】も【配下】もランクEである英明（えいめい）の場合、全ての宝物（トレジャー）をカバーするのは物量的に不可能だ。故にログイン地点や《召喚陣（ポータル）》から遠い宝物（トレジャー）の守りは完全に捨て、さらにほぼ全ての罠とモンスターを配置前の状態で溜め込んでいる。全地点の戦況をなるべくリアルタイムで把握して、ピンポイントで防衛戦力を投入する……というやり方だ」

「……超人かよ、おい」

　さらりと告げる榎本（えのもと）だが、要は〝ダンジョン内の致命傷になり得る箇所を全て一人でカバーしている〟と言っているようなものだ。それに加えて秋月（あきづき）や浅宮（あさみや）への指示出しも並行してやっているというのだから、もはや意味が分からない。

「…………」

　ともかく、そんな現状を把握して俺は小さく首を横に振った。……【英明宮】が他学区のダンジョンに比べてとてつもなく脆（もろ）いことはよく分かった。ｐｔを稼いで総合評価（ダンジョンランク）を上げるのが当面の課題になるだろうが、今この瞬間の急務はそれじゃない。

「よし――概要は掴めたし、俺と姫路もそろそろ出るよ。どこの防衛が一番手薄だ？」

「ふむ、そうだな……」

言って、数多のモニターに目を向けたまま静かに思考を巡らせ始める榎本。侵攻者側の戦力、防衛に回っている秋月と浅宮の現在地、そして罠やモンスターの配置状況……そんなものを確認していた彼の目が不意にすっと細められる。

そして、

「――森羅だ」

「え？」

「座標X28／Y37地点。庭園の入り口付近に、たった今森羅高等学校の面々がログインした。霧谷凍夜はいない……が、阿久津雅に加え、見覚えのないプレイヤーが二名」

「見覚えの、ない……？」

該当の位置を映すモニターに視線を向けつつ、俺は小さく眉を顰める。

英明学園の生徒会長、榎本進司の記憶力は尋常じゃない。彼が〝知らない〟というのであれば、そのプレイヤーはこれまで一度も公式戦やイベントの類に出場していないのだろう。いくら榎本でも知らないものは覚えているはずがない。

もちろん、それだけなら有り得る話だが……しかし、《習熟戦》は各学区最大20名の選抜戦だ。そんな重要な《決闘》に抜擢されるようなプレイヤーがこれまで一度も公式戦に出ていないなんて有り得るだろうか？　というか、《習熟戦》は今日で四日目だ。これが初登場だというのなら、こいつは今の今まで潜伏していたということになる。

だとすれば。

「まさか、こいつが……〝黒幕〟なのか？」

「……どうだろうな。分からないが、可能性はある。ただ、悩んでいられる暇などない」

言って、榎本は一瞬だけ視線をこちらへ向けた。そうして彼は短く告げる。

「頼むぞ篠原、姫路。こいつらを止めてこい」

「了解だ――任せとけ、先輩」

軽く手を上げながらそう言って。

俺と姫路は、改めて【英明宮】内部へとログインした。

＃

《習熟戦》四日目ラスト――英明学園の防衛ターン。

管制室での戦況把握を終えた俺たちは、一瞬にしてダンジョン内へ転移していた。

先ほど俯瞰でも見ていた通り、【英明宮】は〝宮殿〟とその前に広がる〝庭園〟をモチーフにしたダンジョンだ。ＲＰＧなんかだと庭園の方が初級編、扉を開けて宮殿内部に入ると一段階強い敵がお出迎え……というのが定番だが、残念ながら【英明宮】はそこまで丁寧な造りもされていない。宝物(トレジャー)は庭園にも宮殿にもランダムに発生し、どちらの防衛に当たるのも低ランクのモンスターだけとなっている。

　そんな庭園の入り口付近。いわゆるログイン地点に当たる場所。

　まるで宮殿に招かれた客人かの如(ごと)く自然な態度と表情で、彼らはそこに立っていた。

「…………」

　七番区森羅(しんら)高等学校——霧谷凍夜(きりがやとうや)の所属するランキング上位常連の学園。管制室のモニターからも確認していたことだが、人数としては三人だ。そして、そのうちの一人……森羅ではなく二番区彗星(すいせい)学園の制服を着た少女に関しては、俺とも既に面識がある。

《ヘキサグラム》元幹部にして6ツ星ランカー・阿久津雅(あくつみやび)——。

　彼女は、相変わらず絶対零度に感じられるほど冷たい視線をこちらへ向ける。

「……あら、もう学園島(アカデミー)に戻っていたのね篠原緋呂斗(ひろと)。《習熟戦(リフレイン)》なら貴方(あなた)の顔を見なくて済むと思っていたのだけど……計算違いだったかしら」

「ハッ……それにしちゃ驚いてくれないんだな、阿久津。そっちこそ、彗星が出場辞退してるからってまさか森羅と一緒に行動してるとは思わなかった。《追加選抜(スカウト)》があるからそりゃ可能ではあるんだろうけど……《ヘキサグラム》関連のほとぼりが冷めるまではしばらく姿を晦(くら)ませるつもりなのかと思ってたよ」

「私の行動を貴方にとやかく言われる筋合いはないわ。そもそも〝姿を晦ませる〟というのは貴方の主観でしょう？　色々訊かれるのが面倒だから距離を置いていただけよ。《SFIA》の大敗で、薫への気持ちも少し冷めてしまったみたいだし……ね」

「……へえ？　それで、あっという間に森羅に鞍替えしたってのかよ。お前の忠誠心ってやつも案外適当なんだな」

「貴方に教えてあげるほど私の思惑は安くない、というだけのことよ。それと……貴方程度の男に煽られても苛立つだけだからやめなさい、と前にも言ったはずなのだけど。もしかして、それを覚えるだけの記憶力すらないのかしら？」

「はいはい、悪かったよ」

冷たい視線に見据えられ、ぞくっと来る感覚を抑えながら小さく肩を竦める俺。

とはいえ、だ……実際のところ、阿久津が森羅に力を貸しているというのはかなりの異常事態に思える。彼女が《ヘキサグラム》のリーダー・佐伯薫を信奉していたのは、佐伯にそれだけの力があったからだ。だとすれば、今の森羅に彼と同じかそれ以上の実力を持ったプレイヤーがいる、と考えるのが自然ではあるだろう。

（順当に行けば霧谷か？　いや、あいつが阿久津を誘うとは思えない。なら……）

そんなことを考えながら、俺は阿久津の隣に立つ〝見知らぬ二人〟へ視線を向ける。

「…………」

まず一人は、どこか大人しい印象の少女だ。一回り大きいサイズの制服をだぼっとワンピースのように着用し、俯きがちの姿勢でもう一人の陰に隠れてはそうっとこちらを窺っている。プレイヤー情報を表示させようとしてみるが、何かしらの手段でブロックされているのか名前も何も出てこない。

そして――彼女が壁にしている〝もう一人〟というのは、三年生にしてはやや幼く感じられる少年だ。色白で線も細く、表情一つ取っても主張の強い部分は全くない。……けれどそれでも、彼が〝只者ではない〟という感覚は対峙するだけで全身に伝わってきた。久我崎晴嵐に倉橋御門、霧谷凍夜に佐伯薫……数多の強敵と相対してきた俺の直感が、こいつはヤバいと全身全霊で告げている。

「アンタは……アンタは、何者だ？」

喉が急速に乾いていくのを感じながら、俺はどうにかそんな質問を絞り出した。目の前に立つ正体不明の脅威――それを、少しでも理解するために。

「？　ああ、ごめんね。そういえば、自己紹介がまだだったかもしれない」

俺の問い掛けに対し、彼は何でもないような口調でそんな言葉を返してきた。整った容姿を改めてこちらへ向けた彼は、どこか素っ気ない態度と声音で告げる。

「僕の名前は越智春虎。森羅高等学校の指揮官で、そろそろみんなに勘付かれてるはずの黒幕でもあって、ついでにそう――《アルビオン》のリーダーもやってる人だよ」

「ッ……!?」

まあよろしく、と続けられた言葉に反応するまで、激しい動揺と衝撃で数秒間の躊躇が生まれてしまう。……が、そのくらいはさすがに仕方のない話だろう。

森羅高等学校を頂点に置く学園島非公認の裏組織《アルビオン》――。

かつては秋月や椎名を陥れた十二番区の元学長・倉橋御門が在籍し、現在は圧倒的な強さを誇る《絶対君主》霧谷凍夜や〝二人で一つ〟の特殊な色付き星を持つ不破兄妹が中心人物となっている集団だ。倉橋が英明の《区内選抜戦》に介入してきたのが四月後半のことだから、かれこれ半年近く……何なら、俺が学園島で特大の〝嘘〟を抱え始めたのとほぼ同時期から関わり続けている連中ということになる。

そんな《アルビオン》のリーダー。立場で言えば、霧谷凍夜よりもさらに上。

耳を疑うような自己紹介をかました後、彼――越智は取りなすように言葉を継ぐ。

「まあ、リーダーって言っても大したことはしてないんだけどね。単に、後ろで指示を出してるだけ……だから、《アルビオン》のメイン戦力は僕じゃなくて凍夜の方だよ。今回の《決闘》だって、僕は基本的に前線には出ない予定の〝指揮官〟だ。ただ、このターンだけは君と――緋呂斗と話すためにちょっと役割を代わってもらった」

「……いきなり名前呼びかよ。フレンドリーなやつだな、おい」

「ふぅん、そういうの気にする人なんだ？　嫌なら別の呼び方に変えてもいいけど」

「別に嫌ってわけでもないけどさ……」

呼吸を整えながら小さく首を横に振り、俺は改めて越智に向き直る。

「にしても、やけにあっさりバラしちまうんだな？　リーダーだとか何だとか……《アルビオン》ってのはもっと秘密志向の組織なのかと思ってたよ」

「まあ、大体合ってるよ。別に悪いことをしてる組織ってわけじゃないけど、好んで目立とうとも思ってない。今だって、面倒(めんどう)だけどわざわざ《ジャミング》のアビリティを使ってるくらいだ。僕らの声や姿はisland tube(アイ・チューブ)には流れない」

そっと肩を竦(すく)めながらそんなことを言う越智。……なるほど、道理で堂々と名乗りを上げたわけだ。今まで一切姿を現さなかったことからも推測できる通り、《アルビオン》リーダーの方針はやはり〝潜伏〟で間違いないのだろう。

「……それで？」

姫路(ひめじ)を庇(かば)うように一歩だけ前に足を踏み出しつつ、俺は抑えた口調で問い掛ける。

「何しに来たんだよ、アンタ――いや、《決闘(ゲーム)》なんだから普通に攻めに来たのかもしれないけど、わざわざ指揮官を交代してまで出張ってくる必要はないだろ。しかも、アンタはさっき自分のことを黒幕だって言った。……それは、つまりこういうことか？　この

《習熟戦（リフレイン）》で英明（えいめい）が窮地に陥ってる原因がアンタにあるって理解でいいのかよ」

「そうだね、大まかにはそれで間違いないよ。緋呂斗たちの劣勢は、何から何までこの僕が演出したものだ——もっとも、それだけってわけでもないけどね」

「っ……へえ？　何でわざわざそんなことを明かすんだよ。《アルビオン》のリーダーだって話もそうだけど、こっちはもっと意味が分からない。アンタが本当に黒幕だっていうなら、そのまま黙って勝っちまう方が楽だったんじゃないか？」

「？　そうかな、別に大して変わらないと思うけど。だって君たち、僕が黒幕だって分かったところでどうせ何も出来ないでしょ？」

「——」

「……って、ごめんごめん。何も緋呂斗（ひろと）を怒らせるために来たわけじゃないんだよ。《アルビオン》のリーダーだとか、この《決闘（ゲーム）》を裏から操る黒幕だとか、その辺りの諸々（もろもろ）を明かしたのにはもちろん理由がある」

言いながらおもむろに制服のポケットへと手を突っ込み、自身の端末を取り出してみせる越智（おち）。彼はそのまましばし操作をすると、俺たちの前にとある画面を展開する。そこに映し出されていたのは、一つのアビリティだ。それも、明らかに汎用の類（たぐい）じゃない。特殊星——色付き星の〝白〟を持つ者だけが所持できる限定アビリティである。

「っ……」

「驚いた？　僕、こう見えても色付き星（ユニークスター）所持者なんだよ。一応は凍夜（とうや）たちを束ねるリーダーだし、それなりの格はないといけないからね。……まあ、そんなことはどうでもいいんだけど。とにかく、今回僕が使ってるアビリティはこれだ――《シナリオライター》。定められたシナリオを辿り切ることで、望む結末を得ることができるアビリティ」

「……望む結末を？」

「そう。《シナリオライター》を使う場合は、まず初めに使用者が望む結末（エンディング）――つまり確定していない〝未来〟を設定する。そうすると、そこへ至るまでの〝シナリオ〟が自動的に記述されるんだ。もちろん、この時点では単に〝有り得る〟展開の一つ……でも、それを正しく辿（たど）っていけば、最終的には必ず望む結末を手に入れられる。だからまあ、実質的には未来が見えてるようなものだよ」

（ッ……何だよ、そのチートアビリティは!?）

越智のとんでもない発言に、表情には出さないまでも内心で大きく動揺する俺。

《シナリオライター》――与えられた〝シナリオ〟を最後まで辿り切ることで使用者が望む〝結末〟を手に入れられるアビリティ。形式としては〝条件をクリアすれば報酬がもらえる〟類の効果なのかもしれないが、副次的な恩恵が凄（すさ）まじい。何せ、シナリオを辿っている限り、彼にはその後に起こる全ての展開が〝見えている〟ということになる。

それが本当だとしたら強敵などというレベルではないが……。

「……胡散(うさん)臭い話だな。未来が見える？　だとしたら、これまでの――《習熟戦(リフレイン)》四日目までの展開もお前には全部見えてたってのかよ。そうなるように操ってた、って？」

「ん……どうかな。いや、そう言われるとちょっと違うかもしれない」

　俺の問いを受け、越智(おち)はあまり興味なさげな仕草で微(かす)かに首を傾(かし)げてみせた。それに安心しかけたのも束(つか)の間(ま)、彼は素っ気ない口調のまま絶望的な宣告を口にする。

「もっと前から、だよ。……《習熟戦(リフレイン)》全体とかそんなものじゃない。だって僕は、このシナリオを一年近く前から遂行している」

「は……？」

「《シナリオライター》ってアビリティは、設定した結末が現実から遠いほど長く複雑なシナリオを提示してくるんだ。だから、色々と裏工作をしなきゃいけなかった。《五月期交流戦》で君がミカドを倒したのも、《アストラル》で君と凍夜(とうや)がぶつかったのも、《ＳＦＩＡ(スフィア)》のいざこざで雅(みやび)がこっちに来てくれたのも、緋呂斗(ひろと)たちが二人でルナ島から戻ってくるのも……全部、僕には見えていた。そうなるように仕向けた、って言ってもいい」

「ッ……何を、言ってるんだよ。そんな妄言が信じられるとでも思ってるのか？」

「……ふぅん、結構疑い深い人なんだ？」

　面倒(めんどう)だとでも言いたげな仕草で微かに首を傾げる越智。

「別にいいよ、信じなくても。僕がこんなに詳しく話してるのは、単にシナリオ上そうなっているからだ。ここは緋呂斗に僕の正体を明かして、最終決戦への布石を打っておくっていう大事な場面。だから、嘘は一つもついてない……けど、信じるかどうかは緋呂斗の好きに決めればいいよ。だってそうでしょ？　緋呂斗が何をしてきても、どうせ僕の思い通りになるんだから。抵抗も、反撃も、逆襲も――全部、織り込み済みだから」

端末を持った右手を薙ぐようにして《シナリオライター》の画面を消し、淡々と鋭利な言葉を紡ぐ越智。そんな彼の対面で、俺は動揺と共に必死で思考を巡らせる。

（待て……待てよ、意味が分からない。全部あいつのシナリオ通り？　俺たちが何をやってもあいつの手のひらの上？　今までも、これからも……？）

嫌な温度の汗が背中を伝う。

《アストラル》やら《SFIA》のことまで考え出すとさすがに途方もないが……《習熟戦》に限っても、彼の影響は相当なものだ。ここまでの全てが〝シナリオ〟なら、英明が劣勢に追いやられていることだけでなく、栗花落や聖ロザリアが脱落していることも、さらには音羽や天音坂の好調まで含めて何もかもが越智の思惑通りということになる。

けれど、

「……分からないな」

「？　何が分からないって？」

「アンタの〝シナリオ〟は、設定した結末が遠ければ遠いほど長く複雑になるって話だったよな。んで、アンタはこの《習熟戦(リフレイン)》だけじゃなく、これまでの全部が〝シナリオ通り〟だって言った。長い、どころの騒ぎじゃない……アンタ、一体何を願ったんだ？」

「ああ、そのことか……確かに、それは話しておいた方がいいかもね」

俺の問いに小さく頷(うなず)いてみせる越智(おち)。

そうして彼は、特に気負った様子もなく言葉を続けた。

「君の言う通りだよ、緋呂斗(ひろと)。僕は途方もないくらい遠い結末(エンディング)を設定して、そのせいで長いシナリオを完遂しなきゃいけなくなった。その結末っていうのは――8ツ星の達成」

「――……8ツ星、だと？」

「そう。どうせ君も知ってるんでしょ？　前人未到の8ツ星……全星色付き(オールカラー)の7ツ星がさらにもう一つ色付き星(ユニークスター)を手に入れないと到達できない、って言われてる、お伽噺(とぎばなし)みたいな幻の等級。僕は、というか《アルビオン(僕ら)》はそれを目指してるんだ」

シナリオによる強制力なのか、あるいは隠すようなことでもないという判断なのかは分からないが、越智春虎(はるとら)は至極あっさりとそんな言葉を口にする。

8ツ星――それは、学園島(アカデミー)内で噂(うわさ)されている幻の等級だ。7ツ星よりもさらに上。今までそこへ至った者が一人もいないため全ては憶測だが、8ツ星は学園島の全権を握るとさえ言われている。彩園寺(さいおんじ)家に成り代って、学園島(アカデミー)の頂点に立つとされている。

だとすれば。

彼らの目的が〝8ツ星〟だというのであれば、その条件(シナリオ)の膨大さには説明がつく。

「……どう？　まだ信じられないかな」

黙り込んだ俺の対面で、越智はなおも淡々とした口調で言葉を紡ぐ。

「まあ、正直無理もないとは思ってるよ。僕が緋呂斗の立場なら、未来が見えるアビリティなんて信じない。もちろん、さっきも言った通り信じてもらう必要なんかどこにもないんだけど……ペテン師だって思われるのも癪(しゃく)だから、ちょっとだけ譲歩してあげる」

言って。

越智は、ほんの少し口角を持ち上げながら真(ま)っ直(す)ぐに俺の瞳を覗(のぞ)き込んだ。

「ねえ緋呂斗。今から僕は、君に五つの〝予言〟をする——どれもこれも、今この瞬間より先に《習熟戦(リフレイン)》で起こることだ。僕のシナリオに刻まれてる未確定の〝未来〟だ」

「予言……？」

「そう、予言。この予言が実現されている限り、《習熟戦(リフレイン)》は僕のシナリオ通りに進んでいるってことになる。細かい経緯は教えてあげないけど……とにかく、予言が五つとも叶ったらアウト。そう考えれば少しは分かりやすいでしょ？」

「……どうだろうな。予言とやらの内容にもよるぜ」

「そうだね。まあ、もったいぶるほどのことでもないか」

一つ頷きながら呟(つぶや)く越智。そうして彼は、言葉通りもったいぶらずに続ける。

「僕の〝予言〟は、こうだ――
【第一の予言：轟音と衝撃により貴方は足元を掬われ、愚かにも敵の侵攻を許すだろう】
【第二の予言：赤竜の咆哮が桜離宮に響き渡り、貴方は仲間を失うことになるだろう】
【第三の予言：天への刃と森への反逆はいずれも失策となるだろう。怒りを買った貴方たちは、絶体絶命の窮地に追い込まれる】
【第四の予言：森が天をも呑み込み、やがて手が付けられない脅威となるだろう】
【第五の予言：漆黒の塔の中で、君たちは《習熟戦》に敗北するだろう】
……どう、覚えた？　覚えたならあとは簡単なゲームだよ。予言が最後まで叶えば僕たちの勝ち、逆に一つでも跳ね除けられれば……シナリオを〝崩す〟ことが出来れば緋呂斗の勝ち。まあ、そんなことは絶対に起こり得ないんだけど」

「…………」

断定口調で言い放つ越智に対し、俺は静かに思考を巡らせる。

白の星の特殊アビリティ《シナリオライター》、及びそれに伴う五つの〝予言〟――どちらも抽象的かつ非現実的で、到底信じられるような代物ではない。異様に口が回る妄想癖の持ち主だと考えた方がまだ納得しやすいほどだろう。

それでも越智は淡々と続ける。

「ちなみに、ずっと先の話でした――なんて小狡いことを言うつもりはないよ。遅くとも三日以内に僕の予言は全て叶う。それも時系列順に、ね」

「……いいのか、そんな適当なこと言って？　辻褄が合わなくなっちまうぞ」

「だから適当じゃないんだって。……まあいいや、どうせそのうち無視できなくなる」

話を切り上げるように小さく首を横に振ると、越智は静かな足取りで俺たちの方へ近付いてきた。傍らの阿久津はじっとこちらを見つめたまま静止し、もう一人の少女は慌てて越智の背中を追い掛ける。侵攻開始、ということだろう。

（越智の予言の一つ目は……【轟音と衝撃により貴方は足元を掬われ、愚かにも敵の侵攻を許すだろう】。これが今この瞬間のことなのかは分からないけど、要はこいつの侵攻を防げばいいってわけだ。そうすれば予言は成就しない）

そんなことを考えながら、俺は視界に越智のステータスを表示させる。プレイヤーランクは【C】――久我崎晴嵐と同じく、英明より二段階も格上のプレイヤーだ。

ただ……それでも、俺たちはこれまでの侵攻で何も学んでこなかったわけじゃない。

（《習熟戦》には、プレイヤーの体力の他に〝ログイン時間〟って概念がある。こいつらのログイン時間が切れるまで耐えるか、もしくは罠で動きを止めるか……とにかく、宝物が奪われなければそれでいい）

――そう。

《習熟戦》は、何も相手プレイヤーを撃破することが目的の《決闘》じゃない。侵攻者は宝物を奪ってｐｔを稼ぐことが、防衛者はそれを防ぐことが唯一かつ最大の目的だ。

足元を掬われる、という〝予言〟がやや気になるところではあるが……

（……ご主人様）

と、そこで、すぐ隣に立つ姫路がこっそりと耳打ちしてきた。

（現在地から近い位置に出現している宝物は、後方20メートル地点と右手140メートル地点です。どちらも罠やモンスターは配置されていないようですが……）

（ああ……多分、榎本が言ってた〝リアルタイム配置〟だろうな。俺たちが越智を誘い込めば、あとは上手く合わせてくれるはずだ）

小声での作戦会議を手早く終わらせる。……おそらく、今の【英明宮】にランクCのプレイヤーを葬れるほどの罠なんて存在しないだろう。けれど、例えば〝足止め〟系や〝転移〟系など、時間を稼ぐだけなら手段なんていくらでもある。

ただ——俺がそこまで思考を巡らせた、瞬間だった。

「……あと五秒」

不意に言葉を零した越智に対し、思わず眉を顰める俺。唐突で意味の分からない、それでもどこか嫌な予感を抱かせる響き。俺が警戒に体勢を低くした——その直後、

（——は？）

ドンッ、と腹に響くような凄まじい轟音と、それから衝撃。

そんなものが辺り一帯を突き抜けた刹那、俺の視界を覆い尽くすように真っ赤なアラートが表示された。曰(いわ)く、行動不能(スタン)——残り六十秒。

「な、んだよ……これ」

手足が動かせなくなっているのを確認しつつ、俺は視線だけで越智を睨(にら)み付ける。

「アンタ、端末も触ってなかっただろ。何で攻撃できるんだよ？」

「？　ああ、僕の攻撃じゃないよ。今のは、向こうで戦ってる桜花(おうか)の生徒会長——坂巻夕聖(さかまきゆうせい)の範囲攻撃スキル。地面に大きな衝撃を与えることで相手プレイヤーをまとめて行動不能にする、っていう大技だ。まあ、《緊急退避》までは封じられないみたいだけど」

「桜花が……このタイミングで？」

「そう。もちろん、向こうに協力の意思なんて欠片(かけら)もないと思うけどね。ただ僕はこうなることを知ってたから、ちょっと利用させてもらっただけ。今日この瞬間に彼が範囲型の攻撃スキルをぶっ放して、それで緋呂斗(ひろと)が動けなくなることを僕は知ってた。そうなるようにこの場所を選んだ。……というか、教えてあげてたでしょ？【第一の予言：轟音と衝撃により貴方は足元を掬われ、愚かにも敵の侵攻を許すだろう】ってさ」

「————」

何でもないような口調で自身の策を明かしながら、越智はコツコツと足を進めて俺と姫路の脇を通り抜けた。見れば、いつの間にか阿久津(あくつ)の姿もなくなっている。おそらくもう一つの宝物(トレジャー)を奪いに行ったのだろう。

　が、その瞬間。

「――アビリティ《数値管理》発動」

　涼やかな声音が耳朶(じだ)を打つ――と、同時、《数値管理》によって行動不能(スタン)の効果時間が短縮され、俺の身体(からだ)は一気に自由を取り戻した。ちらりと隣の姫路(ひめじ)に目を遣(や)ると、彼女は澄ました顔でさらりと白銀の髪を流している。……彼女が重点的に採用しているのは〝防御系〟のスキルだ。自身の行動不能(スタン)はとっくに解除できていたのだろう。

　とにもかくにも、硬直から抜け出した俺と姫路は改めて越智(おち)に向き直る。

「止まれよ、越智。せっかくの《決闘(ゲーム)》だってのに戦いもせずスルーってのはちょっと味気ないんじゃないか？　少しは相手してくれよ」

「ふぅん、そんなに戦いたいんだ？　僕は構わないけど、そんなことしてもあんまり意味ないと思うよ。だって……もう獲ったから」

「――――え？」

「ごめんね、全部計画通りだ。緋呂斗(ひろと)がすぐに行動不能(スタン)を解いて立ち向かってくる――そんな未来が僕には見えてたから、少しだけ先手を打っておいたんだよ。《ランクC補助スキル：魔法の手》……障害物さえなければ遠くの宝物(トレジャー)でも一瞬で獲得できる便利なスキルだ。多分、緋呂斗は見たこともなかったと思うけど」

端末を片手に、格の違いを見せつけるが如(ごと)くそんなことを言ってくる越智。そうこうしているうちに、別の宝物(トレジャー)を奪いに行っていた阿久津(あくつ)も生還する。……手も足も出ない、とはまさにこのことだろう。抵抗も虚(むな)しく、英明(えいめい)の宝物(トレジャー)は二つも森羅(しんら)に奪われた。

それも、越智の放った〝予言〟の通りに。

(【英明宮】は総合評価(ダンジョンランク)が低いから、固有宝物(コア)さえ奪われなければ大量のｐｔを与えちまうようなことはない。でも、これで一つ目の予言が叶ったのは確かだ。……じゃあ、本当なのか？　越智の予言は本物で、《習熟戦(リフレイン)》は俺たちの負けで終わるってのか……⁉)

痛烈な無力感と絶望感に苛(さいな)まれつつぎゅっと右手を握り締める俺。

そんな俺の内心を見透かすように、越智は悠然とした仕草で小さく首を振ってみせた。

「まあ、デモンストレーションとしてはこんなものかな。緋呂斗への挨拶は済んだし、一つ目の予言も叶(かな)った。あとは、もう時間の問題だね——それじゃあ」

淡々とした口調でそう言って、くるりと身体を翻(ひるがえ)す越智。ぶかぶかの服の少女がそれに続き、阿久津は阿久津でちらりとこちらを流し見てから背を向ける。そうやって庭園の入り口へと向かう彼らの背中を目で追いながら、俺はしばらく黙り込んでいた。

「…………」

《アルビオン》のリーダーにして《習熟戦(リフレイン)》の黒幕、越智春虎(はるとら)——彼は《シナリオライター》なるアビリティをもって〝未来〟を読み、全学区を誘導しているらしい。彼のシナリオが真っ直ぐに進めば……彼の〝予言〟が全て叶えば、俺たちは《習熟戦》に敗北する。しかも、それだけじゃないんだ。越智春虎だけじゃなく、森羅には霧谷凍夜がいる。阿久津雅がいる。災厄級の６ツ星が三人も揃ってしまっている。

（そんな連中が仕掛けてきてる〝詰み確定〟の《決闘》を、既にほとんど詰まされた状況から引っ繰り返さなきゃいけない……どうすりゃいいんだよ、それ!?）

悲嘆に暮れる俺を嘲笑うかのように、越智たちは静かに【英明宮】から姿を消した。

【二学期学年別対抗戦・三年生編《習熟戦》——四日目終了時点】

【各学区勢力（ターン進行順）】

【八番区音羽学園——音律宮。総合評価：C。残りプレイヤー数：12】

【三番区桜花学園——桜離宮。総合評価：C。残りプレイヤー数：16】

【十七番区天音坂学園——天網宮。総合評価：B。残りプレイヤー数：4】

【七番区森羅高等学校——森然宮。総合評価：C。残りプレイヤー数：15】

【四番区英明学園——英明宮。総合評価：E。残りプレイヤー数：6】

【十四番区聖ロザリア女学院、及び十六番区栗花落女子学園——脱落】

教えて姫路さん

二学期学年別対抗戦・三年生編《習熟戦》って？

三年生編《習熟戦》は、簡単に言うと“pt（ポイント）”をガンガン稼いで自分たちのダンジョンを強化する「ダンジョンビルド」型の大規模決闘です。最終的にダンジョンの総合評価 S まで育て上げた学校が勝者となります。島内ランキング上位の学校揃いなので、ここの勝利で英明学園の優位を際立たせたいですね。

――ダンジョンには四つの強化項目がある

稼いだptを「領域／罠術／配下／制約」の四つの強化項目にいかに振り分けるかに各学校の個性が反映されます。そして総合評価がひとつ違うだけで、大きな戦力差が生まれます。なお、英明学園はいずれの項目の評価も総合評価も低く、大ピンチです。榎本様たちの様子から見て、何やら理由があるようですが。

――総合評価が一つ上がると《追加選抜（スカウト）》の権利を一つ獲得できる

3年生の学年別の争いに2年生のご主人様と私が参加できるのは、この《追加選抜》の権利があるからです。最強であるご主人様への参戦要請は当然として、どうやら他の学区でも別学年の有力プレイヤーや思いもよらない人物の参戦があるようですね。

――ptは他学区のダンジョン侵攻で稼ぐ

ダンジョンを強化するptは、“侵攻”中に宝物乱獲／敵の撃破／陣地確保の3種類で稼ぎます。また、各ダンジョンには固有宝物（コア）”と呼ばれる特殊な宝物が存在し、固有の能力があるほか、これを失った学区は直ちに敗北します。劣勢の私たちにとって、これを巡る攻防も重要になりそうですね。

三年生の強豪プレイヤー揃いの英明学園がここまで窮地に立たされていることは予想外です。ぜひご主人様の力で、鮮やかな逆転劇を魅せましょう。

#

――結局。

《習熟戦（リフレイン）》四日目のラスト、英明（えいめい）学園の防衛ターンは散々な結果に終わった。俺と姫路（ひめじ）は越智（おち）の《シナリオライター》に翻弄されて二つの宝物（トレジャー）奪取を許し、その他の戦線も軒並み大きな打撃を受けた。奪われた宝物（トレジャー）は合計で七個、倒されたモンスターは少なく見積もっても十五体以上、《召喚陣（ポータル）》も複数設置され……という有様だ。

ただ榎本（えのもと）に言わせれば、これでも〝最悪〟ではないらしい。【英明宮】に出現する宝物（トレジャー）はせいぜいランクEかF。それを奪われたところで、既に総合評価（ダンジョンランク）C以上まで発展している他学区のダンジョンは大して強化もされない。俺たちにとって唯一避けなければいけないのは固有宝物（コア）を奪われること――故に、その足掛かりとなる〝一つの学区に四つ以上の宝物（トレジャー）を奪われる〟事態だけ回避できれば問題はない、とのことだった。

そして、現在の時刻は夜の七時過ぎ――。

今日の《決闘（ゲーム）》自体は随分前に終わっており、俺たち英明メンバーも最低限の作戦会議をした上で解散となっていた。越智の《シナリオライター》や五つの〝予言〟も含め、これからどうするかというのは明日の課題だ。今はとにかく身体を休めろ、というのが指揮官である榎本からの指示だった。

と、まあそんなわけで。

「——お帰りなさい、雪。それに篠原さんも」

怒涛の展開で肉体的にも精神的にもぐったりしながら家に帰った俺たちを出迎えてくれたのは、嫋やかな笑みを浮かべた羽衣紫音だった。

彼女は長い髪をふわりと揺らすようにして上品に小首を傾げる。

「二人とも、きっと疲れていますよね？　なんとわたし、先ほどお風呂のスイッチを押しておきました。もうすぐ最適なお湯加減になる頃かと思います」

「ありがとうございます、紫音様。わたしは夕ご飯を作りますので、ご主人様から——」

「ふふっ……雪はわたしを誰だと思っているんですか？　ごく普通の高校生、もとい『将来はコックさんだね』とメイドたちから何度となく絶賛を浴びた女の子ですよ。料理はわたしに任せてください。衝撃のテクニックを披露しますから」

「……紫音様。料理というのは、冷凍庫内の食品を電子レンジで解凍する作業のことではありません。数日家を空けておりましたので、作り置きも特にないはずです」

「なんと……それでは、わたしはコックさんになれないかもしれません。残念です……ですが、わたしの家事スキルは料理に留まるものではありません。泊まらせてもらっているお礼に、雪のお部屋を徹底的に掃除する方を――」

「ダメです。……この家のメイドはわたしなんですよ、紫音様。お気遣いはありがたく受け取らせていただきますが、今はごゆっくりお寛ぎくださいませ」

羽衣の申し出を却下して一足先にリビングへ向かう姫路。……今のやり取りから察するに、羽衣の家事スキルとやらはなかなかに壊滅的なのかもしれない。しっかりしているようには見えるが、何しろ箱入りのお嬢様だ。身の回りの世話はずっと使用人が――それこそ姫路なんかが――してくれていた、ということなのだろう。

「にしても……悪かったな羽衣、一人で留守番なんかさせて。退屈だっただろ？」

「？　いえ、そうでもありませんよ」

俺の問いに、羽衣は小さく首を横に振りつつ否定の言葉を返してきた。そうして、彼女はリビングの方を――否、そのさらに先にあるシアタールームの方を指差す。

「わたし、朝からずっとあちらの大画面でisland tubeを観ていましたから。《習熟戦》というとても刺激的な《決闘》が放送されていましたよ」

「……何だ、見てたのか」

微かに脱力しながら指先でそっと頬を掻く俺。

「今の英明はあんまり見られて嬉しいような状況じゃないんだけどな……ろくにｐｔは稼げないし、敵の侵攻は止められない。どうにか突破口を見つけないと話にならないよ」

「劣勢からの逆転、というのが一番面白いじゃないですか。実際、コメント欄にもたくさんありましたよ？　篠原緋呂斗が帰ってきたなら、英明はここからだ――って」

「っ……」

「学園島（アカデミー）最強の称号は伊達（だて）じゃないみたいですね」

くすっ、と悪戯（いたずら）っぽく笑いながら可憐（かれん）な声音で囁（ささや）いてくる羽衣。……そのコメントとやらは、もしかしたら越智（おち）の《ジャミング》により彼との会話シーンが放映されていなかったから出てきたものなのかもしれない。《シナリオライター》がisland tube（アイ・チューブ）で公開されていたら、世論はもう森羅（しんら）の一強という意見で落ち着いてしまっていたかもしれない。

　それでも。

「まあな。……何せ、7ツ星（俺）は絶対に負けちゃいけないんだから」

　自分自身の絶望感を紛らわすように、俺はニヤリと笑ってそう言った。

　――その日の深夜。

　姫路の作ってくれた豪勢な夕食に三人で舌鼓（したつづみ）を打ち、シアタールームで《習熟戦（リフレイン）》のアーカイブ映像をしばし眺めた俺たちは、それぞれの部屋に戻って寝ることにした。7ツ星仕様のこの家には客人用の寝室だけでも軽く五部屋は存在し、そちらも姫路が毎日のように手入れをしてくれている。故に、羽衣が寝る場所にも困らない。

「…………」

正直なところ、考えなければならないことはいくらでもあった——《習熟戦(リフレイン)》の巻き返し方に、不気味な〝予言〟の対策法。ただ《シナリオライター》なるアビリティがあまりに厄介なため思考が進まないのと、加えて二十四時間前にはまだ空の上にいた、という過密なスケジュールで疲労が溜(た)まっていたのだろう。俺はすぐに眠りに落ちていた。

いや——落ちていた、はずだったのだが。

「篠原(しのはら)さん……篠原さん、起きていますか？」

……不意に、囁(ささや)くような声音が耳朶(じだ)を打った。

（ん……？）

夢か現(うつつ)かも定かではない呼び掛けに、俺は小さく首を捻(ひね)る。……今のは、羽衣(はごろも)か？　だとしたら夢の方がいくらか可能性は高そうだ。何せ、つい昨日まで——何なら今も、俺は彼女に振り回され続けている。そろそろ夢に出てきてもおかしくはないだろう。

ぼんやりとした思考でそこまで考えた、瞬間だった。

「ふむ。……えい」

何やら可愛(かわい)らしい掛け声と共に、微(かす)かな衣擦(きぬず)れの音が鼓膜を撫(な)でる。それが、誰かが俺のベッドの上に乗ってきた音だと気付いたのはその直後のことだ。そしてほぼ同時、俺の身体(からだ)を包んでいた掛け布団が横合いから少しだけ捲(まく)られる。

（え……え？　何？）

「起きていないなら、好都合です。……お邪魔します」

くすっと微かな笑みが零れた刹那、俺の背中にぴとっと誰かの手が触れて。

直後、捲られていた布団がふわりと元に戻された――が、その感触は先ほどまでと全く異なるものだ。何故なら同じベッドの中にもう一人、俺以外の身体が入っている。俺以外の、というか、もう間違いなく羽衣紫音のそれだ。彼女は俺と同じベッドの中でもぞもぞと身体を動かすと、俺の背中に寄り添うような形で寝転がる。触れるか触れないかという絶妙な距離感だ。上品な匂いとドクドク高鳴る心音が布団の中に充満する。

（な、何何何何⁉　何してんのこいつ⁉）

「篠原さん、わたし……」

俺の疑問を超高速で置き去りにし、どこか切なげな声音で言葉を継ぐ羽衣。同時、俺の肩にそっと華奢な手が置かれ、続けて彼女がゆっくりと上体を起こしたのが背中越しに伝わってくる。絹のような髪が俺の首筋に垂れてきている辺り、顔を覗き込もうとでもしているのだろうか。耳元に吐息がかかって、鼓動が最高潮に達して――刹那、

「――きゃっ」

「っ……きゃっ、じゃねえよ、おい」

……その辺りで理性が限界に達し、俺は寝返りの要領で逆サイドからベッドを抜け出し

ていた。そうして後ろを振り向いてみれば、そこには案の定、暗闇に照らし出された羽衣紫音がネグリジェ姿でぺたんと座っている。曲がりなりにも〝お嬢様〟である彼女がラフな格好でこちらを見上げている、という事実に再びドキドキと心音が跳ね上がってしまいそうになるが……まあ、それはともかく。

「何してんだよ、羽衣……めちゃくちゃ驚いただろうが」

「ふふっ……すみません。わたし、また篠原さんを試してしまいました」

「……試した？」

「はい。……実は、ずっと気になっていたのです。雪は今、あなたの専属メイド――昼も夜もなく、常に篠原さんと一緒にいます。あんなに可愛い雪が、ですよ？　なので、もしかしたら篠原さんも本能に負けて雪を襲いまくっているのではないか、と……わたしの身体を囮にして確認してみようと思ったんです。怒らせてしまったならすみません」

「ああ、そういう……いやまあ、別に怒っちゃいないけどさ」

分からなくもない理由を口にする羽衣に対し、俺は小さく首を横に振ることで心臓の鼓動を誤魔化しつつ、なるべく気のない風を装って続ける。

「それで、俺の無実は証明できたのか？」

「そうですね……いえ、実験対象が雪ではなくわたしだったわけですから、実は何も証明されていないのかもしれません。これは困りました。わたし史上、最大の誤算です」

「……おい」

「ただ、それでも夜更かしした甲斐はありました。だって、篠原さんがわたしのことを憎からず思っていることが確認できましたから。顔には出ていませんでしたが……とってもドキドキしていましたよ？」

「っ……」

「嬉しいです」

言って、はにかむような笑みを浮かべる羽衣。……なるほど、さっき背中に触れてきたのはそのためか。表情でいくらでも〝嘘〟がつける俺の特性をこうも容易く突破してくる辺り、さすがは彩園寺家の英才教育を受けたお嬢様といったところだろう。

「ったく……それで？」

わずかに残った動揺を抑えつけながら、俺は目の前の羽衣にジト目を向ける。

「俺を起こした理由は何なんだよ、羽衣。今の実験のためだけ、とは言わないよな？」

「さすがにそこまで無計画ではありませんよ、わたし。もちろん、これには壮大な理由が潜んでいます。実は……篠原さんに、キッチンまで案内して欲しくて」

「……キッチン？」

「はい。冷蔵庫やシンクや調理器具が並ぶ、あのキッチンです」

ふわりと長い髪を揺らしながらそんなことを言ってくる羽衣。俺がなおも怪訝な表情を浮かべていると、彼女は微かに口元を緩めて続ける。

「先ほどは雪に止められてしまいましたが……実はわたし、高校生になってから少しは料理をするようになったんですよ？　そこで、雪にちょっとしたサプライズを仕掛けたいんです。夜のうちに色々と仕込んでおいて、明日の朝ご飯をお二人に振る舞おうかと」

「ああ、なるほど……でも、キッチンの場所くらい分かるだろ？　リビングの隣だよ」

「場所は分かりますが、わたしがお願いしたいのはエスコートです。わたし、ごく普通の女子高生ですよ？　女の子が暗闇を怖がるのは当然のことです」

「……はいはい、分かったよ」

冗談交じりに言いながら上品な仕草で手を差し出してくる羽衣に対し、俺は苦笑と共に肩を竦めることにした。そうして差し出された手をそっと握る。ひんやりとした感触とすべすべした手触りが同時に指先を襲い、薄暗がりの密室というシチュエーションも相まって何とも言えないドキドキに支配される。

とにもかくにも、なるべく音を立てないように二人で部屋を抜け出して。

リビングの扉を静かに押し開けた――その瞬間、

「「あ」」

……あろうことか、一瞬で姫路と鉢合わせた。

手に持っているティーカップから柔らかな湯気が立っている辺り、寝る前に飲む紅茶でも淹れにきたところなのだろう……が、まあそんなことはどうでもいい。羽衣とお揃いのネグリジェを着た彼女の瞳は、繋がれた俺と羽衣の手をじっと見つめている。

「ええと、その……ご主人様？　これは、どういうことなのでしょうか」

「!?　いや、違う違う！　俺は単なる案内役っていうか、羽衣が急に――」

「――ダメですよ、篠原さん」

俺が言い訳をしようとした瞬間、隣に立っていた羽衣が少し背伸びをするような形で俺の口元にそっと人差し指を立ててきた。色々な意味で絶句する俺と姫路を置き去りに、彼女はにっこりと笑って続ける。

「これはわたしと篠原さんだけの秘密です。雪には教えてあげません」

「……なるほど。わたしに隠れて、二人きりで、手を繋いで秘密のことを……ですか」

「いや違う！　確かに秘密は秘密なんだけど、もうちょっと軽めの秘密っていうか、むしろちょっとしたサプライズっていうか……」

「サプライズ……ですか？」

「そうですよ、雪？　サプライズはこっそり実行されるから意味があるんです。準備の段階で詮索するのはあまりお行儀がよくありません」

「……ああ、何となく分かりました。紫音様の〝いつもの〟ですね」

嘆息交じりにそう言って、むっとしていた表情を微かに緩める姫路。……なるほど、どうやらこの手の思い付きじみた暴走は以前からあったことらしい。

「それにご主人様が付き合わされている、という点だけが少し気になりますが……ほどほどにしてくださいね、紫音様。明日も《決闘》がありますので」

「大丈夫ですよ、雪。篠原さんにお願いしているのはエスコートだけですから」

「なら良いのですが……」

ほんの少し拗ねたような口調でそう呟いて、姫路はもう一度ちらりと碧の瞳を下に向ける。その直後、彼女はふと何かに気付いたように小さく顔を持ち上げた。

「……ということは、ご主人様のお役目は既に終了しているのですね？」

「え？　ああ……まあ、そうなるな」

「なるほど。では……その、帰りはわ、わ、わたしをエ、エ、エスコート、し、し、してく、く、くださ、さい、いませ、せんか？」

「――――――」

微かに俯いたまま、照れたような気配をあからさまに残したまま、それでも羽衣に対抗するような形ですっと手を差し出してくる姫路。

その姿があまりにも可愛くて、咄嗟に反応できなかったのは言うまでもない。

＃

翌日――二学期学年別対抗戦・三年生編《習熟戦》五日目。

羽衣の作った特製カレー（確かに美味かったが朝食にしては重かったかもしれない）を平らげた俺と姫路は、今日もまた英明学園の生徒会室を訪れていた。

室内に集まっているメンバーは昨日と同じ六人だ。学区対抗戦というにはやや寂しい人数だが、初期の選抜メンバーは既に大半が脱落してしまっているのだから仕方ない。ちなみに、時刻は午前八時……《決闘》が始まる一時間前。このタイミングで、改めて戦略を打ち合わせておこうという話になっていた。

「問題は、ここからどうするか……だろうな」

最初に口火を切ったのは、俺の右斜め前に座る榎本だ。

「昨日の最終パート、英明学園の防衛ターンは知っての通り散々な結果に終わったが、それでも得るものがなかったわけではない。黒幕の発覚……森羅高等学校の６ツ星・越智春虎。彼が、自身の〝シナリオ〟をなぞるべく各学区の動きを誘導していた。つまり、僕たちの推測は間違っていなかったわけだ――黒幕の正体は思った以上に凶悪だったがな」

「……まあな」

小さく頷いて榎本の発言に同意する俺。

「越智春虎……あいつ、今まで全く表舞台に出てないのかよ？」

「あれば絶対に覚えている。越智春虎、などというプレイヤーが公式戦に参加したことは一度もない。おそらく、本人の申告通り〝潜伏〟していたのだろうな。霧谷や不破を始めとするメンバーに暴れさせ、その陰でシナリオを遂行していたのだろう」

「えへへ……それ、ちょっと凄すぎだよね。何でそこまで8ツ星にこだわるのかな？」

「ん……確かに、な」

少なくとも、昨日の邂逅ではそこまで露わにされてはいない。……が、単純に〝学園島のトップに立ちたい〟とか、そういうレベルの願望ではないはずだ。何しろ学園島のプレイヤーが目指す頂点とは一般的に〝7ツ星〟……そして、7ツ星と8ツ星の間には途方もないくらいの距離がある。特別な理由がない限り目指そうとは思わないだろう。

「てか、そんなのはどうでもいいんだけど……」

と、そこで声を上げたのは浅宮だ。彼女はテーブルの上に少しだけ身を乗り出すと、俺たちの顔をぐるりと順番に見つめて続ける。

「あれさ、どうやって対抗するわけ？　シナリオがあるんでしょ。ウチらの行動が全部読まれてるんでしょ。そんなのもう……ヤバいじゃん」

「ふむ……正確には〝読まれている〟のではなく〝越智のシナリオに沿うよう誘導されている〟と言った方が近いがな。《シナリオライター》の提示するシナリオはあくまでも仮の未来で、それに関わるプレイヤーたちの動きを越智が巧みに誘導することで〝現実〟に変えている。故に、結果として未来視のような挙動になる、ということだ」

「……言ってるコトは分かるけど、だとしても結構どうしようもなくない？」

「まあな。僕たちが何を企んでいても、それを先回りされる可能性が常にあるということだ。いや、これまでもそうだったのだろうが……」

「進司の案でも先回りされるとか……チートなんだけど」

むぅ、と唇を尖らせながらソファに背中を預ける浅宮。それと同時、煮詰まってきた議論を解きほぐすように、彼女の隣に座る水上摩理が懸命な表情で声を上げる。

「で、ですが！　いくら〝未来視〟でも、まだ未確定なら対抗はできるはずです……！」

「……まあ、そうだよな」

そんな水上の発言に対し、俺は静かに首を縦に振る。

「確かに《シナリオライター》は凶悪だ。何もかもあいつの手のひらの上って考えたら絶望的……だけど、あいつの意思でシナリオを実現させてるなら、その逆も不可能なはずはない。要は〝あいつの望む結末に辿り着かないようにする〟ってことだ」

「ふむ。つまり――〝予言〟に対抗すると、そういうわけか」

「まだ半信半疑な部分はあるけど、な」

榎本の呟きに小さく肩を竦めてみせる俺。

越智春虎の放った五つの〝予言〟――それは彼のシナリオ上三日以内に必ず起こる未来であり、その五つ目は俺たちの敗北を示唆している。もちろん心の底から信じているわけではないが、現に〝第一の予言〟は昨日のうちに叶ってしまっている。

俺がそこまで記憶を辿(たど)ったところで、姫路(ひめじ)が涼しげな声音で言葉を継いだ。

「第二の予言は、こうです――【赤竜の咆哮(ほうこう)が桜離宮に響き渡り、貴方(あなた)は仲間を失うことになるだろう】。第一の予言と違って今回は【桜離宮】と場所の指定がありますね。残りの予言が三つもあることを考えれば、今日起こってもおかしくはありません」

「そうだな。竜の咆哮、仲間を失う……でも、この予言は割と簡単に回避できるんじゃないか？　防衛側ならともかく、侵攻者側でやられそうになったらさっさと《緊急退避》すればいい。あとは、最悪【桜離宮】に攻め込まないって手もあるけど」

「いえ……少なくとも今の段階では、越智(おち)様の予言が〝ご主人様の行動を縛り付けるための方便〟だという線も捨てきれません。ここは攻めの一手かと」

姫路に鼓舞され、「だよな」と小さく頷(うなず)く俺。……実際、彼女の言う通りだ。ただでさえ拠点強化(ダンジョンビルド)の追い付いていない英明(えいめい)が侵攻を見送るなど有り得ない。越智の〝予言〟は頭に入れつつ、出来るだけ多くのｐｔを稼がなければ詰んでしまうだろう。

「ちなみに――目安としてはどのくらい稼げばいい、指揮官様？」

「榎本(えのもと)先輩だ。……そうだな。現状、【英明宮】の強化項目(ステータス)は軒並みランクＥ。これを一つランクＤに上げるためにはｐｔが３０００ほど必要で、三つ上がれば総合評価(ダンジョンランク)がＤとなる。ランクＣの宝物(トレジャー)なら三つ、あるいはランクＢ以上のモンスター五体で充分だ」

「わ……えへへ♪　会長さんってばスパルタなんだから～♪」

「目標は高い方が良い(い)だろう？　無論、当面の目標は３０００ｐｔ――ランクＣの宝物(トレジャー)一つで構わない。【配下】ステータスだけでも伸ばせれば防衛はかなり楽になるからな」

「了解。……んじゃ、今日の目標はそんなところか」

越智の〝予言〟を回避しつつ、【英明宮】の強化項目(ステータス)を一つでもランクＤにする。そのために、出来るだけ大量のｐｔを他学区ダンジョンから掠(かす)め取る。

（幸い、どのダンジョンも強化方針に一定の特徴があるからな……順当な攻略が難しくても、そこを突くような形で侵攻できればある程度のｐｔは稼げるはずだ）

静かに思考を巡らせながら頷く俺。

そんなわけで――絶望的な窮地を脱するための、英明の五日目が始まった。

＃

《習熟戦(リフレイン)》のターンローテーションは、脱落学区が現れない限り更新されない。

そのため、今日の防衛学区も音羽(おとわ)→桜花(おうか)→天音坂(あまねざか)→森羅(しんら)→英明の順だ。バランス型のダンジョンである【音律宮】では（久我崎(くがさき)と接触しないよう気を付けつつ）低ランクモンスターの撃破でわずかながらｐｔを稼ぎ、現在は桜花の防衛ターンである。

「――ここのダンジョンの特徴は、まあなんていっても〝撃退型〟ってトコだよね」

四人揃(そろ)って仮想現実(VR)空間へログインした直後、目の前に広がる巨大なダンジョンを見上げながら浅宮がポツリとそんなことを言う。

昨日は手も足も出せずに帰ってきた桜花学園の【桜離宮】――音羽の【音律宮】が〝洞窟〟で【英明宮】が〝宮殿〟だとしたら、【桜離宮】はいわゆる〝巨大迷路〟のようなダンジョンだ。高い壁によって侵攻ルートが大きく制限されており、各所に行き止まりも用意されている。それは侵攻者を惑わすためのものでもあるが、どちらかと言えば〝袋叩きしやすくする〟ための構築なのだろう――何せ、

【三番区桜花学園：管理ダンジョン〝桜離宮〟】
【領域：C／罠術：D／配下：A／制約：E。ダンジョンランク：C】
【残りプレイヤー数：16】

……バランス型の【音律宮】とは大きく異なり、【配下】に振り切った拠点強化。

そんな強化項目を眺めながら、胸元で腕を組んだ浅宮は難しい顔をして続ける。

「【桜離宮】……ダンジョンの広さはそこそこだけど、配置されてるモンスターがとにかく強いの。サラマンダーとかユニコーンとか、ゲームでいうなら後半の敵ばっかり出てくるみたいな。しかも、迷路の上からふつーにウチらのこと攻撃してくるからね」

「うんうん♪　特に宝物の周りは誰も近付けないくらい守りが堅いんだよね。仮にモンスターを倒せても、桜花はまだほとんど脱落者が出てないからプレイヤーもいっぱい駆けつけてくるし……えへへ、さっすが伝統校って感じかも♡」

「……なるほど。それは、確かに手に負えませんね」

こつ、と煉瓦造り(れんがづく)のダンジョン内に足を踏み入れながらそっと声を零す(こぼ)姫路(ひめじ)。

「ちなみに、これまではどのような方針で侵攻していたのでしょうか？」

「んー、初日はまだ【配下】特化じゃなかったから普通に攻められたけど、構築が固まってからは結構苦戦してるんだよね。今まで試したのだと、例えば潜伏作戦とか？　索敵回避系のスキルを使ってこっそり《召喚陣(ポータル)》を置いちゃおう、みたいな」

「へえ……悪くない策に聞こえるけど」

「うん。ウチもそう思ったたし、実際《召喚陣(ポータル)》は設置できたんだけど……桜花って、そもそも《召喚陣(ポータル)》の設置をスルーする方針みたいなんだよね。で、《召喚陣(ポータル)》の周りをモンスターで固めちゃうの。だからせっかく《召喚陣(ポータル)》があっても使えないんだよ。もち、それでもptは稼げるけど……ログイン先として使えないならイマイチっていうか」

「ねー♡　あとは、単純に数で攻める作戦っていうのもあったかな。プレイヤー何人かでモンスター一体を囲んで各個撃破、ってやつ♪　そっちは上手(うま)くいったんだけど……」

「……最初の数体で打ち止め、ってオチか？」

「そ。一対多の状況が作れればいいんだけど、桜花のモンスターには監視能力とか警報機能とか色々追加されちゃってるからね。戦ってるとすぐ他のモンスターが集まってきちゃうし……だから、その辺の策はあんまりおススメしないかも」

くるくると人差し指に金糸を絡めながら溜(た)め息(いき)を吐(つ)く浅宮(あさみや)。……早くも二つの案が潰されてしまったが、まあそれも無理はない。何しろ《習熟戦(リフレイン)》は今日で五日目だ。榎本(えのもと)に浅宮に秋月(あきづき)、というメンバーが揃(そろ)って何の手も打っていないはずはないだろう。

「要は、やるならそれ以上の手ってことか。……考えてても仕方ないな。確実な策なんかあるわけないんだから、とりあえず試してみなきゃ始まらない」

「わ……もしかして緋呂斗(ひろと)くん、もう何か思いついてるの？」

「まあ、一応な」

言いながら、俺は端末を取り出した。《習熟戦(リフレイン)》の仕様では、《追加選抜(スカウト)》されたプレイヤーは参加当日中にアビリティを登録(セット)すればいいことになっている——つまり俺も、昨日一日考えた末に採用するアビリティを決めている。二枠は汎用性の高い便利アビリティとして、一つは大技。《アストラル》で手に入れた〝紫の星〟由来の限定アビリティ。

「《劣化コピー》——これまでも何度か使ってる〝データ複製〟のアビリティだ。こいつを桜花の防衛モンスターに使ってみたい」

「え？　……え、え？　待ってシノ、それどーゆーこと？」

「そのまんまの意味だよ。【桜離宮】のモンスターが強いならそれを利用すればいい、って話だ。《劣化コピー》で上を飛んでるモンスターを一体複製(コピー)して、そいつに《数値管理》やら強化(バフ)系スキルを突っ込みまくって強化する。そうすれば、ランクAよりも一段階高い最強のモンスターが作れるはずだ」

「なるほど……それは、悪くない作戦かもしれませんね」

俺の案を聞いて、隣の姫路がくすっと少しだけ口元を緩ませる。

「【桜離宮】の誇る強力なモンスターをこちらの配下として用いる……相手の力を逆手に取った妙策かと思います。上手く決まればこの空を制圧できるかもしれませんし、プレイヤーが前に出なくて済みますので〝予言〟の回避にも繋がります」

「うん、うん！　さっすが乃愛の緋呂斗くん♡」

賞賛の言葉を紡ぐ姫路に追随するように、ふわふわのツインテールを揺らした秋月もぱあっと尊敬の眼差しを向けてくる。普段のあざとさ成分と純粋な感情がブレンドされた視線に軽くドキドキさせられつつ、俺は思考を切り替えるべく天を仰ぐ。

【桜離宮】の空には、決して少なくない数のモンスターがひしめいている——故に、適当なタイミングでアビリティを使っても外すことはないだろう。ただ、目的は他のモンスターを殲滅することなのだから、やはりランクAの最強候補でなければ意味がない。

そんなことを考えた、刹那。

『——僕だ』

不意に、右手に持っていた端末から聞き慣れた声が響いた。英明学園の生徒会長にして頼れる指揮官・榎本進司——彼は、落ち着いた口調でこんな指示を告げてくる。

『状況は聞いていた。篠原、飛翔系スキルを使って近場の壁を駆け上がれ——巨大迷路という性質上、【桜離宮】のモンスターには〝壁の上に登ってきたプレイヤーを最優先で迎撃する〟ようプログラムが組まれている。そしてこれまでのデータを見る限り、真っ先に飛んでくるのは決まってランクAモンスターだ。配下として文句はあるまい』

「……最高だぜ、先輩」

相変わらずの洞察力とタイミングの良さに軽く口角を持ち上げながら、俺は言われた通りにスキルを使うことにした。《ランクE移動スキル：忍者走り》——ふわりと軽くなった身体で煉瓦の壁を駆け上がり、巨大迷路の〝上〟へと移動する。

「って……うわ」

そこで目に入った光景は、なかなかに衝撃的なものだった。眼下に広がる迷路もさることながら、天空を泳ぐペガサスにワイバーン、果ては天使なんてのもいる。浅宮の言う通り、RPGなら後半の強敵に当たるモンスターのオンパレードだ。

（【英明宮】との差がえげつないな、おい……）

自学区のダンジョンにはせいぜい骸骨兵くらいしか配置されていなかったのを思い出しつつ、ひくっと頬を引き攣らせる俺。

ただ、そんな余裕も束の間——轟ッ、と凄まじい風圧が俺の身体に打ち付けた。壁の上という聖域を侵した俺に早くも気が付いたのか、近くを徘徊していたモンスターたちが揃ってこちらを向いている。そして、そんな中でも最も早く行動を始めたのは……聞いていた通り、ランクA。凄まじい移動速度を誇る赤鱗のドラゴンだ。

「ッ……特殊アビリティ《劣化コピー》発動！」

その姿にほんの少しだけ嫌な予感を覚えながらも、俺は――ドラゴンの炎に焼き尽くされる前に――声を張り上げてアビリティの使用を宣言した。モンスターの〝複製〟……俺の傍らに、目の前のドラゴンと瓜二つのレプリカが生成される。

「よし……頼む、姫路！」

「かしこまりました、ご主人様」

それを確認した俺は、壁の下にいる姫路に声を投げ掛けた。彼女の持つダメージ軽減系のスキルに《数値管理》アビリティ、さらには秋月と浅宮も各々が採用している強化スキルを付与し、結果としてランクAを超える最強のドラゴンが爆誕する。

（赤の竜ってところだけが気になるけど、姫路たちの体力にさえ気を付けてれば〝第二の予言〟が叶うことはない。ここまでは予定通り……あとは、こいつで空を制すれば――）

――などと。

そんな甘い思考が俺の脳裏を過ぎった、瞬間だった。

「全く……面倒なことをしてくれるな、学園島最強？」

辺り一帯に冷たい声が響き渡って。

刹那——四方八方から怒涛の攻撃が俺の元へと押し寄せた。咄嗟に先ほどと同様の《忍者走り》で壁の下へ避難するも、ドラゴンを庇うには至らない。集中砲火に晒され、切なげな咆哮と共に赤竜の身体が消滅する。

「な……」

そんな光景に俺たちが絶句していると……直後、煙の晴れた【桜離宮】の上空に、ワイバーンの背に乗った桜花のプレイヤーたちが颯爽と姿を現した。人数としては三人。中でも一際目立っているのは中央にいる一人の男だ。神経質そうな表情と不遜な態度が特徴的な、目付きの悪い三年生——桜花学園生徒会長・坂巻夕聖。

ふん、と鼻を鳴らしてから、彼はやや傲慢な口調で続ける。

「【桜離宮】を踏み荒らすだけに飽き足らず、俺の下僕にまで手を出すとは……全くもって救えない。おかげで予定外の出動をする羽目になった」

「……アンタ、坂巻夕聖か。桜花の生徒会長がわざわざご苦労なこった」

「一応、念には念を入れたまでだ。そちらに揶揄される謂れはない」

俺の軽口を冷たく一蹴する坂巻。

上空からこちらを見下ろしつつ、彼は嘆息交じりに言葉を継ぐ。

「というか……さっさと《緊急退避》を使ったらどうだ、篠原？　今ここで《決闘》を去りたいというのなら叶えてやってもいいが、ろくな絵面にならないぞ」

「へえ？　いいのかよ、そんなに余裕かましてて。俺たちの相手をしてる間に他学区の連中が宝物を奪いまくってるかもしれないぜ」

「構わん。元より【桜離宮】は〝撃退型〟だ。宝物を守るより他学区のプレイヤーを撃破する方を優先する。……それに、このターンは厄介な森羅が攻めてこなかったからな。対英明の防衛に力を割いてもそれほど不自由はない」

（え……？）

坂巻の放った何気ない発言に小さく眉を顰める俺。

いや――もちろん、それ自体は何もおかしいことじゃない。防衛学区以外の学区は〝侵攻〟か〝ダンジョン強化〟のどちらかを選ぶ仕様なんだから、必ずしも全学区が攻めてくるわけじゃないんだ。それでも〝森羅が〟と聞くと何かしらの意図を感じてしまう。

（けど、そんなの〝予言〟とは何の関係も――――いや？）

そこまで考えた辺りで、俺は不意にとあることに気が付いて思考を止める。

越智の放った第二の予言――【赤竜の咆哮が桜離宮に響き渡り、貴方は仲間を失うことになるだろう】。赤竜の咆哮、というのは分かる。壁の上で俺に突っ込んできたモンスターが偶然か必然か〝赤のドラゴン〟だったため、それは実際に引き起こされた。

とはいえ〝仲間を失う〟の方は回避できるだろう……と思っていたのだが、本当にそうか？　仮に俺が防衛者側だとしたら、ダンジョンを守るモンスターは広義の仲間だ。だとしたら、《劣化コピー》で複製したドラゴンは俺たちの仲間だったんじゃないか？

もしそうだとしたら――第二の予言は、既に達成されている。森羅ではなく、森羅の動きによって行動を変えた桜花によって実現されている。

「……っ……」

ぐら、と足元が揺らいでいくような感覚に襲われ、俺は思わず拳を握り締める。……ここまで来たら、もう認めてしまった方が早いだろう。越智春虎は本物だ。《シナリオライター》の効果も〝予言〟の内容も、全て嘘偽りのない真実だ。

「？　何を押し黙っているのか知らないが……もう一度言うぞ。さっさと退け、英明。お前らのような連中は、俺たちのダンジョンには似つかわしくない」

「……はいはい、分かったよ」

内心は越智の重圧に押し潰されそうになりながら、坂巻の最終宣告に対して降伏の意思を示す俺。実際、これ以上【桜離宮】に留まっていてもｐｔが稼げる未来は見えない。

そんなわけで――俺たちは、失意のままに《緊急退避》スキルを使用した。

＃

第一、第二の予言が続けて叶ったことで、さすがに越智のシナリオが口先だけの荒唐無稽なものだと突っ撥ねることは出来なくなった。

現在は、昼休憩を挟んで午後の一発目——天音坂の防衛ターンが始まる少し前。今日中に総合評価D、ないしは【配下】だけでもランクDに上げるという目標を考えれば侵攻に出ない手などないが、そうすると〝第三の予言〟が頭にちらつくようになる。

曰く——【天への刃と森への反逆はいずれも失策となるだろう。怒りを買った貴方たちは、絶体絶命の窮地に追い込まれる】。

「……難しいところですね」

俺の隣に腰掛けた姫路が、白銀の髪をさらりと揺らして口を開く。

「〝天への刃と森への反逆〟……順当に考えれば天音坂学園および森羅高等学校への侵攻を指すものと思われますが、この〝失策〟という表現がネックです。侵攻を控える、という選択はそもそもが失策だとも捉えられますので」

「ま、そーだよね……さっきの〝仲間＝ドラゴン〟理論が通るならそれも全然アリってカンジ。ってことはむしろ、絶対攻めなきゃいけないじゃん」

「はい。その上で、どちらかの侵攻は確実に〝成功〟させなくてはなりません」

涼やかな声音で呟く姫路。そんな会話を聞きながら、俺は静かに思考を巡らせる。

（二つ目までの予言で、越智のシナリオが本物だってのは充分思い知らされた。今度こそ

止めなきゃマズい……なのに）

何も音がしない右耳のイヤホンに触れて小さく下唇を噛む俺。……そう、俺と姫路の後を追って学園島へ向かってきてくれている加賀谷さんと椎名だが、残念ながらまだ到着はしていない。つまり俺は、実質的に〝イカサマ〟を封じられている状態なんだ。《カンパニー》のサポートがほとんどない状態で越智の〝予言〟を回避しなければならない。

けれど――だからと言って、諦めるわけにはいかないから。

「ふぅ……」

俺は、意識を切り替えるべく小さく息を吐き出した。

――《決闘》再開。十七番区天音坂学園の防衛ターン。

【十七番区天音坂学園：管理ダンジョン〝天網宮〟】
【領域：B／罠術：A／配下：D／制約：D。ダンジョンランク：B】
【残りプレイヤー数：4】

天音坂ダンジョンの外観は、いわゆる〝電脳空間〟のようなものだ。青白く発光するタイルが無限に敷き詰められている無機質なダンジョン。他のダンジョンと比べると宝物の位置は非常に分かりやすい――何せ、隠されていないどころか、まるで目印かのように青い柱が立っている。分岐路も一切ないため探索の難易度は【英明宮】以下だ。

「でも……緋呂斗くんたちももう分かってると思うけど、【天網宮】がシンプルな構造なのはただただ【罠】に一点特化してるからなんだよね」

ログイン地点から一歩ダンジョン内へ足を踏み出し、後ろ手を組みつつ呟く秋月。

彼女の言う通り――【天網宮】は罠による侵攻者の撃退、及び拘束を主眼に置いたトラップダンジョンだ。宝物の周囲はもちろん、そこへ至るまでの道中でさえ大量の罠が仕掛けられている。榎本の調査によれば〝タイル三枚につき一つ〟は罠があるそうだ。

微かに唇を尖らせた浅宮が難しい顔で言葉を紡ぐ。

「モンスターの強さだけなら【英明宮】と大して変わんないんだけどね。だから、気を付けなきゃいけないのはとにかく罠。総合評価が高いからほんとはプレイヤーも要注意なんだけど……まあ、天音坂は最初から人数足りてなかったし」

「少数精鋭、らしいからな。あとは、単純に〝チーム戦〟とか〝学区対抗戦〟みたいな行事に力を貸したがらない連中が多いのかもしれないけど……」

ルナ島で仕入れた情報を口にしつつ、そっと右手を口元へ持っていく俺。……実のところ、トラップダンジョンという構成は《習熟戦》においてかなり厄介な部類だ。モンスターは倒せばｐｔになるが、罠はどうやっても侵攻者の利にならない。

「昨日みたいに罠を解除しながら進むってのは……いや、ないな」

「うん、そだね。プレイヤーランクが上がれば広い範囲の罠を一気に解除できるスキルとかも手に入るみたいだけど、今の乃愛（のあ）たちじゃせいぜい三つずつが限界……スキルは十回しか使えないんだから、すぐに進めなくなっちゃうもん」

「そうですね……ちなみに、一般的にはどのような攻略法が主流なのでしょうか？」

「あーえっと、今のウチらだとちょっと厳しいんだけど……」

白銀の髪をさらりと揺らして問い掛けた姫路（ひめじ）に対し、人差し指で頬（ほお）を掻（か）きつつ記憶を辿（たど）る浅宮（あさみや）。少し困ったような表情を浮かべながらも彼女は続ける。

「一番メジャーなのは、あれかな。飛翔（ひしょう）系スキルで空から突っ込む、ってヤツ。踏まれるのが発動条件の罠（わな）って結構多いから……そういうのは、空から行けば無視できるの。だから、罠の対策として飛翔系スキルっていうのは割と鉄板みたいなカンジ」

「ああ……なるほど、確かにな」

「でしょ？　でも【天網宮】くらい【罠術】のランクが高いとふつーに〝対空〟性能のある罠もいっぱい仕掛けられてるから、それだけじゃダメなんだよね。飛んでる間に別のプレイヤーがダメージ軽減のスキルを展開して、転移系とかスキル解除みたいに致命的な罠は、また別のプレイヤーが攻撃スキルで地形ごと壊す……みたいな」

「……それは、また凄（すさ）まじい攻略法だな」

天音坂（あまねざか）ダンジョンの完成度とその攻略手段に舌を巻き、若干の呆（あき）れすら感じながらも素直な賞賛を口にする俺。浅宮の語った攻略法とは、要するに〝ごり押し〟戦法だ。ある程度のプレイヤーランクと充分な人数が揃っていれば確かに有効だが、今の英明にはどちらも備わっていない。正攻法での攻略はほぼ不可能だろう。

ただ——だからと言って、何も出来ないというわけじゃない。

「……なあ、秋月。《習熟戦》の罠って一回発動するとどうなるんだ？」

「一定時間後に再セット、だよ♪　発動した場合も解除されちゃった場合も、罠はしばらく経つと復活するの。【天網宮】の場合は【罠術】のランクがAだから、多分一分もしないうちに再セットされちゃうんじゃないかな？」

「一分か……まあ、そのくらいあれば充分だろ」

秋月の返答に少し思考を重ねてから静かに頷く。

そうして俺は、怪訝な顔をする三人に向けてこんな作戦を提案することにした。

「便乗作戦だ——浅宮の言った突貫形式だと、どこかしらの学区が突っ込んだ後、そいつらが通ったルート上の罠は全部〝対空性能がない〟か〝ぶっ壊されてる〟ことになる。なら、全く同じルートを使えば飛翔系スキルだけで突破できる、ってわけだ」

「あ、確かに……ででも、その後はどうするの？　同じルートを通るってことは同じ宝物狙いになっちゃうし、そしたら乃愛たちの勝ち目は薄いと思うけど……」

「いや、宝物は狙わない。いくら等級が高くてもプレイヤーランクが二つも三つも離れてたら勝負にならないからな。けど——ほら、《習熟戦》にはもう一つｐｔを獲得する方法があるだろ？　宝物(トレジャー)を奪わなくても、敵を一人も倒さなくても成立する方法が」

「あ……そっか、《召喚陣(ポータル)》！」

　ぱちん、と大きな胸の前で両手を打ち合わせて嬉(うれ)しそうな笑顔を咲かせる秋月(あきづき)。

　そう――《習熟戦(リフレイン)》には、大きく分けて三種類のｐｔ獲得手段が用意されている。一つが宝物乱獲(トレジャーハント)、もう一つが敵の撃破(ハック&スラッシュ)、そして最後の一つが陣地確保(ドミネーション)だ。ログイン地点と同じ機能を持つ《召喚陣(ポータル)》をダンジョン内に作ることで一定のｐｔを入手できる。

「確か、《召喚陣(ポータル)》は〝半径20メートル以内に罠(わな)も敵も一切ない場合〟にだけ設置できるんだよな？　だから、最初は潜伏スキルを使いながら他の学区に便乗して、適当な位置でついていくのをやめる。あとは、全力で罠の解除を進めればいい」

「ん……確かに、それならギリ間に合うかも。【天網宮】はほとんどモンスターが配置されてないし、それに《召喚陣(ポータル)》設置で貰(もら)えるｐｔはランクＤの宝物(トレジャー)を手に入れるのと同じくらい。ランクアップには足りないかもだけど、今のウチらからしたら相当な稼ぎになるよね。そうなったら絶対〝失策〟だなんて言わせないし！」

「ああ、間違いなく成功でいいはずだ。……よし、そうと決まれば」

　潜めた声で言いながら、俺は端末をわずかに掲げて潜伏スキルを使用した。そうして身体(からだ)を反転させると、ログイン地点へ視線を向ける――。

「――張り込むぞ、みんな」

俺の発案した〝便乗作戦〟は、とりあえず上々のスタートを切った。

張り込み開始から数分と経たずに現れた音羽の一団。彼らが選択した例のごり押し戦法に便乗し、飛翔系スキルで地上の罠を無視して進む。ログイン地点から500メートルほど離れた辺りで音羽を追うのをやめ、そのタイミングで潜伏スキルも解除した。

「ふぅ……一応、ここまでは順調か」

ポツリと呟きながら端末上のマップ（あくまでも榎本が供給してくれている〝予想マップ〟ではあるが）を眺める俺。【天網宮】はそれなりに広く、加えて至るところに罠が仕掛けられているためそもそも移動するのが難しい。入り口からこれだけ離れた位置に《召喚陣》を設置できれば、ｐｔ報酬を抜きにしても大きな戦果となるだろう。

そんなことを考えながらさっそく罠の解除に移ろうとした——その時。

「ふっふっふ……待っていましたよ、ラスボスさん！　とぉっ！」

威勢のいい掛け声と共に、見覚えのある桃色の髪の少女が唐突に空から降ってきた。

いや——降ってきたというか、正確には〝飛び降りてきた〟と言うべきだろうか。突如として空中に開いた黒い穴から滲み出てきた彼女は、器用にくるんと一回転しながら青白いタイルの上に着地する。スカート姿のため下着が一瞬見えたような気もするが、その他のインパクトが強すぎてあまり記憶に残っていない。

ともかく、そんな斬新かつ華麗な登場シーンを経て俺たちの前に立ち塞がったのは一人の少女だった。夏期交流戦《ＳＦＩＡ》にて鮮烈なデビューを果たし、天音坂学園のダークホースとして一躍注目を浴びた新進気鋭の一年生――５ツ星・夢野美咲。

「どどん！　って、い、いた……足、痺れ……びりびり……で、でも平気です！　我慢できます！　何故ならわたしは主人公なので……！　強いので!!」

「……あー」

せっかく格好のいい登場を決めたのに最後まで締まらない。まあ、そんなところも夢野らしいと言えば夢野らしいが。

ともあれ彼女は、元気にぴょこんと立ち上がると両手を腰に当てながら続ける。

「改めて！　ここで会ったが百年目です、ラスボスさん――と、そのお供である四天王の方々！　大人しくわたしに倒されて、世界に平和をもたらしてください！　びしっ！」

「……どこの世界のラスボスが自分から勇者のところに出向くんだよ」

「確かに、前代未聞のストーリーですね。というか……わたしたちは、ご主人様を除くと三人です。それなのに〝四天王〟ということは、もしかして夢野様も加入希望なのでしょうか？　それなら歓迎いたしますが」

「！　こ、これは噂に聞くヘッドハンティング！　ラスボスさんの秘書さんが他でもない主人公を引き抜こうとするなんて、大胆不敵もこの上ありません！　ですが、わたしは世界を守る主人公……！　誰かの下につくような器じゃないのですっ！　むん！」

ちらりと八重歯を覗(のぞ)かせながら、嬉(うれ)しそうに――もとい〝苦渋の決断だ〟と言わんばかりの悩ましげな表情で姫路(ひめじ)の誘いを断る夢野。相変わらず主人公気質なのは別に良(い)いのだが、彼女のペースに付き合っていたらいつまで経(た)っても会話が進まない。

そんなわけで、こちらから話を振ってしまうことにした。

「お前も参加してたんだな、夢野。《新人戦(プレリュード)》が終わったばっかりなのに元気なやつだ」

「《修学旅行戦(フォルティッシモ)》が終わった次の日から《習熟戦(リフレイン)》に参加してるラスボスさんにだけは言われたくありません！　って……も、もしかしてラスボスさん、主人公であるわたしが頑張っているのを見て大慌てで駆けつけてくれたんですか？　だとしたら花丸です！　さすがはわたしのラスボスさん……！　運命的です！　偉いです！」

「違(ちげ)えよ。そもそも、お前が参加してることなんかisland tube(アイ・チューブ)で見るまで知らなかったっての。《追加選抜(スカウト)》権利があれば一年生でも参加できるとはいえ、普通は選抜されなかった三年生とか、あとは脱落したやつを復活させるのが主流(メイン)だろうし」

「ラスボスさんの言う通りですが、天音坂の三年生はみんなプライドが高いので……そもそもイベント戦に協力してくれる人が少ない上、一度負けた《決闘(ゲーム)》に復帰するなんて土下座されても断ると思います！　あ、ちなみにわたしは主人公なので『勇者よ……まだ死ぬべき定めではありません……』の理論で何度でも生き返り許容派ですよ！　むしろ転生ボーナスとか貰えるかもです！　どどん！」

「……そうかよ」

天音坂の三年生がこれ以上増えないというのは普通に朗報だが、目の前にいる夢野美咲だって可愛らしい見た目に反してかなりの強敵だ。《SFIA》の最終決戦ではあの彩園寺更紗が〝強敵〟だと断じていたプレイヤー。舐めてかかれる相手ではない。

それに、だ。

「ちなみに夢野。お前がここに来たのはそっちの指揮官——奈切来火、だっけか。そいつの指示だったりするのかよ？」

「指示ではなく依頼と言って欲しいところですが、その通りです！　ここでラスボスさんたちを食い止めろ、と……やっぱりわたし、主人公ですからね。奈切先輩も、一目どころか百目くらい置いてくれているに違いありません。だからこうして重要な任務を——」

——瞬間、夢野の身体が何らかの力に引っ張られてずたんと転んだ。

「わぷっ！　て、転倒罠の遠隔起動……!?　わざわざ味方への当たり判定を追加してまでなんてことするんですか奈切先輩！　鬼です！　悪魔です！　まさか、わたしの並々ならぬ洞察力に嫉妬して——わきゃんっ！」

「………………」

お仕置きとばかりに軽めの罠に掛けられ続ける夢野の対面で、俺は呆れと共にそっと息を吐く。……まあ、俺が夢野を送り出した指揮官の立場だとしても似たようなことをしたかもしれない。それにしたって、罠の配置が的確過ぎて舌を巻くが。

　ともかく、そんなこんなで一分後。

「ぜえ、ぜえ……」

　ひたすら弄ばれていた夢野がようやく罠から解放されて起き上がってきた。仮想現実空間故に泥塗れになっているとかそういう類の悲惨さはないが、微妙に衣服が乱れているのと息が荒くなっているのとで何となく視線を向けづらい。

　そんな俺の内心など知る由もなく、彼女は薄桃色のショートヘアを揺らして口を開く。

「さ、さすがはラスボスさんです……奈切先輩を利用してわたしを追い詰めるなんて」

「いや、そんなつもりは一ミリもなかったけど……」

「ただ！　だからと言って、ラスボスさんの好きにはさせませんよ……！」

　言って、すちゃっと端末を構える夢野。桃色の双眼がすっと微かに細められる。

「ラスボスさんは確かに強いですが、この《習熟戦》においてはまだまだです。プレイヤーランクも低いですし、経験も皆無……つまり、ここを突破することは出来ません！　というか、そこから一歩も動けないはずです！　何故なら、この【天網宮】を守護する奈切先輩は先代の主人公――かつて魔王を倒した大勇者のような方なので！」

「大勇者、ね……まあ、強いって噂は聞いてるけど」

「はい！　今の奈切先輩は理性モード――見た目はほとんど眠ってるみたいですが、頭の中は物凄い勢いで回っています。あの状態の先輩は、ちょっと凄いんです！　森羅の不良さんも、桜花の生徒会長さんも、音羽の《我流聖騎士団》も、みんな奈切先輩の指先一つで侵攻を食い止められているんですから！　まだ《習熟戦》に慣れてもいないラスボスさんが攻略できるはずありません……！　びしっ！」

　珍しく主人公ではなく他人を持ち上げながら謎の効果音を口にする夢野。……彼女の言う通り、確かに奈切来火という少女には相当な実力があるのだろう。厳選された天才ばかりが集まる天音坂で序列一位となったプレイヤー。その才能は想像するに余りある。

　が――それでも、

「そうか。突破できないなら仕方ないな――頼む、秋月」

「任せて、緋呂斗くん♡　《ランクE罠解除スキル：並列解剖》×汎用アビリティ《数値管理》×汎用アビリティ《数値管理》、いっぱい重ね掛けして発動♪」

　俺が視線を前に向けたまま声だけで合図をした刹那、後ろに控えていた秋月がスキルとアビリティを同時に使用した。複数の罠をまとめて解除するスキル《並列解剖》――ただしプレイヤーランクEの段階で解放されているそれは初級編のスキルであり、6ツ星でもせいぜい三つの罠を同時に解除するのが限界。けれど、その限界を《数値管理》で拡張してしまえば話は別だ。一時的にプレイヤーランクを無視した動きが可能となる。

「わわっ、何を──」

「で。……確かにシノとゆきりんは昨日《習熟戦》に参加したばっかりだけど、ウチらはそうでもないんだから──《ランクE攻撃スキル：虎王砲》！」

畳み掛けるように声を上げ、夢野に対して攻撃を仕掛ける浅宮。昨日の久我崎戦で既に分かっている通り、ランクEの攻撃では夢野にまともなダメージなど与えられないが。

「へ？　って、きゃぁあああああっ！」

意外にも可愛らしい悲鳴と共に、夢野は突風に飛ばされるかの如く後方へ弾き飛ばされた。……《虎王砲》は、ダメージこそ控えめなものの〝直撃時に相手プレイヤーを吹き飛ばす〟ことが可能なスキルだ。そちらの効果は問題なく発揮され、夢野が俺たちから引き離される。その距離、少なく見積もっても20メートル以上。

「──条件のクリアを確認しました。これより《召喚陣》の設置に入ります」

それを見ていた姫路が、涼しげな声音でそんな言葉を口にした。周囲20メートル以内に罠や敵が一切ない、という設置条件。今この瞬間だけはそれが満たされている。

いや──そのはずだったのだが。

「え……？」

瞬間、《召喚陣》スキルを使おうとしていた姫路の表情がわずかに曇った。

「……どうした、姫路？」

「いえ、その……ご主人様。原因は分かりませんが、仮想現実の視界にエラー表示が出てしまいました。要件未達成――つまり、スキルの使用条件を満たしていない、と」

「要件未達成……？」

姫路の話に思わず眉を顰める俺。

そんなことはないはずだ――たった今、秋月のスキルで周囲一帯の罠を解除し、範囲内にいた唯一の敵プレイヤーである夢野美咲は浅宮の攻撃で吹っ飛ばした。視界良好な【天網宮】で〝物陰に潜む〟なんて器用な真似は出来るはずもないため、これで半径20メートル圏内は綺麗に片付いていると考えていいだろう。

「じゃあ、まさか……」

そこでふとある可能性に思い至り、俺は探索スキルを使用することにした。周囲の罠を視認できるようになる《眼力》スキル――すると、確かにほぼ全ての罠は解除されているものの、視界の端に一つだけポツンと取り残されている罠があるのが見て取れた。取るに足らないランクGの罠。嫌な予感を覚えながら、俺はそいつを解除してみる。

と――その瞬間、俺のすぐ近くにノータイムで新たな罠が出現した。

「これ……もしかして、奈切が配置してるのか」

半ば確信をもってそんな言葉を零す俺。

リアルタイムでの罠設置……それ自体は、【英明宮】の防衛において榎本もやっていたことだ。が、それにしたって速度が尋常じゃない。秋月が罠を解除してから姫路が《召喚陣》の設置に取り掛かるまではたった数秒——いや、今のモーションを見る限りほぼ同時だ。完璧なタイミングで罠を設置することで俺たちの《召喚陣》設置を阻んできた。

（くそ……これじゃ、【天網宮】の中に《召喚陣》を置くのはほぼ不可能だ。宝物を奪うのはもっと無理……つまり、ｐｔは獲得できない。〝天への刃〟は届かない。……ヤバいだろ、これ。本当にこのまま越智の〝予言〟通りに進むってのか……!?）

天音坂学園の序列一位、６ツ星ランカー奈切来火——彼女の圧倒的な支配力と、それから越智春虎の脅威を改めて突き付けられながら。

ｐｔ獲得の手段を失った俺たちは、無言のまま【天網宮】を後にした。

＃

桜花の【桜離宮】、天音坂の【天網宮】への侵攻がいずれも失敗に終わり、どうしようもないくらいの絶望感を抱きながら迎えた森羅高等学校の防衛ターン。

彼らの管理するダンジョンは〝深い森〟をモチーフにした【森然宮】だ。

【七番区森羅高等学校：管理ダンジョン〝森然宮〟】
【領域：Ｃ／罠術：Ｄ／配下：Ｃ／時間制限：Ａ。ダンジョンランク：Ｂ】
【残りプレイヤー数：15】

《アルビオン》メンバーを戦力の中核に据える森羅(しんら)のダンジョンは、四つの強化項目(ステータス)のうち【制約】にptを集中させた構成を取っている。ダンジョン内に潜っていられる時間は十分間と非常に短く、加えて設置されている罠(わな)は硬直系や妨害系ばかりだし、モンスターはどれも体力特化だし……と、ひたすら〝稼がせない〟ことに重点が置かれている。ダンジョン強化のタイミングを森羅(ここ)に合わせている学区も多いくらいだ。

故に、【森然宮】に関しては俺たちも有効な策を持ち合わせていなかったのだが……配置の妙、とでも言えばいいのだろうか。ログイン地点付近に出現していた宝物(トレジャー)がランクBの上物で、加えて防衛に当たっていたのはランクDの【木々の精霊(ドリアード)】三体。これを四人がかりで倒し切り、撃破報酬と宝物(トレジャー)の獲得で一気に7000近いptを獲得できた。

榎本(えのもと)によれば【配下】だけでなく【罠術】と【領域】までまとめて強化できるほどらしく、ptの割り振りさえ完了すれば総合評価(ダンジョンランク)が一つ上がるのは確実だ。

そんなわけで、

「――えへへ、乃愛(のあ)ちゃん大勝利♡」

短いながらも密度の濃い侵攻を終えて生徒会室に戻ってきた秋月(あきづき)が、疲れからか微(かす)かに上気した顔であざと可愛(かわい)いダブルピースを決めてみせた。一足早く戻っていた浅宮(あさみや)もほっとしたように胸を撫(な)で下ろしている。

「うんうん、乃愛ちマジ最高！　てか大丈夫？　めっちゃ走り回ってたけど……」

「へーきへーき♡　乃愛、緋呂斗くんにぎゅーってしてもらえればすぐ回復するから♪」

「ぎゅーっとはさせてあげてませんが……ともかく、お疲れ様でした」

白銀の髪をさらりと揺らして頭を下げる姫路。絶望的な戦況の中でもわずかに成果があった、ということで、今朝に比べれば全員の顔色が多少マシになっている。

（ただ、気になるのはやっぱり越智の予言か……〝森への反逆〟は〝失策〟にならなかった。途中までたまたま当たってただけで、実際は単なる願望だったのか？　まあ、もしあいつの〝シナリオ〟が崩れたってんならありがたい話だけど……）

自分で思考を巡らせながらどうにも納得できずに首を捻る俺。

ともかく、そんなこんなでわずかな休息を挟んで――《習熟戦》五日目のラスト、英明学園の防衛ターンが始まると同時に、俺たちは仮想現実空間へ飛び込んだ。秋月と浅宮は直接【英明宮】の内部へ、俺と姫路は状況把握のためひとまず管制室へと向かう。

「――来たか、二人とも」

そんな俺たちを出迎えたのは、相も変わらず大量のモニター前に陣取った榎本進司その人だった。姫路が丁寧に挨拶するのを待ってから、俺は小さく一歩前に出る。

「ああ。数時間ぶりだな、榎本。今の気分はどんなもんだ？」

「そうだな……悪くはない。僕の想定していた以上に先ほどの稼ぎは大きかった」

前向きな話をしているとは思えないほどの仏頂面で鷹揚に頷く榎本。

「侵攻組の大手柄だな。今の僕たちにとって、ランクBの宝物という戦果はあまりにも大きい。ダンジョン強化を経ていないためまだ強化項目には反映できていないが、明日には総合評価もDになる。無論、それでも他学区のダンジョンとは比べるまでもないがな」

「いえ。お言葉ですが、榎本様。総合評価が一段階上がるだけでダンジョンの攻略難易度は雲泥の差ですし、プレイヤーの強さも跳ね上がります。越智様の〝第三の予言〟とは裏腹に、本日の侵攻は概ね成功した……と評して差し支えないかと」

「……そう、だな。僕もその点に異論はない」

姫路の補足を受けて静かに首を縦に振る榎本。その顔には微かな安堵が宿っている。

「ん……」

けれど――俺は、この展開に少しだけ違和感を覚えていた。

姫路たちの言う通り、今日の侵攻が一定の成果を得たのは間違いない。【英明宮】が強化されるのも確かなことだ。それなのに……いや、だからこそ非常に嫌な予感がする。

（だって……あれだけ自信満々だった越智が、何の波乱があったわけでもないのに何でいきなり〝予言〟を外すんだ？　というか、本当に〝予言〟は外れたのか……？）

そっと右手を口元へ遣り、静かに思考を巡らせ始める俺。

と、その時――モニターの一つに、何らかの文字が表示されているのが目に入った。

「……？　なあ、榎本。あれ……右下のモニターに映ってるやつ、何だ？」

「ふむ。あれは《ライブラ》が公表している各ターンの獲得ｐｔランキングだな。継続的な意味での優勢、劣勢は総合評価を見れば一目瞭然だが、それだけだと盛り上がりに欠けてしまう可能性がある。故に、ああしてターン毎の速報が公開されるんだ」

「なるほど……今回は英明学園が一位、なのですね」

「今回だけ、と言った方が正しいかもしれないがな。先ほどのターンで僕たちはそれなりのｐｔを稼ぎ、逆に他の学区はほとんど侵攻すらしていなかった。故に、ＭＶＰを取るのも不思議な話ではない。……まあ、実を言えば英明がこのランキングでトップを取ったのは《決闘》の初日以来のことなのだが」

「…………あ」

そこまで聞いて、ようやく頭の中でかちりと音を立ててピースがハマった。

そうか、そういうことか——先ほどの【森然宮】での攻防。森羅は俺たちの侵攻を止められなかったんじゃない、あえて素通りさせたんだ。俺たちがログイン時間内に倒し切れるギリギリのモンスターを配置し、宝物もあえて奪わせた。

けれどそれは、当然ながら俺たちを思ってのことなんかじゃない。……《ライブラ》による〝獲得ｐｔランキング〟の公開。このランキングは現在の勢力そのものではなく、どちらかと言えばその〝上げ幅〟を表すものだ。今の英明がぶっちぎりの最下位であることに変わりはないが、先ほどのターンだけ——いわば瞬間風速的に、英明学園のｐｔ獲得量が他のあらゆる学区を上回った。

「………」

それだけのことだ、と割り切ってもらえるなら別に良(い)いのだが……いや、それはなかなか難しい話だろう。何故(なぜ)なら英明学園は昨日、学園島最強の7ツ星こと篠原緋呂斗を投入したばかりだ。真っ当な思考回路を持ったプレイヤーならこう考える——俺が参戦したことで、英明が再び持ち直そうとしていると。好調に転じようとしていると。

だとしたら、他学区の指揮官は何を考えるのか？

（このままの勢いで英明が伸び続ければ、いずれ手が付けられなくなるかもしれない。けど、今はまださっき稼いだｐｔも強化項目(ステータス)に割り振られてないタイミングだ。だから、それなら——今のうちに叩くしかない、って？）

そんな、ある種当然の帰結に俺が思い至った——瞬間、

「ッ……来たぞ、二人とも！」

ダンッ、とデスクに片手を叩(たた)きつけて叫ぶ榎本(えのもと)の声。

弾(はじ)かれるようにモニターへ視線を遣(や)れば……そこには、まるで悪夢の再現とばかりに各学区のトッププレイヤーたちが軒並み顔を揃えていた。音羽(おとわ)、桜花(おうか)、森羅、天音坂(あまねざか)の四学区。そして天音坂(あまねざか)以外の三学区に関してはどこか様子がおかしい。

「何だ……？　あいつら、何で一緒に行動してるんだよ？」

──そう。

桜花三年のツートップである坂巻夕聖と清水綾乃、音羽の久我崎晴嵐、さらには森羅の霧谷凍夜に阿久津雅……明らかに敵同士であるはずの彼らが、何故か大所帯の侵攻部隊らしきものを形成している。互いのサポートをしながら【英明宮】を攻めてきている。

そんな様を見ながら声を震わせたのは榎本だった。

「……《同盟の絆》だ」

「え？」

「音羽が奪った栗花落女子の固有宝物だ。固有宝物はランクＳの宝物であり、獲得すれば莫大なｐｔと共に専用の特殊効果も手に入る。音羽が手に入れたのは《同盟の絆》……複数の学区間で〝相互不可侵〟の条約を結ぶことが出来る、というものだ」

「っ……そういうことか」

目の前の光景に一応は得心しながら、ぐっと下唇を噛み締める俺。……複数学区での相互不可侵条約。そんなものを呑むメリットは普通ならないが、それが罷り通っているのはやはり〝英明学園の危険度が上がっている〟と思われているためなのだろう。

つまり、越智の〝予言〟は当たっていたんだ──【森然宮】への侵攻は、成功してしまったことこそが失策だった。故に俺たちは怒りを買い、絶体絶命の危機に陥っている。

「いや……今はそんなこと考えてる場合じゃないな。俺たちも行こう、姫路」

「もちろんです、ご主人様。この侵攻は何としてでも止めなければなりません」

「――いいや。少し待て、二人とも」

と、そこで、ダンジョン内に転移しようとしていた俺と姫路を止めたのは他でもない榎本だった。彼は手元の機器を忙しなく操作して罠やモンスターを配置しながら、モニターから視線を逸らすことなく言葉だけをこちらへ向ける。

「二人は、ここではなく別の場所に向かってくれ――X12／Y78地点。天音坂の序列一位・奈切来火が単独で侵攻してきている」

「え……？　あいつ、指揮官じゃなかったのか？」

「その通りだが、こちらも固有宝物の効果だ。天音坂が聖ロザリアから奪ったのは《表裏一体》――指揮官であっても通常のプレイヤーと同様にダンジョン内へログインすることができる、という代物でな。……七瀬や秋月、そしてモンスターの大半は《同盟の絆》を使っている音羽軍の方に割かなければならない。つまり奈切来火がフリーになるんだ。そのようなことを許せば、英明にとって大惨事になる」

「……確かにな。でも、そっちの守りは大丈夫なのかよ？」

「固有宝物だけは死守してみせよう。任せておけ――代わりに、そちらは任せた」

ぶっきらぼうに呟いて、話は終わりだとばかりにそれきり口を噤む榎本。

それに対し、俺は小さく口角を吊り上げながらこんな言葉を返すことにした。

「了解だ。――【英明宮】を侮ったことを後悔させてやろうぜ、先輩」

＃

【四番区英明学園：管理ダンジョン〝英明宮〟】
【領域：E／罠術：E／配下：E／制約：E。ダンジョンランク：E】
【残りプレイヤー数：6】

ほんの一瞬だけ視界が明滅した後、俺たちはダンジョン内に足を踏み入れていた。

先ほどの稼ぎがまだ強化項目に反映されていないため、外観も強さも昨日と全く変わっていない【英明宮】。今日攻め込んだどのダンジョンよりも手狭で貧弱で、あっという間に攻略され尽くしてしまいそうな庭園付きの宮殿。

「――爆速でいくぜぇえええええええええええ！」

そんなダンジョンをたった一人で疾駆するのは、天音坂の制服を着たオレンジ色の髪の少女――天音坂の序列一位、奈切来火その人だ。《灼熱の猛獣》なる二つ名を持つ6ツ星ランカー。本能と理性の切り替えが凄まじいと噂されている彼女だが、現在は〝本能モード〟の方なのだろう。感情のままに全てを攻略し尽くそうとしている状態。

と、まあそれはともかく――俺は、ザッと靴音を鳴らして彼女の前に割り込んだ。

「……あん？」

獰猛な声音と共に立ち止まり、静かに顔を持ち上げる奈切。黙っていれば一瞬で男子からの人気を獲得できそうな容姿……それに反してギラギラと射殺すような瞳が俺と姫路を順に捉え、直後に小さく見開かれたかと思えばニヤリとした笑みを形作る。

「お……あんた、知ってるぜ。英明学園の篠原緋呂斗だろ。確か、転校初日に《女帝》を倒して学園島の頂点に立ちやがったっていう……って、あ？　そういや今日もアタシらのダンジョンに潜り込んでやがったんだっけか？」

「まあな、その時は直接喋らせてもらえなかったけど。……で、そういうお前は奈切来火で合ってるか？　天音坂の序列一位だって聞いてるぜ」

「おうとも。アタシがあのイカレ連中の中でもとびっきりイカレた天才だ。あんたのことは美咲からよく聞いてるよ——ラスボス、なんだってな」

「……その設定はあいつの中でだけ成立してる妄想みたいなもんだけどな」

「知らねえよ、どうでもいい。アタシはな、どんなゲームでもとことんまでレベル上げして、ラスボスだろうが裏ボスだろうが手も足も出させずボッコボコにぶちのめすのが大好きなんだ。だから、あんたがラスボスでもスライムでも大して変わんねー」

ひらひらと手を振りながらどうでも良さげに吐き捨てる奈切。

そうして彼女は、「あー？」とわずかに幼く感じられる声を零しつつ斜め上を向く。

「あんたに会ったら話そうと思ってたことがあったんだけど、何だったかな……おい篠原緋呂斗、あんた知らないか？　こっちのモードだと頭回んなくてよお」

「俺が知ってるわけないだろ。思い出せないなら〝理性モード〟ってのに代わればいい」

「ま、そうなんだけどな……チッ、仕方ねえ」

　いかにも面倒そうな声音でそう言って、奈切はおもむろに左手を持ち上げた。そうして親指と人差し指を立てた状態――いわゆる〝ピストル〟のような形を作ると、その銃口を自らのこめかみに押し当てる。そして、

「――ＢＡＮＧ！」

　言った、刹那――ふらり、と、それこそ銃で撃たれたかのように彼女の身体がいきなりバランスを失った。受け身も何もなく真正面から崩れ落ちる肢体。そんな意味の分からない光景に思わず一歩だけ足が動きそうになって……けれど、その瞬間。

「っとと……」

　倒れるかと思いきや空中で身体を半回転させて軸足を突き、奈切はそのまま宙返りの要領で元の直立状態に戻ってみせた。アクロバティックな動きで転倒を回避した彼女は、少しだけ距離を詰めていた俺を見てニヤリと口角を持ち上げる。

「あん？　何だよあんた、もしかしてアタシのこと助けてくれようとしてたのか？　お人好しかよ、ったく……もしくは、アタシの美貌に惚れちまったか？」

「……どうだろうな？　絶好のチャンスだと思って攻撃しようとしたのかもしれないぜ」

「だとしたらより一層アタシの好みだ。結婚してやる」

機嫌よさげに哄笑する奈切。そうして彼女は、すっと両目を細めて言葉を継ぐ。

「あんたの提案通り〝あっちのモード〟になってやったよ。拳銃は一種の暗示みたいなモンでな。普通のやつが本能と理性を２：８やら７：３やらで使い分けてるとしたら、アタシは10：０か０：10しか選ばねえ。だからどっちの上限値も高いんだ」

「……聞けば聞くほど謎な生態だな」

「アタシだからな。まあ、そんなもんはどうでもいい――思い出した。そうそう、あんたアレだよな？《修学旅行戦》の勝利学区……【ファントム】の、いや竜胆戒の引き抜きに成功した学区のリーダーだ」

「え？　何でお前が………って、そうか」

唐突に出てきた名前に軽く目を見開いて、それからすぐに思い至る。

竜胆戒、あるいは【ファントム】――それは、つい一昨日まで俺がルナ島で顔を突き合わせていた【ストレンジャー】だ。知名度はさほど高くないが、彼の父親は他でもない天音坂の学長。かの学園の序列一位である奈切来火が知らない道理もないだろう。

「お前、竜胆と知り合いだったのか」

「知り合いも何も、従弟だよアイツは。奈切は竜胆の分家だからな。まあ、分家ってもアタシの方がアイツよりよっぽど才能に満ち溢れてるし、そもそもアイツは天音坂から逃げたド雑魚なんだけどな。頼りなくてイライラしたろ？　どうなんだ、あん？」

「どう、って……」

ニヤニヤとした表情のまま煽り口調で問い掛けてくる奈切。どういった意図の質問なのかよく分からず、俺は少し考えてから素直に首を横に振る。

「いや。……どっちかっていうと、めちゃくちゃ強かったぞあいつ。お前が知ってる頃の竜胆とは違うのかもしれないけど……ま、馬鹿にしたかったなら残念だったな」

「！　……そうか、そうかよ篠原緋呂斗、あんた実は結構見る目あるな!?　やっぱりそうなんだよなあ！　戒くんは強いんだよ！　アタシみたいな天才とか7ツ星には分かっちゃうんだ！　それを天音坂の腑抜けた馬鹿どもは逃げただの何だのほざきやがってアタシが校舎ごと焼け野原にしてやろうか——」

「……何だよ。雑魚とか何とか言って本当は認めてるんじゃねえか」

「ッ……はぁっ!?　認めてねーし！　誰があんな雑魚雑魚の雑魚をよお！　あんなの竜胆家の名折れだろバァカ！　せっかく応援してたのに【バイオレット】とかいうどこの馬の骨とも分からねー女に負けやがって糞が！　アタシなら！　アタシがいれば戒くんは絶対負けなかったのに……！」

「「…………」」

本能モード、という名前を体現するかの如く、複雑に捻じ曲がった心境をぶつけてくる奈切。そんな彼女の言葉を受け止めつつ、俺は隣の姫路とそっと目を見合わせる。……どうやら彼女は、従弟である竜胆が負けてしまったのがお気に召さないらしい。彼の協力のおかげで《修学旅行戦》は英明の勝利で終わっているのだが、確かに個人単位のスコアで見れば【ファントム】は【バイオレット】に負けている。

そうやって俺が記憶を振り返っていると、

「けっ……まあ、そんなことはどうでもいい。どの道【バイオレット】をぶちのめすことは出来ねえからな。今はあんたでムシャクシャを晴らさせてくれ――よッ！」

流れるようにそう言った刹那、奈切はニヤリと口角を持ち上げながら端末を前に突き出した。途端にシュゥウウという不吉な音と共に真っ白な霧が彼女の腕を包み込む。

そして、

「――《ランク、S、攻、撃、ス、キ、ル、：、葉、隠、れ、千、花》」

「ご主人様ッ!!」

奈切がスキルの発動を宣言するのと同時、俺は横合いから飛び掛かってきた姫路によって突き飛ばされた。ふわりと浮き上がる二人分の身体。反転した視界の中で、レーザー光のような砲撃が超速でこちらへ向かってきているのが見て取れる。このまま重力に任せていたら、俺はともかく射線上にいる姫路の体力は一瞬で尽きてしまうだろう。

「くそっ……《ランクE移動スキル：滑空》！」

だから俺は、咄嗟に〝高速移動〟のスキルを使用することにした。姫路の背中に腕を回し、ぎゅっと身体を支えるようにして二人一緒に空を駆ける。

「――ッ」「んっ……」

無理な体勢で飛び退いたため左腕を地面に擦り付ける羽目にはなったが……まあ、そんなものは負傷のうちにも入らないだろう。何せ、奈切の砲撃を受けた【英明宮】の庭園はごっそりと地面が抉られている。

「……いいねえ。やっぱアタシ、天才か？　マジで半端ねえなこのスキル」

パラパラと土やら瓦礫が降り注ぐ中でコツンと自身の端末をこめかみに当て、獰猛な笑みを浮かべる奈切。そんな彼女の姿に軽く畏怖さえ覚えながら、俺は最大の疑問を解決するため仮想現実の視界に彼女のプレイヤー情報を表示させてみる。……と、

【奈切来火――十七番区天音坂学園所属】
【プレイヤーランク：S】

（……お、おいおい）

意味不明なステータスに思考が停止しそうになるのを感じながらも、俺はどうにか腕に力を入れて立ち上がった。続けて、なるべく丁寧な手付きで姫路の身体も抱き起こす。

「す、すみません。ありがとうございます、ご主人様」

「それはこっちの台詞だ。姫路に突き飛ばされてなかったら終わってた。……で、だ」

ぱっぱっと制服を叩(はた)いてから——この仮想現実空間(VR)において汚れは再現されないので単なる癖のようなものだが——俺は改めて対面の奈切に向き直る。

「何だよ、そのステータスは。プレイヤーランクS？　《習熟戦(リフレイン)》じゃ有り得ないだろ」

「実際そうなってるんだから有り得ないってことはないだろうよ。それとも、あんたにはアタシが幽霊にでも見えてんのか？　アタシはちゃんとここに実在してるぜ。他の誰よりもイカれた強さを持ってなァ」

「…………」

「けっ……んな疑わしげな顔で見んじゃねえよ。単なる《数値管理》と《限界突破》アビリティの組み合わせだ。これが分かりやすい〝最強〟ってもんだろ——！」

嬉々(きき)として口角を上げながら、再び端末を掲げて追撃を仕掛けてくる奈切。……《習熟戦(リフレイン)》に存在する全てのスキルを扱えるプレイヤーランクS、加えて等級は6ツ星。間違いなく、彼女はこの《決闘(ゲーム)》において〝最強〟の侵攻者の一人だろう。

ただ……だからと言って、真っ向から彼女と戦う必要などそもそもない。俺たちに託された役目は偏(ひとえ)に〝ダンジョンを守る〟ことだ。奈切来火を宝物(トレジャー)に近付けさせず、その上で俺も姫路も脱落しないこと。これさえ達成できれば戦果としては充分だろう。

——加えて、だ。

『にひひ……お待たせヒロきゅん、白雪(しらゆき)ちゃん。おねーさんたちが戻ってきたよん』

『お兄ちゃんお姉ちゃん、ただいま！　わたしも！　わたしも交ぜて！』

右耳にザザッと微かなノイズが届いた刹那、イヤホンを通じて二人分の声が聞こえてくる――どうやら、合流が遅れていた加賀谷さんと椎名が学園島に到着したようだ。それならば、ここから先は〝イカサマ〟が使える。偽りの7ツ星としての全力を発揮できる。

「ってわけで……姫路」

「はい、ご主人様――通信機能正常、映像共有完了。《カンパニー》、正式復帰いたしました。只今より、誘導経路をご案内いたします……！」

白手袋を付けた指先をすっと右耳に当てて告げる姫路。

そんな彼女に対し、俺はこくりと小さく頷いた。

「ったく……ちょこまかと逃げやがるぜ。アタシとヤらせろっつってんだろ篠原ァ!!」

――奈切来火との追いかけっこが始まってからおよそ二十分。

俺と姫路は、《カンパニー》の支援も受けつつ命からがら逃走を継続していた。

天音坂の序列一位である奈切来火の侵攻を抑える――言葉にすれば単純なことだが、気を付けなければならないことはいくらでもある。極端な話、彼女の興味が俺たちから逸れてしまったらどうしようもないんだ。付かず離れずの距離を保ちつつ、煽りも兼ねて適当な攻撃を織り交ぜながら【英明宮】内を逃げ回る。

「……ちなみに、姫路」

時折視線を後ろへ向けて奈切との距離を確認しつつ、隣の姫路にそっと声を掛ける。

「秋月と浅宮の方は大丈夫なのか？　向こうも相当ヤバいはずだけど……」

「少々お待ちくださいご主人様。……はい、そうですね」

再びイヤホンに手を遣った姫路がほんの少しだけ強張った口調で続ける。

「やはり、相当に厳しい状況です。音羽学園、桜花学園、森羅高等学校の連合軍……基本的には久我崎様率いる《我流聖騎士団》及び阿久津様が〝先行部隊〟となって露払いを行い、坂巻様や霧谷様が〝本隊〟として戦線を押し上げているような構図ですね。秋月様たちの奮闘で現状はどうにか食い止められていますが、さすがに戦力差が大きすぎます。奪われた宝物は既に三つ……このターン中にもう一つ宝物を獲得されてしまえば、その瞬間に【英明宮】の固有宝物の位置が晒されることになります」

「っ……」

躊躇いがちに告げられた情報に思わずぎゅっと右の拳を握る俺。

音羽、桜花、森羅の連合軍――トッププレイヤーだらけの侵攻部隊は、やはり相当な脅威となっているようだ。さっきから俺たちばかり追い回している奈切の思惑はよく分からないが、少なくとも連合軍の方は《同盟の絆》が効いている今のうちに英明を攻め落とすつもりで動いているに違いない。

（って……あれ？　それは、何かおかしくないか……？）

と、そこで、微かな違和感に襲われた俺はピタリと思考を止めた。

仮に——もし仮にこのまま【英明宮】の固有宝物がその位置を晒したとして、その後の展開はどうなるのだろうか？　現状は《同盟の絆》が成立しているとはいえ、まさか固有宝物の奪取という段に至ってまで協力を続けるはずはない。そして途中で出し抜くことを考えれば、有利なのは《同盟の絆》を管理している音羽学園の方だ。

（もし音羽が英明の固有宝物まで奪っちまうようなことになれば、pt的にも音羽の優勢が絶対的なものになる。挽回なんて出来そうにないけど……いいのか、それで？）

いいはずがないだろう、と自分自身の問い掛けに否定を返す俺。当然、そんなことは有り得ない。何しろこの《習熟戦》は越智春虎の〝シナリオ〟に沿って進行している——彼らの目的が〝8ツ星〟である以上、少なくともシナリオ上は森羅が勝者となるのだろう。だとすれば、勝敗を分けるほど決定的な報酬を他学区に譲るとは考えづらい。

俺がそこまで思考を巡らせた——瞬間だった。

「……ご主人様。一つ、報告があります」

隣を走っていた姫路が、微かに表情を青褪めさせながら声を零した。彼女は後方の奈切を窺いつつ小さく息を吸い込むと、やがて意を決したようにこんな言葉を口にする——。

「たった今――森羅高等学校の霧谷凍夜様が、連合軍を裏切ったようです」

♭

「な……ぁ……？」

ドンッ、という低い衝撃音と、遅れてざわざわと騒ぎ立てる外野の声。

そんなものを聞きながら、彼――霧谷凍夜(きりがやとうや)は、いかにもつまらなそうな表情で歩いていた。思いきり着崩した森羅の制服、威圧的な黒のオールバック。非常に好戦的な気質であり普段なら嬉々(きき)として《決闘(ゲーム)》に挑む彼だが、今はその表情に笑みなどない。

けれど、それも当然だ――何せ、対峙(たいじ)している相手が取るに足らない雑魚なのだから。

「さっさと退場しろや、ボンクラ。てめーの活躍シーンはここまでだ」

「な、ボ、ボンッ……!?」

並走して【英明宮】を攻めていた霧谷から思いもよらない攻撃を受け、あまつさえ心外に過ぎる暴言を浴びせられたのは、桜花(おうか)学園三年ツートップの片割れ――生徒会長にして6ツ星の実力者・坂巻夕聖だ。おそらく〝ボンクラ〟などと蔑まれたことは一度もないのだろうが、霧谷からすればそれも含めてどうでもいい。これまでの《決闘(ゲーム)》で何度かぶつかっている相手ではあるものの、その勝者はいずれも霧谷凍夜だからだ。

ともかく、坂巻(さかまき)は驚きと怒りに顔を歪(ゆが)めながら声を上げる。

「ふざけるなよ、お前！　一体何をしやがったんだ！　《同盟の絆》の発動中に俺を攻撃してくるなんて……どんな手だ。答えろよ、おい！」

「ああ？　んなことも分かんねえからボンクラだっつってんだろ」

心底うんざりしたような口調でそう言って、霧谷は一歩足を進める。坂巻の体力が今もガリガリと削られ続けているのを仮想現実の視界で眺めつつ、彼は――そのまま無視しても良かったが冥土の土産だと割り切って――仕方なく種を明かすことにした。

「《同盟の絆》……栗花落の固有宝物から得られる特殊効果は、一時的な不可侵条約を結ぶってモンだ。今この瞬間に限って、森羅と桜花と音羽は互いに手出しできねえ。ま、7ツ星が帰ってきて調子づきそうな英明を早めに潰しとこうぜって意図の同盟だ」

「そうだよ、そのはずだろ。なのに俺を攻撃できるってことは……ああ分かった、お前何かイカサマしてるんだろ⁉　不良の考えそうなことだ、くそっ！」

「その往生際の悪さだけは嫌いじゃねえぞ坂巻夕聖。けどな、残念ながらオレ様はイカサマなんざしてねえよ。言っただろ？　《同盟の絆》は相互不可侵条約……つまり、封じられてるのは〝同士討ち〟だけ。もっと言えば〝直接的な攻撃〟だけだ」

「……？　それが、どうしたんだよ」

「どうもこうもねえだろ。直接的な攻撃がダメなら間接的にやればいい――そうだよ、オレ様はてめーの足元にあった解除済みの罠を〝強化〟したうえで〝再起動〟させたんだ」

「な――ッ！」

目を見開く坂巻を睥睨しつつ、霧谷は欠伸交じりにそんなことを言う。強化が云々、というのは彼の持つ色付き星由来のアビリティ《改造》によるものだが、再起動に関しては普通にランクCの罠系スキルだ。ここにいたのが桜花の《女帝》ならそれくらい気付いて躱してきただろうが、坂巻ではそれも望めない。

「この方法なら《同盟の絆》発動中でも問題なく攻撃できる。効果は割合ダメージ＋継続ダメージ――てめーの命はあと三十秒だ、坂巻」

「さんっ⁉　……お、おい護衛担当！　誰か回復スキルを俺にッ――」

「あーあー無駄だ無駄。強化してるっつっただろ？　ランクCの継続回復スキルでもギリ回復が間に合わないよう調整してるっての。もちろん次回侵攻時にも効果が継続するオプション付きだが……例えば〝ダンジョン外〟って扱いの管制室に引き籠もってるだけなら体力が減ることはねえ。さっさと逃げ帰って指揮官にでも転職したらどうだ？」

「逃げる……ぐっ」

「ま、逃げられるならの話だけどな」

どうでも良さげに肩を竦める霧谷。……【英明宮】へのログイン時からずっと桜花と行動を共にしていた彼は、坂巻夕聖が既に〝十回〟のスキル使用回数上限に達していることを知っている。まさかここまで迂闊なプレイヤーだとは思わなかったが。

「じゃーな、三下」

一言で切り捨てた霧谷に対し、坂巻はがっくりと膝を突き、その後無数の粒子となって消え失せる。……体力0、脱落だ。そんな様を最後まで見届けてから、霧谷は視線を横へスライドさせる。そう、当然と言えば当然ながら、霧谷が狙っていたのは坂巻一人というわけじゃない——すぐ隣には彼の仲間が立っている。

「っ……」

——清水綾乃。

《女帝》親衛隊のまとめ役であり、眼鏡の似合う優しげな雰囲気の5ツ星。

自身も小刻みに足を震わせながら、それでも周りの連中を庇うかのように大きく両手を広げた彼女を見て、霧谷凍夜は「あ？」と微かに眉を持ち上げた。

「妙だな。てめーにも同じ罠を踏ませたはずだが……まさか、躱したのか？」

「……そうじゃないですよ。必死に、必死に抵抗しているだけです。貴方の言う〝ギリギリ回復が間に合わない〟継続回復スキルを二重で使いながら……だって、もし私まで脱落してしまったら、みんなに方針を示せるプレイヤーがいなくなってしまいます。それじゃあ、更紗ちゃんに顔向けが出来ませんから……！」

「ほぉ、そいつは悪くねえ覚悟だな」

少しだけ感心したように呟く霧谷。

実際のところ、清水綾乃の判断は全く間違っていない。霧谷の仕込んだ〝毒〟により今後は指揮官に徹することになるかもしれないが、それでも彼女がここで脱落するのと満身創痍で生き残っているのとでは桜花全体の士気が何倍も何十倍も変わってくる。

「――ひゃはっ」

今回の侵攻ではおそらく初めてとなる笑みを浮かべながら、霧谷は愉しげに続ける。

「音羽の《同盟の絆》に乗っかって【英明宮】を攻め、宝物を三つ奪った辺りで桜花の上位二人を奇襲。その後は露払いでスキルをそこそこ使い潰してる音羽を殲滅……ってのが春虎の計画だったはずだが、早くもここで詰まっちまったな。さすがにてめーらまでスキルを使い切ってるっつーことはなさそうだし…………って、あ?」

――と。

黒のオールバックを掻き上げながら思考を巡らせていた霧谷が、そこで不意に言葉を止めた。それは桜花から反撃を受けたからでも予期せぬ出来事が起こったからでもなく、単に後ろからちょんちょんと服の裾を引かれたからだ。霧谷がそちらへ視線を遣れば、そこにはぶかぶかの服を着た一人の少女が立っている。

少女はじっと物言いたげに霧谷を見上げて、それからもう一度彼の服を引っ張った。

「…………」

「あ？　何だよ衣織、見逃してやれってか。うるせーよ……と言いたいとこだが、残念ながら《緊急退避》より早くあいつらの体力を刈り切る手段はねえ。てめーに言われなくとも見逃すしかねーっての」

「…………？」

「いや、別に平気だろ。この程度の誤差じゃ春虎のシナリオは崩れねえ。桜花のリーダー格は一人が脱落、もう一人は永続ダメージのせいで侵攻者としてはお終いだ。ま、そこそこ充分な戦果だろうがよ」

ひゃはっ、と頬を歪めながらそう言った霧谷に対し、彼の服を掴んでいた少女——衣織は納得したようにこくんと頷いてから手を離す。彼女が再び自身の後ろに隠れるのを見遣ってから、霧谷凍夜は改めて眼前の清水に向き直った。

「ま、そういうわけだ。てめーらはさっさと《緊急退避》した方が身のためだぜ？　オレ様が再起動した罠は二つだけじゃねえ。迂闊に歩くともう二、三人は軽く吹っ飛ぶ」

「……分かっています。今回は——今回だけは、ここで退却します」

「ひゃはっ、悪くねえ返事だ。その調子で【桜離宮】を発展させて、さっさと坂巻の野郎を呼び戻してやれよ」

「……いいえ。多分、坂巻さんが復帰することはないと思います」

煽るように坂巻の名前を持ち出した霧谷だが、対する清水は小さく首を横に振る。

そして、

「《追加選抜》の権利を使いたいプレイヤーは、他にいますから」

「……あ？　そいつは――」

「では、またの機会に」

会話を切り上げるようにそう言って《緊急退避》を使用する清水。それが合図となったのか、彼女の周囲にいたプレイヤーたちも同様のスキルで【英明宮】を後にする。

「……チッ」

最後に妙な捨て台詞を吐かれた形になり、憮然とした顔で舌打ちする霧谷。

清水の発言が気にならないことはないが……まあ、成果としては上々だろう。《同盟の絆》を利用した不意打ちにより、ほとんど労力も掛けずに桜花三年のツートップを機能不全に追い込んだ。清水綾乃の生存こそ許したものの、彼女が今後ダンジョンにログインするのはほぼ不可能だ。桜花が弱体化したのは間違いない。

あとは音羽の対処をどうするか――と、そこまで考えた辺りで、彼方から近付いてくる足音に気付いた霧谷は静かに端末へ視線を落とした。森羅の指揮官である越智から定期的に送られてくる座標情報。その中に、猛烈な勢いでこの場所へと迫っている影が三つほどある。その先頭にいるプレイヤーの端末ＩＤは、霧谷もよく知る人物のそれだ。

だから、

「ひゃはっ。……やっぱ、てめーがいなきゃ燃えねえよなあ篠原！」

数分前とは打って変わった好戦的な笑みを浮かべると、霧谷は嬉々としてそう言った。

＃

――俺が霧谷の元へ辿り着いた頃には、もう全てが終わっていた。

「…………」

目の前に立っているのは森羅の《絶対君主》こと霧谷凍夜と、それからぶかぶかの服を着て彼の後ろに隠れている少女の二人だけ。少し前まで桜花三年のツートップである坂巻夕聖や清水綾乃と一緒に行動していたはずだが、彼らの姿はどこにもない。

《カンパニー》からの通信で一通りの状況を把握しつつ、俺は改めて霧谷と対峙した。

「よう、霧谷。……やっぱり、森羅の狙いは〝奇襲〟にあったんだな。お前らしくない気もするけど……まあ、この状況じゃ負け惜しみにしか聞こえないか」

「ひゃはっ、勘違いすんなよ7ツ星。オレ様が好きなのは強いヤツとの戦いだ。てめーや桜花の《女帝》ならともかく、その他大勢といちいちバトルする趣味はねー」

黒のオールバックを掻き上げながら不敵な態度で哄笑する霧谷。そうして彼は、端末の時刻表示に視線を落としつつ微かに怪訝な表情を浮かべる。

「つか……てめーがここへ来ることは春虎の野郎から聞いてたが、想像の五倍くらい速えぞ？　一体どんな手を使いやがったんだよ、篠原」

「どんな手も何も、命の危機に晒されてりゃ嫌でも速くなるっての」

「あ？　……あー、そういうことか。てめー、面倒なヤツを連れてきやがったな」

俺の後方へ視線を遣って、それから小さく舌打ちする霧谷。……そう、プレイヤーランクSを実現していたアビリティの効果が切れたため今は多少の距離を稼げているが、天音坂の序列一位・奈切来火は未だに俺たちを追い掛けてきている。彼女がここまで辿り着けば、俺と姫路は再び【英明宮】内を逃げ回る任務に戻らなきゃいけない。

それまでに、訊きたいことは山ほどあった。

「なあ、霧谷。……この侵攻も、全部越智の〝シナリオ〟通りなのか？」

目を眇めながら静かに切り出す。

「【天への刃と森への反逆はいずれも失策となるだろう。怒りを買った貴方たちは、絶体絶命の窮地に追い込まれる】──第三の予言は確かに叶ってる。俺たちの失策を利用した連合軍の結成と、三学区による同時侵攻。んで、最終的には《改造》アビリティを使った心理的奇襲……完璧だ。完璧だけど、これまでのやり方とはちょっと違うよな」

「違う？　そりゃどういう意味だよ、篠原」

「今までの森羅とはノリが違う、って言ってんだ」

微かに声を低くしながら告げる俺。

「自分のことを〝黒幕〟だって言ってた通り、越智はあくまでも裏方主義……この《習熟》

戦》でも目立たず焦らず、密かに他学区の動きを誘導して地道に優位を作ってきた。でもこれは、もう〝誘導〟とかそういうレベルじゃない。こんなの、もう――」

「……ま、その理解で間違っちゃいねーよ」

　こつっ、と一歩だけこちらへ足を進めながら、霧谷は静かに笑みを深くする。

「てめーの想像通りだ――《習熟戦》は、もうそろそろ最終局面に突入してるんだよ。今回の侵攻で【英明宮】の固有宝物は晒される。奪うところまではさすがに辿り着かねえだろうが、四つの宝物獲得でその位置を割り出すだけなら造作もねえ」

「っ……」

「んで、桜花は知っての通りオレ様に弱体化され、音羽は今まさにてめーらの先輩が頭数を減らしてくれてるところだ。さすがは英明の選抜メンバーだな。プレイヤーランクEだってのに《我流聖騎士団》を翻弄してやがる。……が、おかげで有利になるのは英明じゃなく森羅の方だ。何せ、固有宝物の位置を知ることになる三学区のうち、桜花と音羽にはそれを奪いに行く力が残ってねえってことだからな」

「……そうかよ。それが、お前らの計画か」

「まーな。春虎の野郎はろくに前線に出てきやがらねえが、読みの力だけはまあそこそこだ。あいつのシナリオは回避できねえ――いくら7ツ星でも止められねえよ」

　彼らしい言い方で越智の才能を評価しつつ、端的に話を締める霧谷。それは、言ってしまえば一つの宣言だ。これまで通りの緩やかな〝誘導〟をやめ、《習熟戦》を一気に終わらせにかかるという……〝シナリオ〟を最終段階へ持っていくという宣言。

「――ただ、な」

と、そこで、霧谷は不意に両手を上げると露骨にはぁと溜め息を吐いた。

「本当ならてめーとここで戦いたいところだったんだが……後ろのそいつはダメだ。残り十分もねえオレ様のログイン時間でてめーと奈切を相手取るなんざ、勝ち負け以前にもったいなさすぎる。高級食材をミキサーにかけて流し込んでるようなもんだ」

「……へえ？　ってことは、逃げるのかよ。お前ら連合軍が手に入れた宝物はまだ三つだろ。もう一つ奪っていかないと」

「知ってるよ。けど、別に問題ねえ――何せ、今回のオレ様にはクソ生意気で腹が立つほど優秀な〝仲間〟とやらがいるからな。ひゃはっ……あいつが失敗するところなんか想像できるか、篠原？　相手がどれだけ抵抗してきても冷たくスルーして、徹底的に攻め抜いて……そうやって成果をもぎ取るのが彗星学園の阿久津雅って女だ」

「――――――」

「お？　……噂をすれば、ってやつみたいだぜ」

ニヤリと笑って告げる霧谷と、それを受けて右手を耳元へ遣り、観念したようにぎゅっと目を瞑る姫路。……どうやら、連合軍に四つ目の宝物を奪われてしまったらしい。これにより、【英明宮(えいめい)】の固有宝物(コア)の位置が明らかになる。奪われたら即座に敗北となる【英明宮】の心臓が、天音坂(あまねざか)以外の全学区に晒(さら)されたということになる。

「ひゃはっ——チェックだ、篠原(しのはら)」

端末上の地図をちらりと見遣(みや)ってから、霧谷(きりがや)は不敵な笑みをこちらへ向けた。その表情に浮かんでいるのは勝ち誇ったような余裕の色と、それでも俺に何らかの期待をしているような……まるで〝引っ繰り返してみせろ〟とでも言いたげな挑発の色だ。

「ま、いくらてめーでも、ここから逆転できるようなら正真正銘のバケモンだがな」

「……言ってろよ、霧谷。そんな余裕はすぐに失(な)くしてやる」

「そいつはありがてえ。……じゃあな、7ツ星。てめーの逆襲を心の底から待ってるぜ」

最後にもう一度笑いながらそう言って、霧谷は《緊急退避》スキルを介して直ちに【英明宮】からログアウトした。瞬間、彼の後ろに立っていたぶかぶかの服の少女も同様に姿を消す。……彼女も彼女で、何なら越智(おち)や霧谷以上によく分からない存在だ。単なる《アルビオン》の構成員にしてはやけに扱いが特殊なような気もするが。

ともかく。

「これは……かなり、厳しい状況ですね」

唐突に訪れた静寂の中、姫路(ひめじ)の呟(つぶや)きが弱々しく耳朶(じだ)を打つ。

そう、そうだ——結論から言えば、今日一日を費やしても俺たちは越智のシナリオから逃れることが出来なかった。第三の予言の達成、加えて最終局面への移行。桜花三年のツートップである坂巻と清水は戦闘不能となり、音羽も戦力を削られ、英明の固有宝物の位置は露わになった。もう本当に後がない。

（このままじゃ本当にマズい……何か、何かないのか？　詰みかけのこの状況を一気に引っ繰り返せる〝何か〟が……）

じっと思考を巡らせてみるものの、妙案なんてすぐに浮かんでくるはずもなく。

数分後――再び姿を現した奈切来火を見て、俺と姫路は逃走劇を再開した。

＃

「……ふぅ」

二学期学年別対抗戦・三年生編《習熟戦》――。

その五日目をどうにか生き延びた俺たちは、嘆息と共に現実世界へ戻ってきた。

もちろん仮想現実世界へのログインだから身体はずっとこちらにあったわけで、厳密には〝中身が〟戻ってきただけなのだが、まあ細かい話はどうでもいい。所定の位置にセットしていた端末を抜き取り、軽く伸びをしながらログイン装置を出る。

そこへ、白銀の髪をさらりと揺らした姫路が丁寧な礼と共に声を掛けてきた。

「お帰りなさいませ、ご主人様。……その、色々と大変でしたね」

「ああ……さすがにちょっと疲れたな」

軽く苦笑しながら答える俺。……ついさっき、それこそ英明の防衛ターンが終わる寸前まで、俺と姫路は天音坂の序列一位・奈切来火から逃げ回っていた。連合軍の面々はとっくに撤退していたのだが、彼女だけは何故か全く帰ってくれる気配がなく……結果、ターン終了まで延々と付き合わされたわけだ。本能モード、の名前は伊達じゃない。

そんなことを考えながら俺が小さく首を横に振った、その瞬間。

「――乃愛ち？　え、ちょっと乃愛ち、大丈夫!?」

横合いから悲鳴にも似た声が聞こえて、俺は弾かれるようにそちらを振り向いた。

声の主は他でもない浅宮七瀬――そして、彼女が肩を支えているのは、ログイン装置を出るなりふらりとバランスを崩した秋月だ。いつもは天真爛漫で小悪魔の如くあざと可愛い彼女だが、今は辛そうに視線を下へ向けている。はぁっと吐き出される息はどこか熱っぽく、頬やら額もわずかに火照っているようだ。

当の秋月は、浅宮に支えられてどうにか顔を持ち上げる。

「はぁっ……え、えへへ。うん、ありがとみゃーちゃん。乃愛なら大丈夫……だから」

「や、全然大丈夫じゃないってば乃愛ち！　ほら、おでこめっちゃ熱いよ!?」

「今だけ……今だけだもん。一晩寝れば治るから……だから、大丈夫。……んっ」

心配そうに顔を覗き込む浅宮に半ば無理やりな返事を告げて、それから〝大丈夫〟であることを証明するかのように立ち上がる秋月。そうして彼女は普段通りのあざとい笑顔を俺に向けると、その場でくるりとターンを決めて——

「——ぁっ」

「ッ……秋月！」

途中でガクンと力が抜けた彼女の身体を支えるため、俺は考えるより先に大きく足を踏み出していた。正面から抱き留めるような形で秋月の前に滑り込む……と、直後、ぼふっと柔らかくて軽い感触が俺の腕に飛び込んでくる。

「え、えへへ……」

俺の肩に顔を押し付けながら無理やり笑う秋月。ちらりと見える首筋には汗の粒が浮いていて、彼女が明らかに虚勢を張っていることが分かってしまう。

そうして秋月は、聞いたこともないような弱々しい口調で続けた。

「こんなところ、緋呂斗くんには見られたくなかったなぁ……ごめんね、勝手に抱きついちゃって。白雪ちゃんも、ごめんね。すぐ離れるから……」

「……心外です。普段の過度な誘惑は是が非でも止めさせていただきますが、今の秋月様に文句を言うほどわたしの心は狭くありません。ご主人様の心も同じく、です」

「そっか。それなら、ちょっと役得かも……えへへ」

ぎゅ、と遠慮がちな動きで秋月の手が俺の背中へ回される。ふわりと甘い香りが極限まで近付くが、今はドキドキしていられるような場合でも状況でもない。

「ん……とりあえず、さっさと横になった方が良さそうだな。歩けるか、秋月？」

「えっと……うん、多分ちょっと休めば――」

「いや、無理ならいい」

言うが早いか、俺はその場でしゃがみ込むと秋月の膝に腕を回した。そうして両手に力を入れ、膝と背中を同時に持ち上げる――いわゆる〝お姫様抱っこ〟の体勢だ。

「え……え、え!?　な、なになに、どうしたの緋呂斗くん!?」

「病人なんだから騒ぐなって、秋月。ただ別の部屋に連れてくだけだよ。確か、多目的ホールの隣に布団とか色々備え付けられてる部屋があったよな？　あそこでいい」

「で、でもこれ、お姫様抱っこ……だよ？」

「そうだけど……仕方ないだろ、歩けないんだから」

両手を胸元に遣って顔を真っ赤にする秋月にそんな言葉を返して、俺は彼女を抱えたまま移動を開始した。件の部屋に入ってみれば、いち早く事態を聞きつけていたらしい水上が既に布団を敷いてくれているのが見て取れる。そこに秋月を寝かせると、どこからか水桶とタオルを持ってきてくれた姫路がその傍らにそっとしゃがみ込んだ。

そうして彼女は、秋月の顔を覗き込むようにして口を開く。

「シャワーを浴びるのは難しいかと思いますので、汗だけ拭いてしまおうと思います。冷たかったら言ってくださいね、秋月様」

「ありがと、白雪ちゃん。えへへ……本当にメイドさんみたいだね」

「本当にメイドさんですので。普段ならご主人様のお世話しかしないのですが……今日は特別です。要望がありましたら遠慮なくお申し付けください、秋月様」

白銀の髪をさらりと揺らして心強いことを言ってくれる姫路。そんな彼女が一瞬だけこちらへ向けてきた視線の意味をすぐに理解し、俺は静かに立ち上がる。

「っと。それじゃあ……姫路、水上。悪いけど、秋月のこと任せていいか？」

「はい、もちろんです。今から服も替えてしまおうと思いますので、ご主人様はその前に生徒会室へお戻りください。榎本様と浅宮様が明日の作戦を練っているはずです」

「同じく、もちろんです！　私は先輩方のサポートをするためにいますから！」

揃って首を縦に振る姫路と水上。それを聞いて、ふわふわツインテールを解かれた秋月はぷくっと頬を膨らませると、縋るような上目遣いをこちらへ向けてくる。

「ええ～……緋呂斗くん、もう行っちゃうの？　役得タイム終了？」

「あとでまた戻ってくるよ。でも、秋月はさっさと寝といた方がいいって」

「ご主人様の言う通りです、秋月様。聞き分けが悪いようなら……」

「きゃ～！　白雪ちゃん怖い～！」

おどけるようにそう言って、秋月はぼふっと布団を被る。

その表情が少しは自然なものになっているのを見届けてから、俺は部屋を後にした。

「……多分、ちょっと頑張り過ぎちゃったんだよね乃愛(のあ)ち」

英明(えいめい)学園高等部、生徒会室――。

ムードメーカーである秋月(あきづき)がいないことで少しだけ沈んだ空気が流れる中、俺の対面に座る浅宮(あさみや)がポツリとそんな言葉を口にした。

「シノがいないからウチら三年が頑張らないと、って話は前からしてたんだけど、乃愛ちってそういうの一番〝ちゃんと〟やろうとするタイプだからさ。毎日の《決闘(ゲーム)》が終わった後もウチらに秘密でここに残って、island tube(アイ・チューブ)のアーカイブ見ながらずっと対策練ってたんだよね。夜遅くまで……っていうか、何なら朝まで？　乃愛ち、ああ見えて超が付くくらい真面目なんだから」

「ん……まあ、あいつが真面目だってのはよく知ってるよ。でも、浅宮と榎本(えのもと)だって似たようなもんだろ？　少なくとも秋月だけに苦労を押し付けるようなキャラじゃない」

「ありゃ、バレてるし。まー、確かにウチらも気合い入れてたけど……でもさ、それはやっぱり乃愛ちに触発されたからだよ。だって乃愛ち、朝方まで居残りしてるのに、次の日には『みゃーちゃんおっはよー♪』とか元気にやってくるんだもん。ウチらに気を遣わせないようにってさぁ……そんなことされたら、燃えちゃうじゃんね進司(しんじ)？」

「……何故そこで僕に振る」

浅宮のパスを受けた榎本は、仏頂面のまま静かに嘆息する。

「僕は何も秋月に影響されたというわけではない。状況が状況だけに、普段よりも思考を整理する時間が必要だと思っただけだ。……ただ」

「ただ？」

「秋月の不調は、確かにそれが原因だろうな。働き過ぎだ……五日間に渡る徹夜に近い頭脳労働に加え、秋月は侵攻者としても防衛者としても常に最前線にいた。仮想現実世界での活動は直接体力を消耗するものではないが、とはいえ〝疲労〟は蓄積される。それがピークに達していたのだろう。そして、そんな予兆を微塵も感じ取れずに、僕は今日も秋月を前線に出していた。指揮官失格だな、僕は……」

胸元で腕を組みつつ首を横に振る榎本。いつも通りの不機嫌顔だが、どうやら心の底から自身を戒めているらしい。その証拠に、彼の声音に冗談のような色は一切ない。

だからだろうか。

「……違うから」

振り絞るような声音でそう言うと、対面の浅宮がテーブルに両手を突くような形で立ち上がった。そうして彼女は、真剣な表情で隣の榎本に向き直る。

「何で進司がそういうこと言うの？　それは、違うじゃん。違うって分かるじゃん。なんか、上手く言えないけど……そういうのは、良くないに決まってるじゃん」

「…………そうか。すまなかった」

浅宮の真摯な訴えを受け、しばし驚いたような表情を浮かべていた榎本はやがて素直にそう言った。対する浅宮は「よろしい！」と頷いて、すとんっとソファに座り直す。

「とりあえず、もっと前向きなこと話そ！　何かある人、挙手！」

右手を高く掲げながら俺と榎本の顔を順番に覗き込んでくる浅宮。

前向きなこと——それは、要するに明日以降の《決闘》攻略に関する話だ。確かに、過ぎてしまったことを悔やむよりはそちらの方がよほど有意義だろう。

（とはいえ、だ……）

右手をそっと口元へ遣り、俺は静かに思考を巡らせる。

現在の戦況は、昨日よりもさらに悪くなっていると言っていい。これまで密かに他学区の動きを誘導するだけだった森羅が完璧なタイミングで潜伏を解き、桜花と音羽の戦力を大きく削り取った。同時に【英明宮】に存在する固有宝物の位置が露呈……今回はどうにか奪われずに済んだものの、一度場所が露わになった固有宝物は常にその位置を特定され続ける。明日で《決闘》が〝終わる〟可能性だって十二分にあるだろう。

その上で、俺たちに逆転の道が残されているとしたら。

「やっぱり、まずは越智のシナリオをどうにか、し、な、き、ゃ、始、ま、ら、な、い——それには、あいつの〝予言〟を回避するのが絶対条件だ。第四の予言【森が天をも呑み込み、やがて手が付けられない脅威となるだろう】……森羅が天音坂を下すのか、もしくは何らかの方法で吸収するのか。細かいことは分からないけど、どっちにしても実現したらお終いだ」

「……ふむ」

俺の発言に対し、斜め右に座る榎本が静かに相槌を打つ。

「道理だな。桜花と音羽が弱体化した今、森羅に対抗できるのは天音坂だけだ。その天音坂が森羅に下るようなことになれば、まさしく一強……文字通り手が付けられない脅威となる。そして天音坂が森羅に討たれるとなるとなお悪い。今回の侵攻で稼いだｐｔを踏まえれば、天音坂を下した時点で【森然宮】の総合評価がＳに達する可能性もある」

「それは、そうかもだけど……でも、どうすればいいわけ？　ウチらが天音坂を守るなんて無理だし、先に同盟を組んでもらえるような理由もないっていうか……」

動揺を露わにしつつ指先で金糸を弄る浅宮。……まあ、確かにそうだ。天音坂が鍵になっているのは確かだが、俺たちがその攻防に介入するのは難しい。かといってみすみす見逃していたらその時点で敗北が確定してしまう。

「「「………」」」

三人分の沈黙が生徒会室を支配して。

しばらく案が出なかった辺りで――俺は、吐息と共に首を振った。

「ふぅ……ダメだ、このまま話し合ってても解決する気がしない。今日はさっさと飯にして、そのままみんなでここに泊まろうぜ？　学園島の学生はほぼ全員が親元を離れた一人暮らし……今の秋月を一人で家に帰すわけにはいかないからな。んで、俺たちもしっかり寝て、ちゃんとした作戦会議は明日の朝だ」

「……や、でも」

「いや……案外、篠原の言う通りかもしれない。根を詰めるのが正義、という考え方は思った以上に理に適っていないものだ。僕たちには休息が必要なのだろう」

疲れている、という自覚はあったのか、嘆息交じりにそんなことを言う榎本。

そうして彼は、少しわざとらしく顔をしかめると、胸元で腕を組んだまま続ける。

「ただ、それには一つ問題がある。知っての通り、姫路と水上の二人は秋月の看病に回っているからな。夕食を作るなら、僕たち三人でどうにかしなければならないが……」

「……って、何でそんな微妙な顔でこっち見るわけ進司!?　ウチ、ちゃんと練習してるんだけど！　ってか、たまに食べさせてあげてるじゃん！」

「ふむ……だからこそ、だ。七瀬の手料理は、僕以外の人類にはまだ早い」

「うざっ！　何この進司超ムカつく！」

平静を取り戻すためかあえて普段通りに浅宮を挑発する榎本と、彼の意図を知ってか知らずかムッと頬を膨らませて文句を言う浅宮。

そんな二人をテーブル越しに眺めながら、俺は静かに思考を巡らせていた――。

＃

『――もしもし？　はい、わたしです。逢引（あいびき）のお誘いでしょうか？』

生徒会室での打ち合わせを終えてからしばし後。

夕食の準備を一通り手伝った俺は、校舎の裏に隠れて羽衣紫音（はごろもしおん）と連絡を取っていた。

学園島（アカデミー）内を自由に出歩かせるとてつもなく問題があるため、俺の家で待機してもらっている羽衣。少し遅くなる、という程度ならともかく、校舎に泊まるとなれば連絡しないわけにもいかないだろう。何というか、あらゆる意味で心配だ。

そんなわけで、ざっくりとだが事情を説明しておくことにする。

「秋月が……ああいや、英明（えいめい）のプレイヤーが一人熱出しちまってな。今日は俺も姫路も学校に泊まることになった。悪いけど、今朝の作り置きでも食べててくれるか？」

『そうでしたか。一人で夜を過ごすのは寂しいですが、そういった事情なら仕方ありません。お任せください、篠原さん。わたし、こう見えても一人遊びにはとっても自信があるんですよ？　ホーム○ローンばりの大改造でお二人の帰りをお待ちしています』

「絶対にやめてくれ」

自宅がトラップハウスに様変わりしていたら心が休まらないどころの騒ぎじゃない。

ストレートに懇願する俺に対し、電話口の羽衣はくすくすと笑いながら続ける。

『ふふっ、冗談です。ただ……篠原さん、《決闘》の方は大丈夫なのですか？　映像で見ている限り、少し劣勢のように思えますが』

「あれを〝少し劣勢〟で済ませられるお前の胆力が羨ましいよ」

苦笑交じりに首を振る俺。

「正直言って、かなりヤバい状況だ。森羅のトップが《決闘》を裏から操る〝黒幕〟みたいなやつでさ。何をやってもあいつの〝シナリオ〟通りになっちまうんだよ」

『シナリオ、ですか。……篠原さん。そのお話、少し詳しく聞いてもいいですか？　おそらくアビリティの効果かと思いますが、森羅高等学校の指揮官はisland tubeに一度も映っていないので……わたし、気になっていたんです。良かったら教えてください』

「え？　ああ、まあいいけど……」

端末の向こうの羽衣にそんなことをせがまれ、俺は記憶を辿ることにする。越智との会話、五つの予言、《習熟戦》の現状……それらを、思い出せる限り詳細に。

そこまでやったのは、俺の方にも多少の打算があったからだ。羽衣紫音なら――ルナ島であれだけ大暴れした【バイオレット】なら、ひょっとしたら越智の〝シナリオ〟を打ち破る策くらい簡単に見つけられるのではないかという打算が。

いや……もちろんそんなに甘いものではないと分かっているし、そもそも羽衣は《習熟戦（イン）》と何の関係もない。だから、これはまあ一種の気休めのようなものだ。自分の頭を整理するついでに別視点からの意見がもらえれば重畳（ラッキー）、という程度の雑談。

「――と、大体こんなところだな」

一通りの流れを話し終え、俺は嘆息交じりに小さく首を横に振る。

「こうしてみると、直接会ったのは一回だけなのにずっと越智の〝予言〟に振り回され続けてる感じだな……《シナリオライター》ってのは本当に厄介なアビリティだ」

『そうみたいですね。とても心躍る強敵、という印象です』

くすっ、と笑みを零（こぼ）して無責任なことを言ってくる羽衣。そうして彼女は、ほんの少しだけ思考を巡らせてから、鈴の音のように可憐（かれん）な声で静かに言葉を継いでみせる。

『ただ――ただですね、篠原さん。わたし、一つ重要なことに気付いてしまいました。今のお話の中に、一つだけ妙な部分があります。もしかしたら重要な何かに繋（つな）がるかもしれない……そんな〝きっかけ〟が』

「……きっかけ？　そんなの、どこに――」

『篠原さんと黒幕さんの会話の中に、ですよ。……その方は、全てを読み切っているんですよね？　もう何ヶ月（なんかげつ）も前から〝シナリオ〟を展開しているんですよね？』

「あ、ああ」

何やら楽しげな口調で続けざまに問い掛けてくる羽衣。

まるで俺を焦らすかの如く溜めに溜めて——彼女は、やがて囁くようにこう言った。

『でも。でも、そうだとしたら……その方は、どうして、わたしに気付いていないのでしょうか？　どうして、彩園寺更紗が一度もシナリオに登場していないのでしょうか』

……それは。

いずれ反撃の狼煙となるかもしれない、小さな小さな気付きだった。

【二学期学年別対抗戦・三年生編《習熟戦》——五日目終了時点】

【各学区勢力（ターン進行順）】

【八番区音羽学園——音律宮。総合評価：C。残りプレイヤー数：5】

【三番区桜花学園——桜離宮。総合評価：B。残りプレイヤー数：11】

【十七番区天音坂学園——天網宮。総合評価：B。残りプレイヤー数：4】

【七番区森羅高等学校——森然宮。総合評価：B。残りプレイヤー数：14】

【四番区英明学園——英明宮。総合評価：E。残りプレイヤー数：6】

【十四番区聖ロザリア女学院、及び十六番区栗花落女子学園——脱落】

sarasa
聞いたわ、紫音。無茶してくれたみたいね

sarasa
いきなりいなくなっちゃうからどこに行ったのかと思えば…まさか、学園島だなんて

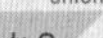

shion
びっくりしていただけましたか？

shion
ふふっ、サプライズ成功ですね

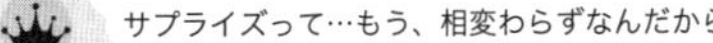

sarasa
サプライズって…もう、相変わらずなんだから

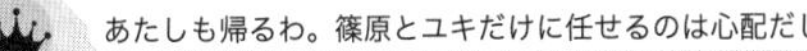

sarasa
あたしも帰るわ。篠原とユキだけに任せるのは心配だし

sarasa
それまで大人しくしててよね

shion
なんと…それは申し訳ないことをしました

shion
莉奈の旅行を邪魔するつもりはなかったのですが

sarasa
別にいいわよ、篠原もいないし

sarasa
…って、違う！今のは間違い！

sarasa
篠原以外の人といる時はお嬢様の演技しなきゃいけないから、ってだけ！！

shion
ふふっ

shion
わたしもごく普通の高校生ですから、莉奈の〝それ〟を何と呼ぶのか知っています

shion
曰く――ツンデレ、と

sarasa
だから違うって言ってるじゃない！

第四章　微かな綻び

＃

二学期学年別対抗戦・三年生編《習熟戦》五日目終了後。

英明メンバーとの食事を終えた俺は、姫路にだけ詳しい話を伝えてから一人で家に戻っていた。広いリビングで、どこにでもいる高校生——もとい、羽衣紫音と向かい合う。

「それで、だ。……悪い羽衣。さっきの話、もう少し詳しく聞かせてくれないか？」

「構いませんよ。殿方が、それも篠原さんのような方がわたしのために駆けつけてきてくれるなんて、今日は素敵な夜ですから。わたし、とっても心地の良い気分です」

「そりゃ良かった。まあ、こっちはそんな余裕ないんだけどな……」

にこにこと嫋やかな笑みを浮かべる羽衣に対し、苦笑交じりに首を振る俺。そんな俺の内心を知ってか知らずか、彼女は長い髪をふわりと揺らして口を開いた。

「先ほど、篠原さんはこう言っていました。黒幕さんのシナリオの中に〝篠原さんと雪が二人でルナ島から帰ってくる〟ことも含まれていた、と……黒幕さん本人が確かにそう言っていた、と。ですが、ルナ島から帰ってきたのは二人だけではありません。何故ならわたしも同じ飛行機に乗っていましたから」

「そう、だけど……それは、単に羽衣が《習熟戦(リフレイン)》に関係ないからじゃないのか？」

「そうですね。確かにわたしは《習熟戦(リフレイン)》とは何の関係もありません。ただ、黒幕さんのシナリオは《習熟戦》のためだけのものではないんですよね？　《アルビオン》の目的は8ツ星の達成、なんですよね？　……これ、本当にわたしと関係ないことですか？」

「っ――――、いや」

　小さく目を見開きながら、俺はどうにか否定の言葉を口にする。

　そんなはずはない――むしろ、関係大ありだろう。《アルビオン》の最終目的、つまり越智(おち)のシナリオの結末(エンディング)は〝8ツ星の達成〟。そしてそれが意味するのは、言ってしまえば彩園寺家に代わって学園島の頂点に立つということだ。だとすれば羽衣は、もとい〝彩園寺更紗(さいおんじさらさ)〟は、彼らの計画に大きく関係のある人物だということになる。無視されていいはずがない。それなのに、羽衣紫音は越智のシナリオに一度も登場していない。

「ってことはつまり、越智は羽衣の存在をそもそも知らない……今の〝彩園寺更紗〟が偽物(にせもの)だってことを知らない。いや、まあ知らないのは当たり前だ。それがバレてたら俺たちはとっくに終わってる……でも、そうか。そのレベルの〝イレギュラー〟なら、越智のシナリオにも書かれてない可能性があるってことか」

「ふふっ……さすがですね、篠原さん」

「いや、さすがってお前……」

俺の話を端末越しに聞いただけでこの発想に辿り着いたのであろう羽衣紫音という少女に改めて驚愕しながら、俺は小さく頬を引き攣らせる。

が、まあそれはともかく。

「………………」

これは、一つの方針だ――羽衣紫音くらいの明確な〝イレギュラー〟要素であれば、越智のシナリオにも組み込まれていない可能性がある。シナリオにないということは、彼にもその未来は見えていないということだ。越智の虚を突けるとしたらそこしかない。

なら、そんなイレギュラーを使って越智の〝予言〟に対抗する術はあるか？

【森が天をも呑み込み、やがて手が付けられない脅威になるだろう】――森羅が天音坂を倒したら、多分その瞬間に《習熟戦》は終わる。だから、それより早く動かなきゃいけない。天音坂と組むか、もしくは先に殲滅するか……殲滅の方はさすがに現実的じゃない気がするけど、とにかく何かしら手を打たない限り俺たちの負けだ」

「そうですね。天音坂学園の……確か、奈切来火さん。その方を篠原さんの話術で巧みに籠絡してしまえばこちらのもの、ということですね？」

「その言い方だと俺が奈切を誑かすみたいに聞こえるけど……まあ、でもそういうことになるのか。天音坂との協力体制を作れるのが一番の理想だな」

「確かに、そうなれば〝予言〟を回避できる可能性は高そうですが……」

鈴の音のような声でそう言って、こてりと首を傾(かし)げる羽衣。

「どうやってその要求を呑んでもらうんですか？　island tube(アイ・チューブ)を見ている限り、今の篠原さんたちに同盟の〝対価〟を払う余裕があるとは思えませんが……」

「まあ、そうだな。だけど、そこは一応イレギュラーな勝算がある――お前も見てたかもしれないけど、奈切来火ってあの【ファントム】の従姉らしいんだ。その上あいつ、《修学旅行戦(フォルティッシモ)》で【ファントム】がお前に負かされたのをめちゃくちゃ根に持ってるみたいだった。【バイオレット(お前)】の名前を出せば簡単に揺さぶれると思う」

「なんと……わたし、また篠原さんに利用されてしまうのですね」

よよよ、とわざとらしい泣き真似(なまね)をする羽衣だが、俺だって彼女の扱いにはそろそろ慣れてきたものだ。はいはい、と言わんばかりの苦笑で軽く受け流す。……実際、今日の会話を思い出してみても、奈切来火は相当【バイオレット】に執着しているようだった。話を聞いてもらうことくらいは出来るだろう。

（ただ、問題はその先か。条件付きの疑似《決闘(ゲーム)》に持ち込むっていうのが筋だと思うけど、下手したら一瞬で返り討ちにされそうだし……色々と準備しとかないとな）

静かに思考を巡らせながらそっと右耳のイヤホンに触れる俺。すると、待っていましたと言わんばかりに明るい声が返ってくる。

『にひひ……《決闘(ゲーム)》のルール調整？　それなら朝まで付き合うよん』

『わたしも！　今日、飛行機で帰ってくる時ずっと寝ちゃってたから——じゃなくて、闇の世界の覇者だから夜の方が強いんだもん！　だから、任せてお兄ちゃん！』

『え〜、ツムツム大丈夫？　さっきもウトウトしてたじゃん』

『ち、違うもん！　あれは、お腹がいっぱいになってちょっと眠くなっちゃっただけだもん！　あと、夜のために魔力を溜めてたの！』

『そっか、それならおっけー！　ってわけでヒロきゅん、こっちは準備万端だよん？』

（……ありがとうございます、加賀谷さん。それに椎名も）

心強い宣言にそっと胸を撫で下ろしながら、俺はふぅと小さく息を吐く。

そして——そんな俺を、対面の羽衣が意味深な笑みと共にじっと見つめていた。

♭

「〜〜〜〜♪」

その日の深夜。

遅くまで誰かと——おそらくは7ッ星を補佐する組織と——作戦会議をしていた篠原緋呂斗が眠りについたよりもさらに後、紫音は上機嫌な様子で一人夜道を歩いていた。

匿ってくれている二人には、絶対に家から出ないようにと厳命されている……が、そんなのは窮屈な話だ。せっかく故郷に戻ってきたのだから少しは自由を謳歌したい。とはいえ、古くからの親友とその新しい主(あるじ)に迷惑を掛けたいというわけでもない。

「要するに、誰にも見つかってはいけない……ということですよね。わたしが見つかると莉奈(りな)が〝偽物(にせもの)〟だとバレてしまいますから。それだけは絶対に避けたい、と」

囁(ささや)くような小声でそう言って、紫音はむぅと少しだけ唇を尖(とが)らせた。

「全くもう……失礼な話です。わたしを誰だと思っているのでしょうか？」

——羽衣紫音、もとい本物の〝彩園寺更紗(さいおんじさらさ)〟。

０歳の頃からこの島で育ち、彩園寺家のお嬢様として箱入りで育てられ、そしてその窮屈さに対抗するためしょっちゅう家を抜け出していた彼女にとって、学園島はその全土が自身の庭みたいなものだ。誰にも見つからずにどこへだって行ける自信がある。

ただ、今回に限って言えば、何も〝目的のない家出〟というわけじゃなかった。……先ほどの話を聞いていて、少し思い付いてしまったことがあるのだ。考え始めたら止まらなくなって、早速動き出すことにした。だって、善は急げという言葉もある。

「ふふっ……きっと驚いてもらえると思います」

それを思うと今から嬉(うれ)しくなってしまう。単純な興味関心という意味合いももちろんあるが、そういえば彼はルナ島で仕掛けた突然の試験(ゲーム)をしっかりとクリアしてくれた。そのご褒美として、これはきっとちょうどいい。ちょうどいいサプライズだ。

けれど、一つだけ不安もあった——今から訪れる〝彼女〟のことを紫音は一方的に知っているが、彼女は羽衣紫音(はごろもしおん)を知らない。それは少し心細いし、何より紫音の提案が受け入れてもらえないのでは、という懸念すらある。そうなるととても困ってしまう。

……だから、

「せっかくですし、一緒に来てもらいましょう」

紫音は、自身の友人に連絡を取るべく懐から端末を取り出した。

＃

二学期学年別対抗戦・三年生編《習熟戦(リフレイン)》——六日目。

その日の朝は、とある少女からのメッセージ通知で目が覚めた。

『——おはよ、緋呂斗(ひろと)くん♡』

『朝早くにごめんね。乃愛(のあ)、しばらく復帰できそうにないから……だから、これだけ伝えておこうと思って♪』

『えっとね、乃愛が採用してるアビリティのことなんだけど——』

そこから三つのアビリティとその簡単な説明が続く……が、最後まで読んでみてもその意図はいまいち分からなかった。彼女が《習熟戦(リフレイン)》に参加できないのは致し方ないが、本人がいないのならアビリティを知ったところで意味はない。

（まあ、今後の作戦に活(い)かしてくれってことなのかもしれないけど……）

首を傾(かし)げながらも一応は頭の片隅に入れておく。

とにもかくにも、脱落学区がなかったため昨日と同じく音羽(おとわ)→桜花(おうか)→天音坂(あまねざか)→森羅(しんら)→英明(えいめい)の順で防衛ターンがローテーションする《習熟戦(リフレイン)》六日目。比較的攻略難度の低い音羽の防衛ターンは普通に【音律宮】への侵攻を行い、続く桜花の防衛ターンで〝ダンジョン強化〟を選択。昨日稼いだｐｔを榎本(えのもと)の裁量で各強化項目(ステータス)に振ってもらう。

結果、六日目の午前中が終了した時点で【英明宮】の性能はこんな感じになっていた。

【四番区英明学園：管理ダンジョン〝英明宮〟】
【領域：D／罠(わな)術：D／配下：D／制約：E。ダンジョンランク：D】

……【領域】、【罠術】、【配下】のランクがそれぞれ一つ上がり、総合評価(ダンジョンランク)も一段階だけ上昇。それに伴って《追加選抜(スカウト)》の権利も追加で一つ獲得し、ようやく中級レベルのダンジョンになった、と評して差し支えないだろう。

が、他学区の状況を見てみれば、森羅と天音坂のダンジョンなんか既に総合評価Aまで到達してしまっている。つまり——分かっていたことだが——《習熟戦(リフレイン)》ももう終盤なんだ。いずれかの学区が総合評価(ダンジョンランク)Sを達成してしまえば、その瞬間に《決闘(ゲーム)》は終わる。

だから、

（そうなる前に止めなきゃダメだ——【森が天をも呑(の)み込み、やがて手が付けられない脅威となるだろう】。天音坂が森羅に〝呑み込まれる〟前に、横から英明が奪い取る……第

四の予言を、食い止める）

そんなことを考えながら右手をぎゅっと握る俺。

故に――《習熟戦（リフレイン）》六日目。【天網宮】への侵攻は、英明（えいめい）にとって勝負の刻（とき）だった。

――ログイン装置に入ってから一瞬の暗転後、俺は仮想現実（VR）の世界で目を覚ました。

場所は、当然ながら天音坂（あまねざか）の管理ダンジョン【天網宮】。侵攻に当たるメンバーは俺と姫路（ひめじ）の二人だ。英明陣営には今朝の段階で既に大まかな作戦を伝えてあり、それに伴って榎本（えのもと）と浅宮（あさみや）は揃（そろ）って管制室で待機してくれている。

「お疲れ様です、ご主人様。……いよいよですね」

「だな……」

白銀の髪をさらりと揺らす姫路に頷（うなず）きを返しつつ、俺はダンジョン情報に目を向ける。

【十七番区天音坂学園：管理ダンジョン〝天網宮〟】

【領域：A／罠（わな）：A／配下：B／制約：D。ダンジョンランク：A】

――昨日よりもさらに広く、モンスターも飛躍的に強くなった【天網宮】。

前回の侵攻でも分からされたが……このダンジョンをまともに攻略するのは、今の俺たちでは不可能だ。先ほどの〝ダンジョン強化〟でプレイヤーランクがDに上がっているとはいえ、それでも【天網宮】の総合評価（ダンジョンランク）とは三段階も差があるということになる。

けれどそもそも、俺たちは何もダンジョンを攻略しに来たわけじゃない。

「とりあえず……やることは単純だ。昨日と似たような流れで、他の学区のごり押し戦術に便乗して宝物（トレジャー）の近くまで進む。そうすれば向こうは夢野（ゆめの）なり別の誰かなり、足止め用のプレイヤーを寄越（よこ）してくるはずだ。んで、榎本もそうだけど、奈切（なきり）はプレイヤーの視覚情報だけじゃなく聴覚情報も共有して解析してる。つまり、こっちの声は届く」

「なるほど。……普通に受け流してしまいそうになりましたが、とてつもない情報処理能力ですね。あの方々は聖徳太子（しょうとくたいし）の生まれ変わりか何かなのでしょうか」

　感嘆と呆（あき）れが混ざったような表情でポツリと呟（つぶや）く姫路。……が、まあともかく、作戦としてはそんなところだ。奈切の防衛性能により【天網宮】は《召喚陣（ポータル）》を設置するのが非常に難しいため、少し待っていればどこかしらの学区がログインしてくることだろう。

　そんな思惑で待機を始めて、ほんの数秒も経（た）たないうちのことだった。

「「え……？」」

　ログイン地点から現れた一人のプレイヤーを見て、揃（そろ）って首を傾（かし）げる俺と姫路。

　けれど、それもそのはずだろう――何故（なぜ）なら、その人物というのは他でもない秋月乃愛だったからだ。小柄な身体（からだ）にふわふわの栗色（くりいろ）ツインテール。凶悪なくらい大きな胸とあざと可愛（かわい）い笑顔が武器の小悪魔先輩である。

「……あの、秋月（あきづき）様？」

それを見て、隣の姫路が微かに目を眇めながら小さく一歩前に出た。

「どうして仮想現実世界にログインしているのですか。まだ熱も下がっていませんし、体調が戻ったとはとても言えません。一刻も早く復帰したい気持ちは分かりますが、しっかりと休息を取った方がその要望も叶いやすくなるとお伝えしたではありませんか」

「はい、そう伺っています。ですが、安心してください雪。秋月さんは今もちゃんと眠っていますから。柔らかいお布団に包まれてぐっすりと」

「………え？　ゆ、雪？　それに〝秋月さん〟というのは……」

あまりにも違和感のある回答に対し、微かな困惑を口にする姫路。……秋月は姫路のことを〝雪〟なんて呼ばないし、そもそも文脈が異様に不自然だ。まるで自分ではない誰かの話をしているような、そんな第三者的な口振り。

「ふふっ……気付いてしまいましたか、お二人とも」

俺と姫路から怪訝な視線を向けられ、秋月（仮）は普段のあざと可愛い笑みとはまるで違う、少し大人びていて嫋やかな笑みを浮かべてみせた。そうして彼女はふわりとツインテールを靡かせると――island tubeで放映されると困るためだろう――上品な仕草で俺たちのすぐ近くまで近付きつつ、囁くように言葉を紡ぐ。

「雪と篠原さんの想像通り、ですよ――わたしは羽衣紫音です。どうでしょうか？　驚いていただけましたか？」

「い、いや……」

頭の中でいくつもの混乱を抱えながら、そして同時に秋月から届いていたメッセージの意図を何となく悟りながら、俺は動揺を抑えるようにしてどうにか口を開く。

「驚くも何も……いや、めちゃくちゃ驚いてはいるんだけど、何が何だか分かってないんだよ。お前、どうやってここに来たんだ？　それに、秋月のアバターなんて……」

「はい。ええと、実はですね。わたし、昨日の夜にちょっとお屋敷を抜け出して、英明学園の校舎にお邪魔していたんですが……って、ふふっ。そんな顔しないでください、篠原さん。わたし、こう見えても学園島（アカデミー）の地理には誰よりも詳しいんですよ？　裏道も抜け道も獣道も、わたしの知らない道なんてこの島にはありません」

「そういう問題じゃない……けど、まあ最悪そこはいい。誰にも見つかってないならな」

渋々ながら首を振る俺。

「でも、秋月のアバターを使ってるってことは、あいつの端末でログインしてるってことだよな。……そんなの、有り得るか？　この学園島（アカデミー）で見ず知らずの人間に端末を預けるなんて、普通に考えて許すわけないと思うけど」

「そうですね。わたしもそう思ったので、例の友人――管理部の偉い方に同行をお願いしたんです。学園島（アカデミー）管理部は、いわゆる端末ＩＤ（アカウント）の管理を行っている部署ですからね。そちらで機能の制約などを色々と施してもらい……今日一日だけ、それも《決闘（ゲーム）》関連の機能だけ譲り受けているような状態です。ログイン装置の手配もしていただきました」

「……だとしても、じゃないか？　これが平常時ならともかく、今は学区対抗戦の真っ最中だ。初対面の誰かを〝英明の代表〟として出すなんて秋月がするとは思えない」

「ですね。やっぱり、わたしが魅力的だったということでしょうか？」

「…………」

「冗談です篠原さん。ちゃんと突っ込んでくれないと、わたし寂しくなってしまいます」

秋月の容姿でしゅんと項垂れる羽衣。表情やら仕草やらが普段と違いすぎるせいで、ちょとした動作にいちいちドキッとさせられてしまうが……まあ、それはともかく。

気を取り直したように羽衣は続ける。

「もちろん、秋月さんもすぐに頷いてくれたわけではありませんよ？　まずはルナ島での端末をお見せして、わたしが雪や篠原さんと交流のあった【バイオレット】であることを明かしました。ただ、秋月さんがわたしを信用してくださったのは、多分例の友人がわたしを推してくれたから……そして、そのタイミングで彼女が名乗ったからだと思います」

「……名乗った？　それが、何なんだよ」

「何なんでしょうね？　ただ、それを聞いた秋月さんは、何か納得してくれたようでしたよ。そうして、わたしに端末を差し出してくれました。託してくれました」

絶対に〝分かっている〟側の笑みを浮かべて可憐な声を零す羽衣。そんな彼女の話を聞いて、白手袋に包まれた右手を口元へ遣った姫路が静かに囁く。

「紫音様のご友人で、彩園寺家とは繋がっていない管理部の偉い方……そして、名前を聞いただけで秋月様が〝味方〟だと判断された方。……あの、ご主人様。まさかとは思うのですが、これは……」

「……ああ。俺も、ちょうどそう思い始めたところだ」

　何とも言えない表情でこちらを見つめてくる姫路に一つ頷きを返しつつ、俺はひくっと頰を引き攣らせる。……証拠の類は何もないが、今姫路が挙げた条件にぴったり当てはまる人間を俺は一人だけ知っている。彼女なら確かに羽衣を秘匿できる権限を持っているだろうし、アカウント管理なんてお手の物。そして彼女の苗字を聞けば――彼女と俺との関係を知れば、秋月が信用してしまうのも無理はない。

「ふふっ……ではなく、えへへ」

　俺と姫路が一応納得した辺りで、羽衣はつっと俺たちから身体を離すとあざと可愛い笑みを浮かべてみせた。そうして後ろ手を組みつつ上目遣いに俺を見る。

「ですからわたし、今日は〝秋月乃愛〟として《決闘》に参加しているんです。雰囲気はこんな感じで合っていますか？」

「……まあ、その表情は割といつもの秋月っぽいけど」

「えへへ、ありがと緋呂斗くん♡　ご褒美にぎゅーってしてあげよっか♪」

「そこまでトレースしなくていいです、紫音様」

諦めたように嘆息する姫路と、それを見てにこにこと笑ってみせる羽衣。……とりあえず、彼女がここに来た〝方法〟は分かった。けれど〝動機〟の方が一切分からず俺が眉を顰めていると、羽衣はそっと人差し指を口元へ遣りながら言葉を継ぐ。

「篠原さんが困惑するのも無理はありません。ただ……わたし、昨日のお話を聞いて心が躍ってしまいまして。奈切さんとの《決闘》にわたしも交ぜてもらえませんか？」

「え……お前が、か？」

「ダメでしょうか？　名前を出すだけより、本人がいた方が上手く煽れると思いますが」

羽衣の唐突な提案に対し、ほんの少し視線を下げつつ思考を巡らせる俺。

昨日の夜にルール調整を行った疑似《決闘》——加賀谷さん考案の汎用ゲームに多少のアレンジを加えたそれは、基本的に二対二で行うものだ。本来は俺と姫路で組み、《カンパニー》の通信を用いてイカサマ全開で勝ち切ってしまうつもりだった。

そんなペアの相手を羽衣に替えるなら、色々と不都合は起こるだろう。まずもって彼女の存在を言い訳するところから始めなきゃいけないし、加えて羽衣にイカサマを明かすわけにもいかないから、《カンパニー》の協力は最低限しか得られなくなる。

（奈切との《決闘》のことだけを考えれば勝率は間違いなく下がる……けど）

そこで静かに顔を上げる俺。……羽衣紫音の参戦は当然ながらリスキーだが、それでも魅力を感じないわけではなかった。彼女の言う〝煽り〟という意味でもそうだし、もっと言えば〝イレギュラー〟故に越智の予言を引っ繰り返せる可能性が高くなる。

もちろん、順当な方法ではない——が、順当な方法では〝シナリオ〟なんか崩せない。

だから、俺は。

「分かったよ。じゃあ力を貸してくれ、羽衣。天音坂を——奈切来火を手に入れるぞ」

ポケットから端末を取り出しつつ、ニヤリと笑ってそう言った。

＃

昨日と同じ便乗戦法でそれなりの距離を稼ぎ、案の定出てきた夢野を通して『今ならルナ島の【バイオレット】と戦わせてやってもいい』と焚き付けること数瞬。

「けっ——アタシを呼びつけるとは度胸があるじゃねえか、７ツ星」

奈切来火は、予想以上に早く俺たちの前に現れた。

百獣の王を思わせるオレンジ色の長髪に、好戦的かつ獰猛に過ぎる表情。黙っていれば普通に可愛い女の子、という感じだが、残念ながら俺は彼女が黙っているところなんか見たことがない。二つ名は《灼熱の猛獣》——自己暗示にも似た銃声で本能と理性とを１００％切り替えられる厄介な６ツ星ランカー。

そんな彼女の姿を認めて、俺は微かに頬を緩めた。

「よう、奈切。わざわざ来てくれてどうもな」

「相変わらずふてぶてしい野郎だなおい。昨日もあれだけ遊びまくったってのにまだアタシとヤり足りねえのかよ。ひょっとしてアタシのこと大好きか？　ああ？」

「執着って意味じゃそうかもしれないな。天音坂をどうにかしないと英明に活路がない」

「はいはいそうかよ。……で」

挨拶のような会話をさっさと流し、奈切は微かに目を眇める。

「さっきの話はどういうつもりだ7ツ星？　アタシは別に、戒くん――じゃねえ、【ファントム】がどこで誰に負けようとマジでクソほどの興味もねえ。天音坂の連中が戒くんをまともに評価しねえのだっていつものことだ……が、まあ一応、一応な？　あんな雑魚雑魚の雑魚で弱虫で、ちょっと気が利いて優しくて良いヤツだってことくらいしか取り柄がねえ従弟はともかく、アイツを凹ませてくれやがったクソ女の方には興味関心バリバリなんだよ。そいつと戦わせてやるってのは……どういうこった」

「そのまんまだよ。今ここで、奈切と【バイオレット】を交えた《決闘》がしたい。英明と天音坂の二対二だ。こっちは俺と【バイオレット】……奈切の相方は、別にそのまま夢野でもいいし、他のプレイヤーを連れてきても構わない」

「！　わ、わたし！　それなら主人公であるわたしで決まりですよ奈切先輩！」

「うるせえ黙れ勝手に話を進めんな。……まず、英明の面子が足りねえだろうがよ。【バイオレット】はどこにいんだ？　ルナ島か？　今から旅行の準備でもしろってか？」

「そうじゃねえよ。【バイオレット】なら――ここにいる」

言って、静かに半身を後ろへ向ける俺。

と――それを待ち詫びていたかのように、後ろで待機していた羽衣が俺の隣にそっと足を踏み出した。普段の彼女とは違う、ふわふわの栗色ツインテールと英明の制服。清楚で可憐な所作でもって俺と肩を並べると、彼女はふわりと笑みを浮かべる。

「はじめまして、奈切来火さん。わたしは、ごく普通の高校生――もとい、ルナ島であなたの従弟を負かしてしまった【ストレンジャー】こと【バイオレット】です」

「は……はあ？　何言ってんだよ。あんた、英明の小悪魔だろ？」

「それは世を忍ぶ仮の姿……いえ、借りの姿とでもいうべきでしょうか」

くすっと微笑む羽衣。そうして彼女は、先ほど作っておいた〝言い訳〟を口にする。

「少し複雑な話なのですが……わたし自身は、今もルナ島にいます。そして、ログイン装置の中にいる秋月さんにお電話をして、間接的にあなたとお話しているんです。ですから今のわたしは秋月さんであり、同時に【バイオレット】でもある……と」

「あ？　あー……理屈は分からないでもねえけどな、あんたが【バイオレット】だって証拠はどこにあんだよ？　今んとこ英明の小悪魔が演技してるようにしか見えねえぞ」

「証拠ですか？　もちろん、ルナ島に来てくださればすぐにでもお見せしますよ」

「舐めんじゃねえよクソ女。証拠がないならあんたとの会話はここでお終いだ」

「……そうですか」

胡散臭そうに吐き捨てる奈切に対し、羽衣はしゅんとしたように眉を下げてみせた。そうして彼女は、挑発というよりもむしろ憐憫に近い声音で続ける。

「逃げるのですね……【ファントム】さんには弱虫と言っていたのに、残念です」

「！　……にゃろう、どうしてもアタシを怒らせてえみたいだな」

頬に手を添えた羽衣の呟きに思いきり青筋を浮かべる奈切。

彼女はそのまましばらく黙っていたが——やがて、腹を決めたのだろう。くしゃっと片手で乱暴に髪を触ってから、奈切来火は獰猛な瞳でこちらを睨み付ける。

「分かった、分かったよ。あんたがルナ島で戒くんを負かしてトップになった【バイオレット】だ。信じちゃいねえが、とりあえずそう思っといてやる。……で？　そんな【バイオレット】と学園島最強の７ツ星が二人して《決闘》を仕掛けてきてるって？」

「——ま、端的に言えばそういうことだ」

一歩前に足を踏み出しながら不敵な表情で告げる俺。

「別に星を賭けろ、とは言わないぜ。疑似《決闘》で構わない。ただし、条件は付けさせてくれ——俺たちが勝ったら、《習熟戦》が終わるまで英明と組んでもらう。細かい仕様はあとで相談するとして、とりあえず希望は〝協力体勢の構築〟だ」

「妥当なとこだな。じゃあ、アタシが勝ったら？」

「何でもいいよ。ここにいる全員を狩らせてやってもいいし、何なら英明の無条件降伏でもいい――だって、どうせ負けないから」

「………へえ」

俺の煽りがしっかり届いているのだろう。瞳の奥に微かな炎を揺らめかせながら、奈切来火は静かに視線を下げる。……とりあえず、こちらの手札は全て開示した。ここまでやって奈切が乗ってきてくれなければ、その時点で今回の作戦は終了だ。けれど、おそらくは問題ないだろう。何せ、羽衣紫音は――【バイオレット】は明確なイレギュラー。だとすれば、奈切がここで揺さぶられることすら越智には予測できないんだから。

そして――、

「……良いぜ。アタシたちの意見が一致した」

およそ一分後、ゆっくりと視線を持ち上げながら俺の提案に同意を示す奈切。百獣の王を思わせるオレンジ色の髪を揺らした彼女は、ニヤリと口角を持ち上げて。

「アタシが勝ったらあんたら全員天音坂に入れてやる――さァ、ルールを言えよ最強？」

絶対的な自信を窺わせる獰猛な声音でそう言った。

＃

二学期学年別対抗戦・三年生編《習熟戦》六日目。

十七番区天音坂学園が管理するダンジョン【天網宮】にて。


「――では、ご主人様に代わりましてわたしからルールの説明をさせていただきます」

奈切と夢野に対して丁寧な礼をしてみせつつ、姫路が澄んだ声音で切り出した。

「今回、お二人に提案する疑似《決闘》の名称は《暗闇遊戯》――簡単に言えば、オセロや将棋のような〝マス目を用いた戦略ゲーム〟となります。ただし、マス目は３×３の比較的シンプルなもの。各ペアが操作する駒も一つだけですので、その辺りはご安心ください。一人一つではなく、チームで一つの駒を操ります」

「けっ……別に、アタシはマス目が１０００×１０００だろうが駒が８万個だろうが一向に困りゃしねえけどな。ま、美咲もいることだし簡潔なルールに越したことはねえが」

「ガガーン！　わ、わたしのせいにするつもりですか!?　奈切先輩にしては見る目がありませんね！　わたしは天下無双の主人公……！　幾多のセーブ＆ロードを繰り返してきたわたしなら、たとえ選択肢が無限でも――」

「おい、聞いたかメイド？　駒の数は無限でいいらしいぜ」

「にゃわー！　ごめんなさいメイドさん、やっぱり一つでいいです！　この通りです！」

「……ですから、元より駒は一つです。ご安心ください、夢野様」

何故か味方である奈切に煽られ、涙目になってぺこぺこと頭を下げる夢野。かなり気に

入られているんだろう、というのが透けて見える会話だが、まあそれはともかく。

　いつも通りの涼しげな声で姫路は続ける。

「《決闘》開始時、互いの駒がボード上に配置されます。混乱を避けるため全て〝自軍から見た場合〟の位置で示しますと、自軍の駒は【右下】、相手の駒は【左上】……となります。これが《暗闇遊戯》の初期配置ですね」

「ほお」

「そして、《暗闇遊戯》はターン制で進行していく《決闘》なのですが、各ターンで選択できる命令は全部で三種類あります。具体的には――

【攻撃：隣接する上下左右のマス全てに攻撃を行う】

【回復：自身のＨＰを全回復する】

【移動：隣接する上下左右のマスいずれかに移動する】

　――の三つですね。ちなみに駒の体力は最大《２》で、攻撃が命中した場合のダメージは《１》。つまり、【回復】を挟まずに【攻撃】を二度受けると敗北となります」

「あぁん？　……おい美咲、通訳しろ。攻撃やら回復やら、全然頭に入ってこねえ……っていうか、マジで眠くなってきやがった」

「!?　だ、だったら早く〝理性モード〟に代わってください奈切先輩！　ちなみに、今のところ全然複雑なルールじゃないです！　ビシッ！」

「あ？　あー、あー……そうか、その手があったか。ダメだな、本能全振り(こっちの)モードだとそこにすら頭が回んねー……んじゃあ美咲、あいつ呼んどいてくれ」

　言いながら頭を掻(か)いて、そのまま左手を銃の形にする奈切。続けて「BANG(ばぁん)！」と一言――【英明(えいめい)宮】でも見た〝スイッチの切り替え〟を経て、彼女はくたっと全身の力を抜く。そんな奈切の肩を慌てて支えながら、夢野(ゆめの)が声を張り上げた。

「わわっ……きゅ、きゅーちゃん！　きゅーちゃんこっちに来てください！」

（……きゅーちゃん？）

　俺が小さく首を傾(かし)げた、刹那――【天網宮】の奥から、一匹の白い狐(きつね)のようなモンスターが優雅にこちらへ歩いてくるのが見て取れた。きゅーちゃん、と呼ばれたそいつはやがて夢野の近くまで歩みを寄せると、巨大でふわふわな尻尾を丸めるようにしてその場に座り込む。直後、ほぼ眠っているような奈切の身体(からだ)がその尻尾にもふっと預けられた。

　一仕事終えた夢野が「ふぅ……」と額の汗を拭う。

「ごめんなさい、ラスボスさん。奈切先輩は偉大なる大勇者なんですが、理性モードだとまともに立ってられないくらい集中しちゃうので……これでもちゃんと起きてるし、思考もぐるぐるぐるぐる回ってるんです！　凄(すご)いんです!!」

「……知ってるよ、言われなくてもな」

　白狐(びゃっこ)の尻尾に背中を預ける奈切を見据えつつ、俺は小さく目を眇(すが)める。……理性と本能を完璧に使い分けることができ、前者のモードでは指先一つで上位ブロック全学区の侵攻を食い止められるとすら言われる奈切来火（なきりらいか）。油断なんか一瞬だって出来るはずはない。

ともかく――反応のなくなった奈切に代わって、夢野（ゆめの）が《決闘（ゲーム）》に話を戻す。

「えっと、命令（コマンド）は【攻撃】と【回復】と【移動】の三種類……主人公としてはやっぱり火力を極めたいところですが、絶対に死なない主人公もスピード自慢の主人公もなかなかあり……？　むむ、ラスボスさんはどう思いますか!?」

「いや……何ていうか、そういう《決闘（ゲーム）》じゃないと思う」

極めるも何も、《暗闇遊戯》における命令（コマンド）というのは属性でも系統でもなく単なる〝選択肢〟だ。別に一つの命令（コマンド）を選び続けなきゃいけないというわけじゃない。

と、そこで、不意に傍（かたわ）らの羽衣（はごろも）がちょんちょんと服の裾を引っ張ってきた。

「ちなみに、篠原（しのはら）さん。わたしは、時をかける系の主人公が素敵だと思います」

「……思います、って言われても」

仮にそうだとして、どう頑張ってもさすがに時はかけられない。

吐息交じりにこそっと囁（ささや）かれたせいで微（かす）かに耳を赤くしながら、俺は気を取り直して正面へ向き直ることにした。それを待っていたかのように、姫路（ひめじ）の説明が続く。

「基本的なルールはこれだけです。【移動】で距離を詰めつつ、状況に応じて【回復】も織り交ぜながら、【攻撃】で相手の駒の体力（HP）を0にする。これが《暗闇遊戯》のルールにして勝利条件、なのですが……三点、ですね。三点ほど特筆すべき事項があります」

今日の早朝にルールを共有したばかりにも関わらず、涼しげな声音で淀(よど)みなく言葉を重ねる姫路。彼女は人差し指をピンと立てると、白銀の髪をさらりと揺らす。

「まず一つ。《暗闇遊戯》は二対二のチーム単位で行う疑似《決闘(ゲーム)》なのですが、各ターンの命令(コマンド)選択はお二人で交互に行っていただく形になります。そして、基本的にチーム内での情報共有は全て禁止です。どんな命令(コマンド)を選択したのか伝えることも出来ません。何故(なぜ)なら——こちらが二点目ですが——《暗闇遊戯》の実行中、ボード上は全て見えなくなっているからです。相手の駒どころか、自軍の駒がどこにあるのかさえも分からない……それが《暗闇遊戯》一番の醍醐味(だいごみ)ですので」

……そう、そうだ。

加賀谷(かがや)さんと椎名(しいな)を巻き込んでルール調整を行った疑似《決闘(ゲーム)》——《暗闇遊戯》。その最大の特徴は、ボード上が全て暗幕(ブラインド)で覆われていることだ。相手チームはもちろん、味方の選択した命令(コマンド)も含めて全て不明。確実に情報を追えるのは自分自身が駒を操作した時だけ……つまり、四分の一だ。まさに暗闇に手を伸ばすような《決闘(ゲーム)》になる。

（本当なら、イヤホンを使って情報共有しながら進めるつもりだったんだけど……）

そんな思考が脳裏を過(よ)ぎるが、まあこうなってしまったものは仕方ない。というか、羽衣がいなければ奈切が《決闘(ゲーム)》に乗ってきてくれた保証はどこにもないんだ。イカサマを封じてでも彼女の参戦を認めた意味はあったと言っていいだろう。

ともかく、落ち着いた声音で姫路は続ける。

「これに伴って、《暗闇遊戯》にはいくつか細かい仕様があります。まず【攻撃】は、範囲内に敵駒がない場合でも使用可能。命中の場合は、敵味方問わず全員にその情報が伝わります。また【回復】は体力全快の状態でも使用可能です。そして【移動】は、使用時に上下左右の一方向を指定することになりますが、壁または敵駒がある方向を選択してしまった場合は〝移動不可〟となり、その場に留まることとなります。この場合〝移動できなかった〟という情報が操作者にのみ公開されます」

「ふむふむふむ……なるほど、他の情報は全部未公開ってことでいいんですか？」

「はい、夢野様。常に開示されている情報は〝自駒の体力〟だけですね。その他の諸々は相手チームの二名、及び味方一名の表情や思考から推察していただくことになります」

「推察……！　燃えますね、そういうの！　主人公に不可能はありません！」

姫路の説明に対し、自信満々に仁王立ちしてドヤっと八重歯を露わにする夢野。そんな彼女を微笑ましく見つめながら、姫路は丁寧な口調で言葉を継ぐ。

「最後に、三つ目です。《暗闇遊戯》で使用するボードには、一ケ所だけ特殊なマスが用意されています。それは、自軍から見て【左上】のマス――すなわち敵駒の初期位置。ここに自駒を進めると、その駒は直ちに〝進化〟します。将棋で〝歩〟が〝と金〟に成るのと似たような仕様(ルール)ですね。進化した駒は各ターンの命令(コマンド)選択回数が二倍になり、同じく体(H)力(P)も二倍になりますので、一気に飛躍的な優位を獲得できます」

「飛躍的な優位を……ピピッ、と来ました！　それこそがわたしのような選ばれし主人公のためにある効果！　絶対にわたしが先にもぎ取ります！　ドドン！」

主人公心（？）をくすぐる〝進化〟の要素が気に入ったのか、楽しげな口調でそんなことを言いながらびしっとこちらへ指を突き付けてくる夢野。

とにもかくにも、《暗闇遊戯》のルールはこれで全てだ——3×3のボードを使用した戦略ゲーム。【攻撃】、【回復】、【移動】の命令(コマンド)を駆使して相手の駒を倒せば勝利、というシンプルな《決闘(ゲーム)》だが、盤上が一切見えないという点に加えて〝相手どころか味方の思考も読まなきゃいけない〟仕様が難易度を思いきり跳ね上げている。

「《習熟戦(リフレイン)》の《決闘(ゲーム)》内《決闘(ゲーム)》ということもありますので、アビリティの登録(セット)は禁止とします。あまり時間はありませんが、今から一分ほどチームでの相談を——」

「——おい、そっちのクソ可愛(かわい)いメイドさんよ」

と……その時、不意に燃え上がるほどの熱量を伴った声が耳朶(じだ)を打った。声の主は、確かめるまでもなく天音坂(あまねざか)の序列一位・奈切来火だ。理性モードとやらを解いたのか再び烈火の迫力を取り戻し、横たわる白狐(びゃっこ)の尻尾にどかっと座り込んだ炎髪の少女。

彼女はギラギラとした視線を持ち上げると、感情のままに言葉を紡ぐ。

「細かいことはいいからさっさと《決闘》を始めさせてくれ。こう見えても、アタシは早くそっちの澄ました顔した【バイオレット】とヤりたくてヤりたくて仕方ねえんだ。ルールは覚えた、仕様も理解した、勝ち筋なんざいくらでもある——だったら、あとはぶつかるだけだろ。違うか【バイオレット】ォ!!」

「……ふふっ」

激情をそのまま叩きつけてくるような奈切の宣告に、羽衣はあくまでも余裕の笑みを零してみせた。そうして彼女は、栗色のツインテールをふわりと揺らして答える。

「そうですね。……はい。わたしも、ちょっとうずうずしてきました」

——天音坂の序列一位こと奈切来火、及びルナ島最強の【バイオレット】。

そんな二人から「お前はどうなんだ？」とでも言いたげな視線を向けられて——俺は、

（……ったく）

静かに端末を取り出すと、疑似ゲーム《暗闇遊戯》の開始を宣言した。

俺の持ち込んだルールということもあり、《決闘》は天音坂側の先攻で始まった。

チーム内のローテーションも含めると、駒の操作順は夢野→羽衣→奈切→俺という流れだ。最初の一手を担当する夢野がじっくり頭を悩ませているのを見つめながら、俺は今のうちに昨日の作戦会議の内容を振り返っておくことにする。

脳内に思い出されるのは主に加賀谷さんの発言だ。

『《暗闇遊戯》には鉄板の勝ちパターンっていうのがいくつかあるんだよねん』

『まずさ、自分たちから見て【左上】のマスに到達したら〝進化〟する、ってルールがあるでしょ？　アレを相手にやられると絶対負けなんだよ。倍速で動ける相手に勝てるわけないし……や、まあツムツムなら勝てるかもだけど、普通は無理だよねん』

『だから、重要なのはそれを防ぐこと──つまり、初期位置で待機するのが一つの王道』

『でしょ？　だって、待ってれば相手から近付いてきてくれるんだから』

……そう。

《暗闇遊戯》には【攻撃】、【回復】、【移動】と三種類の命令が存在するが、そのうち前者の二つは移動を伴わないものだ。つまり将棋やチェスと異なり、一切駒を動かさないという戦術を取ることも出来る。中でも自軍から見て【右下】──相手にとっては〝進化〟のために到達したい【左上】マス──は最高の待機ポイントだ。待っているだけで相手が飛び込んできてくれる可能性があるんだから、そこを撃ち取るだけでいい。

（普通に考えれば初手は【移動】で駒を動かすのが妥当……けど、あえて駒を動かさない方が有利になる。まあ、このくらいは全員読んできてもおかしくないけど……）

それだけの実力者しかこの場にはいないことを改めて認識しながら、俺は真っ暗な盤面を睨み付ける。……現在は、夢野が悩んだ末にターンを終え、続く羽衣が一瞬で命令を選択したところだ。ターンプレイヤーは三番手である奈切来火に回っている。

そこで、彼女は静かに視線を持ち上げた。

「よう、7ツ星……それに【バイオレット】。言っとくがアタシは手加減しねえぞ？　全力であんたらを負かして戒くんに謝らせる。……じゃねえ、アタシの奴隷にする」

「なんと、知らない条件が出てきました。わたし、奴隷にされてしまうのですか？」

「比喩だよ、比喩。チッ……とにかく、アタシの選択はこれだ」

端末の画面に指を触れさせて命令を選択する奈切。もちろん何を選択したのかは分からないが、ともかくこれで四人目――つまり俺に初めてのターンが回ってくる。

「…………」

何も見えない盤面、自駒の位置すら分からない状況。……この《決闘》は、何かしら行動を起こさない限り絶対に情報が増えないようになっている。だからこそ、少なくとも最初の一手に関しては自分の作戦を信じて動くしかない。《暗闇遊戯》における序盤の定石は【右下】待機――よって、俺が選ぶ命令は【攻撃】だ。

そんな選択をした、瞬間だった。

(――え？)

「うぎゃー！　いきなり当てられちゃいました！　ピンチ、ピンチです！」

俺の困惑を掻き消すように響き渡る夢野の声。

そう――彼女の反応が示す通り、俺の選択した【攻撃】は確かに天音坂の駒に命中していた。端末画面に大きく表示される〝ヒット〟の文字。駒の体力は最大《2》と設定されているため、あと一発同じ【攻撃】を命中させれば俺たちの勝利となる。

けれど、本来ならそんなことは起こり得ないはずだった。……何せ、《暗闇遊戯》はまだ4ターン目だ。【攻撃】が上下左右の隣接マスにしか命中しない、ということを踏まえれば、俺の【攻撃】が命中するにはそれまでの三人が全員【移動】を選んでいなければいけないということになる。夢野と奈切が共に【移動】を選択し、天音坂の駒を俺たちから見て【右上】か【真ん中】、あるいは【左下】へ。そして羽衣もまた【移動】の命令を選び、偶然か必然か天音坂の駒と隣接する位置まで進めていたということになる。

『わぁ、すっごーい……！』

耳元で椎名が感嘆の声を零すのが聞こえるが……本当に、そうとしか言いようがなかった。おそらくだが、夢野も奈切も羽衣も【右下】待機の定石には気付いていただろう。その上で、彼女たちは揃いも揃ってその定石を無視したんだ。

何故なら〝【右下】待機〟という強力な戦術には、一つだけ致命的な弱点がある。

（それは、硬直状態になりやすいってこと……【右下】待機は確かに鉄板だけど、相手側もその戦略に気付いてる場合はどっちも初期位置から動けなくなる。で、そうなった場合はむしろ先に動き出した方が優位を取りやすいんだ。だって、【右下】からは二方向にしか攻撃できないけど、【真ん中】を取れば上下左右の四方向を睨むことが出来る。硬直は硬直でも、より有利な硬直に持ち込める……）

だとしても、初手から定石を裏切るのはやはり〝凄まじい〟の一言に尽きるが。

「あー？　……おいおい7ツ星、随分しけた面してんじゃねえか。せっかくの《決闘》なんだからあんたも楽しんだらどうだ？」

ニヤニヤと頬を歪めながら煽ってくる奈切。ターンが一巡した今、天音坂が進めたマスは《2》——対する英明は《1》だ。体力という意味ではこちらが勝っているが、そんなものは〝進化〟してしまえば帳消しになる。天音坂はきっとそれしか狙っていない。

そんな現状を改めて確認しながら、俺は不敵な態度で煽り返すことにした。

「ハッ……楽しんでるに決まってるだろ？　お前らは優位に立ってるつもりかもしれないけど、ダメージレースは英明側の優勢だ。一つ連携が上手くいかなければ——一つ当てが外れればその瞬間に負ける、ってのが《暗闇遊戯》の仕様だぜ」

「おいおい何言ってんだ7ツ星、だから愉しいんだろ《決闘》ってヤツは!!」

獰猛な笑みをさらに深くしながら、奈切は鋭利な言葉を叩きつけてくる。

そんな指揮官に背中を押されるような形で、一年生にして期待のダークホースこと夢野美咲が二度目の手番に入った。これまでの4ターンを経て、天音坂の駒があるのは俺たちから見て【右上】か【真ん中】、あるいは【左下】のいずれか。そしてどの場合でも、すぐ隣には英明の駒が潜んでいるということになる。

「む、むむ……」

しばしの長考に入る夢野。……これが一対一の《決闘（ゲーム）》なら、せめて自駒の位置だけでも分かっていればこれほど悩むことはなかっただろう。【右上】か【左下】の隅にいるならさっさと撤退しないと負けてしまうし、逆に【真ん中】を取れているなら〝進化〟を狙えるチャンスかもしれない。けれど《暗闇遊戯》ではそれすら分からない。

「じゃあ……これ！　主人公の勘です、これに決めました！」

ぎゅっと目を瞑（つぶ）りながらも、夢野が自身の命令（コマンド）を決定する。

もちろん、何を選んだのか知ることは不可能だが……〝ヒット〟の表示が出なかった以上【攻撃】ではないし、高確率でジリ貧になる【回復】でもない。おそらくは【移動】で撤退したのだろう。何せ――仮に天音坂駒が【真ん中】にあったとしても――英明の駒が二方向のどちらで待ち構えているのかは推測のしようがない。もしそちらへ突っ込んでしまえば【移動】は不成立となり、次の羽衣（はごろも）に【攻撃】を食らってお終（しま）いだ。そもそも【真ん中】を取れているのかも分からないのにそんな賭けには出られまい。

「なるほど……では、わたしはこれで」

そんな夢野とは対照的に、1ターン目と同じくほぼ即決で命令（コマンド）を決定する羽衣。駒が見えているわけではないが、彼女が目指しているのは間違いなく【左上】のマスだろう。そして俺が駒を動かしていないことは〝ヒット〟情報で明らかになっているため、羽衣が自駒の位置を見失う要素はない。十中八九、英明駒の現在地は【真ん中】になった。

（って、あれ……？）

そこで、俺は一つの事実に気付く。

羽衣が操作を終えたため、《暗闇遊戯》は現在7ターン目に移ったところだ。英明と天音坂が三度ずつ駒を動かした結果、盤上では少しばかり妙なことが起こっている――まず英明駒は一切ダメージを受けておらず、加えて上下左右を睨むことが出来る【真ん中】を占拠。対する天音坂駒は残り体力が《1》となっている上に、今の居場所は俺たちから見て【上】か【左】のいずれか……つまり、【真ん中】からの射程範囲内に収まってしまっている。どこからどう見ても、優位に立っているのは圧倒的に英明だ。

「ふふっ……」

俺と奈切がそんな異常事態に気付いたのを表情やら気配から感じ取ったのか、秋月の見た目をした羽衣はくすりと上品な笑みを零してみせる。そうして一言、

「この《決闘》に〝撤退〟なんて選択肢はありませんよ、奈切さん。攻めて、攻めて、攻めまくった方の勝利です」

「けっ……勝ち誇ってんなよ、クソアマ。まだ勝負はついちゃいねえだろうが」

思い通りに進まない盤面にやや苛立っているのか、ひくっと頬を引き攣らせる奈切。

（……ま、そのための〝二対二〟と〝暗闇（ブラインド）〟だからな）

そんな姿を見ながら、俺は自身の作戦を整理しておくことにする。

《灼熱（しゃくねつ）の猛獣》奈切来火（らいか）の攻略法——自己暗示めいた切り替え（スイッチ）により思考能力と運動神経をどちらも高いレベルで発揮でき、さらには天音坂の学内戦で場数を踏みまくっている彼女だから、おそらく〝真正面から崩す〟なんてことは不可能だ。だからこそ、あえて味方の行動も読まなきゃいけない〝相談禁止〟のルールを盛り込んだ。思考を乱す要因が敵だけじゃなく味方にもある。これだけで、《決闘（ゲーム）》の難易度は一気に跳ね上がる。

「チッ……それじゃあ、アタシの選択はこうだ」

やがて命令（コマンド）選択を終える奈切。……彼女の性格上、ここで【左上】の初期位置に駒を戻すなんて消極的な行動はまず選ばないだろう。パターンとしては大まかに二択だ。

一つは、一巡目の自分自身と同じ方向に駒を進めて、【右上】あるいは【左下】に到達するというもの。そのまま互いが真（ま）っ直（す）ぐ〝進化〟を目指せば、一手差にはなるが致命的な遅れを取ることもない。お互い二回行動を得てから仕切り直そう、という提案だ。

天音坂にとって最も勝算の見込める策は間違いなくそれだろう。だとすれば俺のやることは一つ——【上】か【左】に駒を進めることだ。〝進化〟レースに勝つことだ。

……けれど、

（多分、この場合の正解はそれじゃない。俺が選ぶべきは……こっちだ）

俺が選択した命令（コマンド）は【移動】ではなく【攻撃】――そして、直後にヒット表示が出る。

「！　な、あ、あんた……」

それを見て大きく目を見開いたのは、他でもない奈切来火（なきりらいか）だ。

二度目の攻撃が通ったのに《決闘（ゲーム）》が続行しているということは、彼女が前のターンで選んでいたのは【回復】命令（コマンド）だったのだろう――二択の二つ目だ。〝進化〟を狙うと見せかけて、その場から動かずに体力（HP）を回復させておく。自駒を壁にすることでこちらの【移動】を潰し、返す刀で【攻撃】する。成功すれば一気に優位を取り返せる妙手だ。

オレンジ色の髪を風に靡（なび）かせながら、対面の奈切が怪訝（けげん）な顔で目を眇（すが）める。

「7ツ星……あんた、見えてたのか？　この展開が分かってたのか？」

「……いや？　別にそういうわけじゃない。飛び入り参加の【バイオレット】がいるせいでこっちもほとんど打ち合わせなんか出来てないからな。手探りなんだよ、最初から」

「じゃあ、何で今のを当てられるんだよ。さすがに鋭すぎんだろうが」

「何でも、たまたまだよ――俺は、単に自分の〝役目〟を遂行してただけだ」

苛立（いらだ）ち交じりの疑問を向けてくる奈切に対し、俺は小さく肩を竦（すく）めながら答えを返す。

一見、追及を受け流すための適当な返事にも見えるだろうが……実を言えば、この〝役目〟という発想こそが俺の作戦の要だった。二対二、かつ暗闇状態（ブラインド）。相手の思惑以外にも様々な要素が交錯する《暗闇遊戯》。この《決闘（ゲーム）》を推測だけで攻略するのは不可能だ。

だから——俺は、あえて命令の選択肢を削っていた。

（最初の1ターンで、俺は【攻撃】を選んで羽衣（はごろも）は【移動】を選んだ。もっと言えば、羽衣は駒を動かしたけど俺は動かさなかった。それをずっと繰り返せば……俺が一度も駒を動かさなければ、羽衣は自駒の位置を常に追えるってことになる）

「……ふふっ」

分かっています、とばかりに嫋（たお）やかな笑みを浮かべる羽衣。

まあ、言ってしまえばそれだけの策だった——要は一人が【移動】命令（コマンド）だけを、もう一人が【攻撃】または【回復】命令（コマンド）だけを選び続ける役になればいい。こうすれば《暗闇遊戯》の仕様に反して俺たちは常に自駒の位置を把握できる。逆に、初手で二人ともが【移動】を選択した天音坂（あまねざか）は、もはや何一つとして確定的な情報を持っていない。

「え？　……え、え？」

よって、夢野（ゆめの）が困惑するのも無理はなかった。彼女の思考では例のパターン1——つまり〝奈切が【右上】か【左下】に駒を動かす〟というのが妥当だったはずだが、実際のところ奈切は駒を動かさずに【回復】を選んでいた。となれば、夢野には新たな迷いが生じてしまう。奈切の策に乗るべきか素直に〝進化〟を目指すべきか……何せ、彼女が勝手に駒を進めてしまえば奈切が再び自駒の位置を見失うことになりかねない。

けれど——それでも、天音坂の序列（トップ）一位はやはり伊達（だて）じゃなかった。

「――BANG！」

突如として左手の指先を自身のこめかみに押し当て、銃声と共にすぅっと目を閉じる奈切。再びの〝理性モード〟発現だ。天音坂の頂点に君臨するほどの洞察力と演算能力が彼女の脳内で火を噴いて――そして、

「美咲。……アタシのことは気にすんな。今はフラットに盤面だけ見て命令を決めろ」

「うぇ!?　そ、それはどういう――」

「**天音坂の序列一位を舐めんじゃねえってのか**。美咲がこれまでのターンでどの命令を選んだか、これからどんな戦術を取ろうとしてるのか……理性モードのアタシなら**読める**。だから条件は英明と同じ――いや、むしろアタシらの方が有利なくらいだ。なあ？」

挑発めいた言葉と共に、苛烈な炎を内側に宿す静かな瞳が俺たちに向けられる。……理性全振りの凄まじい思考力で夢野の選択を全て読み切ったと豪語する奈切。彼女の発言が本当なら、確かに俺たちの優位はあっという間に失われることになるのだが。

「……ふふっ」

それを受けた羽衣は、焦るでも狼狽えるでもなくただただ上品な笑みを零してみせた。

「素晴らしい絆ですね。ですが……奈切さん。実はそれ、**わたし**もなんです」

「あ……？　何のことだよ、【バイオレット】」

「**わたしも夢野さんの命令は全て分かっている**、ということです。もちろん奈切さんと篠

原さんの選択も。だんだんヒントが増えてきましたから……もう百発百中です」

「……ヒント？　あんた、何を言って……」

「気付きませんでしたか？」

奈切の疑問を遮るように、ふわふわの栗色ツインテールを微かに揺らす羽衣。

「この《決闘》、確かに盤面は見えませんが……命令を選択してから相手にターンが回るまでの時間が【攻撃】と【回復】と【移動】とで全て微妙に異なります。さらに、おそらく盤自体が完全な正方形ではないのでしょう。前後への移動と左右への移動でもごくわずかに所要時間が違っています。……わたし、こう見えても一手目からずっとその時間をカウントしていましたから。篠原さんのおかげで情報も集めやすかったですし、今ならどちらの駒の位置も正確に分かっちゃいますよ？」

「「「――――――」」」

上品な口調でとんでもないことを言い出す羽衣に、対面の奈切と夢野だけでなく俺まで絶句する。……右耳のイヤホンから『嘘ぉ!?』と加賀谷さんの絶叫が聞こえる辺り、それは《暗闇遊戯》の隠れた攻略法などではなく、本来なら影響を及ぼさないレベルの誤差なのだろう。コンマ数秒レベルの時間差を見破れるやつがいるなんて普通は思わない。

「噂以上にイカれてやがんな、7ツ星&【バイオレット】ォ……！」

動揺に声を震わせながらも微かに口角を上げる奈切。そうして彼女は、再び紅蓮の激情を纏いつつ、銃の形にした左手をそのまま横薙ぎに振るってみせる。

「だが関係ねえ。アタシらは、アタシらに出来る〝最善〟をぶち込み続けるだけだ」

「ま、また先輩が主人公みたいなこと言ってます……！　それはわたしの台詞、です!!」

奈切に続いてびしっとこちらに指を突き付け、啖呵を切ってくる夢野。……それは、宣言だ。【バイオレット】の超絶技巧を目にしてもなお退く気はないという宣言。

だから、俺は――。

「ハッ……」

羽衣（秋月）と肩を並べ、端末を前に突き出しながら不敵な笑みでこう言った。

「――受けて立つ」「受けて立ちます」

＃

結局――《暗闇遊戯》は、累計24ターンを経て英明学園の勝利に終わった。

主に奈切来火と【バイオレット】という二人の怪物が火花を散らした《決闘》。序盤は一進一退の攻防が繰り広げられていたものの、【バイオレット】――羽衣紫音が〝命令確定からターン移行までの時間差〟というとんでもない部分に着目して盤面を支配してからは一気に英明側の優勢となり、そのまま〝進化〟を使って攻め切った……という形だ。

ただ、もちろんそれは奈切来火の評価を下げるようなものではない――というか、後半の動きを見る限り、彼女の方も途中から〝命令ごとの時間差〟を読み切って駒の位置を完全に把握していただろう。【バイオレット】なしで勝てたとは到底思えない。

「ぐ、ぐぬぬ……」

ちなみに、俺たちの対面で悔しげに唸っているのは当の奈切ではなく、彼女とペアを組んでいた夢野の方だ。彼女はいかにも恨めしげな視線をこちらへ向けている。

「まさか、大勇者である奈切先輩でも敵わないなんて……こんなに負けイベントばっかりじゃ主人公として不甲斐ないです！　っていうかラスボスさん、ちょっと容赦なさすぎじゃないですか!?　強すぎるボスは嫌われちゃいますよ！　ブーブー、です！」

「そうか？　でも、嫌われるくらい強いボスじゃなきゃ攻略し甲斐がないだろ」

「はっ！　確かに、それはそうかもしれません……！　じゃあ、今のままでいいです！」

「いいのかよ」

一瞬で意見を翻した夢野に軽く嘆息を零してから、俺はゆっくりと視線を横へ動かす。

そこにいるのは、当然ながら奈切来火だ。天音坂の序列争いで一位となった6ツ星ランカー。霧谷と並び称される実力者である彼女が、ここに来て快進撃を止められた。それもルナ島で竜胆戒を――【ファントム】を下した【バイオレット】によって、だ。

荘厳な雰囲気を持つ白狐の前に立った奈切は、嘆息交じりに小さく首を振っている。

「ったく……あーあ、美咲の言う通りだ。ちょっと強すぎんじゃねえか、あんたら？　せっかく天音坂(あまねざか)で序列一位になったたってのに、それが井(い)の中(なか)の蛙(かわず)だったって突き付けられてるみたいでマジ萎えるったらねえわ。帰って大泣きしていいか？」

「いえ、泣くことはありませんよ奈切(なきり)さん。わたしは見ての通りどこにでもいる高校生ですが、この手の《決闘(ゲーム)》には少し覚えがありまして……端的に言うと、とっても強いんです。そしてこちらの篠原(しのはら)さんは、そんなわたしが認めた学園島(アカデミー)最強の７ツ星。お二人も決して弱くはありませんが、相手が悪すぎます。出直してきてください」

「あ？　……なあおい、７ツ星。アタシ、追撃されてるんだが。ちっとは慰めろよ」

「あー……悪いな、こういうやつなんだ」

にこにこと嫋(たお)やかな笑顔で残酷な現実を突き付ける羽衣(はごろも)に、奈切がひくっと頬(ほお)を引(ひ)き攣(つ)らせる。……まあ、俺からすれば奈切来火(らいか)も羽衣紫音(しおん)も異次元レベルの実力者だ。まともな《決闘(ゲーム)》で戦えばどうなることか想像も出来ないが……。

　ともあれ、俺は改めてそんな奈切に向き直る。

「なあ、奈切。この《決闘(ゲーム)》を始める前にした約束は覚えてるか？　お前らが勝ったら俺たちにどんな要求をしてもいい。代わりに俺たちが勝ったら組んでくれ、って」

「あーあー、覚えてるに決まってんだろ？　英明(えいめい)と天音坂で条件付きの協力体制を構築したいっつー話だ。んで、その条件とやらを詰めたいんだったな」

「へえ？　本能(そっちの)モードでもちゃんと覚えてるんだな」

「けっ、舐めんじゃねえっての」

ひらひらと手を振る奈切。そうして彼女は、くしゃっと自身の髪に触れながら続ける。

「知ってるか、７ツ星？　宝物やら固有宝物ってのはダンジョンごとに見た目も大きさも全く違う。んで、【天網宮】の固有宝物は〝白い狐〟の姿をしてる」

「白い狐？　って……まさか、後ろのそいつかよ」

「ご名答だ」

言いながら俺たちに背を向けて、後ろで待機していた白狐の頭を撫でる奈切。確か夢野に〝きゅーちゃん〟と呼ばれていたそいつは、心地よさげに喉を鳴らす。

「……？」

けれど、俺には奈切の意図がいまいち掴めない。……こいつが【天網宮】の固有宝物なのはいいとして、それを俺たちに教えた理由はなんだ？　少し不用心すぎないか？

そんな俺の疑問を放置して、奈切は妙に静かな口調で隣の夢野に話し掛ける。

「なあ、美咲。……アタシはな、負けるのがめちゃくちゃに大嫌いだ」

「？　知ってますよ、それくらい。だって、そうじゃなかったら天音坂の序列争いを勝ち抜くことなんか出来ません！　神をも屠る鬼畜の刃……！　格好いいです！」

「ああ。けどな、負ける以上に嫌いなことも一つだけある。何か分かるか？」

「もちろんです！　主人公にとって、敗北よりも残酷なこと……それは、物語に登場できなくなることです！　サブキャラの方が人気になってスピンオフが大流行！　主人公(わたし)の物語は終わってないのになかったことに！　……正解ですか!?」

「びっくりするほど不正解だ。正解はな――もう負けてるのに生かされることだよ」

――言った、瞬間。

「「「なッ……!?」」」

奈切(なきり)はおもむろに端末を取り出すと、それを思いのほか優しげな手付きで白狐(びゃっこ)の頭にとんっと乗せた。途端、まるで浄化されるような演出と共に、白狐の身体が青白い粒子となって消滅する。他でもない【天網宮】の固有宝物(コア)が、俺たちの目の前で掻(か)き消える。

「っ……」

「《ランクS攻撃スキル：泡沫の夢(うたかた)》……触れたものを丸ごと消滅させる奥義みてえなスキルだ。見ての通りアタシらの固有宝物(コア)は塵(ちり)一つ残っちゃいねえ。天音坂(あまねざか)は脱落だ」

「……何のつもりだよ、奈切？」

「言った通りだっての、最強。アタシは負けるのが大嫌いだが、もう負けてるのに生かされるってのはそれ以上に気に食わねえんだ。ゲームなんかでもよくある展開だろ？　心変わりするまで飼い殺しにされたり、捕虜にされたり人質にされたり……とにかくロクでもねえことばっかりだ。アタシはあんたに操(みさお)を捧(ささ)げる気なんかさらさらねえんだよ」

「いえ、奈切様。こちらも貴女(あなた)に操を捧げさせる気などさらさらありませんが……」

「だから比喩だよ、比喩。あんたのご主人様は奪わねえから安心しろメイド」

微かに口角を上げながらそう言って肩を竦める奈切。

「ま……とにかく、アタシの答えはこうだ。美咲には悪いが――」

「そんなことはありません奈切先輩！　そもそも、ラスボスさんと共闘とか絶対有り得ないですから！　あまりにも主人公サイドらしくない行動にちょっとだけ唖然としましたけど、よく考えたら先輩は主人公じゃないのでどうでもいいです！　セーフです！」

「………」

「うひゃい!?　な、何でわたしを攻撃してるんですか奈切先輩！　裏切りです、反逆です！　もしや、わたしの主人公力が高すぎて先輩が悪の道に――にゃぁっ！」

どたんばたんと引っ繰り返る夢野と、それをやや冷たいジト目で見つめる奈切。相変わらず、息が合っているんだかいないんだかよく分からないコンビネーションだ。

が、まあとにもかくにも――【天網宮】から固有宝物が失われた影響か徐々に透明になりつつある奈切は、ニヤリと笑みを浮かべながら好戦的な口調で言葉を継ぐ。

「アタシらは一足先に《習熟戦》の舞台を降りる。協力してやれなくて悪かったな、7ツ星。あんたに恨みはないんだが……当てが外れちまったか？」

挑発するような奈切の問いを受け、俺は「……ん」と右手を口元へ遣る。

当てが外れた――まあ、それはもちろんそうだ。俺たちは天音坂と協力体制を築くためにここへ来ていたわけで、この場で脱落させたかったわけじゃない。それに、奈切が自ら固有宝物を消滅させてしまったため、扱いとしては天音坂の〝自滅〟だ。今回の侵攻で英明に入るptは一切ない。

けれど、それでも。

《暗闇遊戯》が無駄だったかどうかは、まだ分からない……というか、絶対に意味はあるはずだ。だって、第四の予言は【森が天をも呑み込み、やがて手が付けられない脅威になるだろう】——肝心の天音坂が〝自滅〟したんだから、この予言は永遠に叶わない。最高の形じゃなかったかもしれないけど、越智のシナリオは少しだけズレた）

……そう、そうだ。

森羅が天音坂を下す、あるいは配下に引き込むという趣旨の〝予言〟。これは、天音坂が脱落した時点で絶対に叶わなくなった。もしかしたら些細な変化でしかないのかもしれないが、それでも確かに、羽衣紫音というイレギュラーを利用することで越智春虎のシナリオを〝揺るがす〟ことには成功した。

「だから、一概に〝当てが外れた〟ってわけでもない。……お前らが自滅してくれたことで未来が変わった、かもしれない」

「……チッ。なるほど、端からアタシらは通過点ってわけか。そりゃあ強えわ」

俺の返答を聞いて、小さく舌打ちしながらお手上げとばかりに両手を掲げる奈切。

彼女はどこか吹っ切れたような表情を浮かべると、改めて俺と羽衣に身体を向けた。

「篠原緋呂斗、それに【バイオレット】。……いつか、またアタシと勝負してくれ。アタシは常に成長期だからな。今回ボロクソに負けたからって次も負けるとは限らない――どころか、今度はあんたらに同じことを言わせてやる」

「……ふふっ。はい、もちろんです」

それを受けて、羽衣はふわりと嫋やかな笑みを浮かべてみせた。秋月の見た目をした彼女は、胸元にそっと片手を当てると誰をも虜にするような笑顔で言葉を紡ぐ――。

「いつでも、お相手して差し上げます。……楽しみにしていますね？」

そんな挑発めいた台詞にニヤリと笑みを返したのを最後に、奈切来火と夢野美咲のアバターは【天網宮】から完全に消滅した。

【十七番区天音坂学園――固有宝物喪失により脱落】

＃

『――《習熟戦》六日目の大波乱！　強豪・天音坂学園がまさかの〝自滅〟!?』

『つい先ほど、【天網宮】内で英明学園の篠原緋呂斗・秋月乃愛ペアVS天音坂学園の奈切来火・夢野美咲ペアによる《決闘》内《決闘》が行われた。（中略）そして《決闘》終了後、奈切来火は自学区の固有宝物を跡形もなく消滅させている』

『これにより、《習熟戦》の勢力図は大きく書き換えられることに――』

……天音坂の脱落を見届けてから数分後。

次なる森羅の防衛ターンを控えて、俺たちは一旦現実世界へと戻ってきていた。

テーブルの上に投影展開されているのは《ライブラ》が公開している速報記事だ。当然と言えば当然ながら、天音坂学園の敗退が大々的な見出しで取り上げられている。

そんなものを見つめながら、対面の榎本が静かに口を開いた。

「これが最終的に吉と出るか凶と出るかはともかく……ようやく、薄気味悪い誘導に支配されていた《習熟戦》にまともな〝変化〟が起こった、というところか」

「……だな」

二学期学年別対抗戦・三年生編《習熟戦》――この《決闘》は、最初から越智の〝シナリオ〟によって支配されていた。そんな中で、天音坂学園の自滅というのは間違いなくシナリオに書かれていなかった〝イレギュラー〟だ。何せ第四の予言に反している。

相変わらずの仏頂面で腕を組みつつ、榎本は「ふむ……」と続けた。

「秋月から軽く聞いたが……例の協力者は本物の【バイオレット】だそうだな、篠原？」

「ああ、そうだ」

質問の意図を正しく汲み取りながら、俺は特に誤魔化すことなく素直に頷く。

「奈切にした説明はほとんど嘘だけどな……実は今、ちょっとした手違いであいつも学園島に来てるんだ。んで、秋月に頼んで端末を使わせてもらってたってことらしい。わざわざ管理部にいる友達に端末IDの連携解除までしてもらってさ」

「管理部にまで繋がりが……？　【バイオレット】というのは、一体――」

「悪い榎本、これ以上は話せない。……けど、心配しなくても今日のはめちゃくちゃイレギュラーな事態だよ。あいつが参加するのは今回限りだ」

「そうか……ふむ、ならば良いが」

やや躊躇いながらも頷く榎本。それに対し、隣の浅宮が不思議そうに金糸を揺らす。

「え？　でもさ、あんなに強い子ならそのまま協力してもらった方が良くない？」

「七瀬の意見も分からなくはないが、継続的に力を貸してもらうにはさすがに正体不明に過ぎる。英明の勝利に尽力してくれるプレイヤーだという保証もないのに《習熟戦》への参加を許すのは早計だろう。……篠原と姫路の友人を悪く言うつもりはないが」

「いや、そう考えるのが普通だって。というか、さっきの《決闘》だって勝手に割り込まれたわけだし……羽衣は俺にも制御できないよ」

嘆息交じりに肩を竦めて告げる俺。

「ただ――経緯はともかく、【バイオレット】のおかげで越智のシナリオがズレたのは間違いないんだ。森羅が天音坂を下すっていう第四の予言は叶わない。《習熟戦》は、越智が知ってる未来から少しだけ逸れた」

「はい、ご主人様。それは間違いありません」

「ああ。だから——畳み掛けよう。【バイオレット】の参戦で〝予言〟が崩れたなら、越智(おち)のシナリオに対して〝イレギュラー〟は有効だってことだ。越智が知らないこと、予想外のこと、推測できないこと……それを積み上げればあいつのシナリオは回避できる。特に第五の予言は——【漆黒の塔の中で、君たちは《習熟戦》に敗北するだろう】ってのは致命的だからな。第四の予言をズラせたように、今度はこの結末を引っ繰り返す」

「おけおけ。よーするに、越智(アイツ)の計算を狂わせながら攻める……ってコトだよね。読まれそうな手は切り捨てて、王道ルートを外したやり方だけで逆転を狙う、みたいな！」

「その通りだ。七瀬(ななせ)にしてはやけに理解力が高いな」

「でしょ!?　……って、あれ？　進司(しんじ)、今の褒めてなくない？」

「ああ、全くもって褒めていない。やはり頭の回転が速い……本当に七瀬か？」

「うっざ！　何このバカ進司！」

鮮やかな金糸を揺らしながらムッと唇を尖(とが)らせる浅宮(あさみや)。

対する榎本(えのもと)の方は、まるで気にも留めていないような表情でさらりと話を元に戻す。

「イレギュラーな手であれば通る可能性があると証明されたのだから、やはり僕たちも普段とは違った思考を試みるべきなのだろう。順当な策では越智の予言から逃れられない」

「だろうな。で……だとしたら一つ、今すぐ試せる手があるだろ？」

「……そうだな」

意味深な笑みと共に投げ掛けた俺の問いに対し、榎本が憮然(ぶぜん)とした顔で一つ頷(うなず)く。その代わり、全くピンとこないという表情で首を傾(かし)げたのは浅宮だ。肩口で切り揃(そろ)えられた金髪をさらりと流しつつ、彼女は鸚鵡返(おうむがえ)しに疑問の言葉を口にする。

「今すぐ試せる手……？　それって何のこと、シノ？」

「戦力の補強、だよ。今の英明(えいめい)が抱えてる一番の問題は総合評価(ダンジョンランク)が低いことだけど、その原因の一つは単に攻め手が薄いからだ。生存プレイヤーが少ないのと秋月(あきづき)がダウンしてるのとで、今は俺と姫路(ひめじ)と浅宮の三人しか侵攻に入れない。せめて秋月の分をカバーできるやつがもう一人くらいいないと話にならないと思うんだよ」

「え。乃愛(のあ)ちレベルのプレイヤーって、それ……」

ちら、と隣を向きつつ言葉を止める浅宮。そこにいるのは当然ながら榎本だ。

「……まさか、進司のコトじゃないよね？」

「何だ、七瀬。僕などとても戦力にならない、とでも言いたいのか」

「え、いや、そうじゃなくって……」

むすっとした顔で文句を言う榎本に対し、浅宮はぶんぶんと金糸を振って否定する。

「だってさ、進司はウチらの指揮官じゃん。進司が前線に出ちゃったら誰がウチらに指示出すわけ？　あんな複雑なシステム、進司以外に扱えるワケないんだけど……」

「そうですね。わたしもそう思いますし、おそらく世論も同様でしょう。英明学園の指揮官は榎本進司である、と……であればつまり、榎本様が指揮官を外れて侵攻者として出陣するなど、誰にも予想されていないということです。要はイレギュラーですね」

「無論、それが越智の読みを上回っているかどうかは怪しいところだがな。ただ篠原の話にもあった通り、僕たちが越智のシナリオを打ち破るにはとにかくイレギュラーな思考を重ねる必要がある。そして——自分で評するのも妙な話だが——僕は〝指揮官〟でいるのが最も妥当なプレイヤーだ。だからこそ、僕は指揮官を外れなければならない」

「む、む……？　ちょっとムズい気もするけど、でもそっか。シナリオを裏切らなきゃいけないから、普通じゃないコトをしなきゃいけないんだよね」

　小さく眉根を寄せて考え込んでから何度か頷いてみせる浅宮。そうして彼女は、少しだけ不安そうな顔で静かに視線を持ち上げる。

「でも……でもさ、進司。イレギュラーなコトするのは賛成なんだけど、それでウチらが不利になってたら越智の思うツボなんじゃないの？」

「そうだな。《シナリオライター》及び〝予言〟の厄介な点はそこにある。が……それならば、イレギュラーかつ英明の有利になる方策を実行していけばいいだけだ」

「へ!?　や、でもそんな都合のいい手……あるわけないじゃん」

「いいや、ないこともない」

身体（からだ）の前で腕を組んだまま平然と首を横に振る榎本。

「というか、七瀬（ななせ）も知っているはずだぞ？　イベントや公式戦に出ていないため知名度こそまるでないが、実際は英明内でも随一の天才と囁（ささや）かれている人物がいることを。身体能力や社交性はともかく、彼女の情報処理能力は確かに一線を画している。指揮官としての能力適性は僕を遥（はる）かに凌駕（りょうが）するだろう。何せ……そうでなければ、妹の復讐で《ヘキサグラム》に大打撃など与えられるはずがないからな」

「ぁ……それ、もしかして真由ちゃん!?」

たんっ、とテーブルに両手を突いた浅宮に対し、榎本は「そうだ」と端的に頷く。

真由（まゆ）ちゃん――もとい、水上真由。名前からも分かる通り、彼女は水上摩理（みなかみまり）の姉に当たる三年生だ。ほとんど学校にも来ていないほど怠惰極まりない先輩で、英明に転校してきて半年経（た）つ俺がまだ一度も出会ったことがないくらいのレアキャラだが、だからこそ〝動いた〟時の爆発力にはなかなか目を瞠（みは）るものがある。《アストラル》でも《ＳＦＩＡ（スフィア）》でも実は大事な局面で力を貸してくれている、英明の隠れたエース級だ。

……彼女なら。

水上真由なら、榎本の代理は確かに務まる。

「ちょうど【英明宮】の総合評価（ダンジョンランク）がＤに上がって《追加選抜（スカウト）》権利が一つ増えたところだ

ったからな。先ほど連絡をして既に了承は取ってある」

「え、それ地味に凄くない？　どうやって誘ったわけ、進司？」

「どうやって、と言われてもな……別に大したことはしていない。単に、このままでは妹の成し遂げた〝《新人戦》一位〟という結果が霞んでしまうぞ、という事実を伝えたまでだ。超が付くほどの妹思いだからな、あいつは」

「……うーわ。ウチの幼馴染みが超非人道的だった件」

「うるさい」

　ジト目と共に繰り出される非難の声にむすっと顔をしかめる榎本。が、浅宮のそれは単なるポーズに過ぎなかったようだ。その証拠に、彼女の口元は嬉しそうに緩んでいる。

「うんうん。にしても、真由ちゃんが来てくれるのは普通に心強いかも。マルチタスクとか鬼強いし、それに進司が前線に加わるっていうのも一応朗報、みたいな？」

「……ふむ。やけに嬉しそうだな、七瀬。やはり僕がいないとろくに動けないのか」

「や、それはさすがに自意識過剰すぎ。……でもまあ、半分正解？　だってウチ、進司からの指示で動いてる時も超強いけど――」

「けど、何だ？」

「――二人で背中を合わせて戦ってる時が、やっぱ一番強いっていうか？」

「…………ふん」

にへら、と照れたような笑みを浮かべながら指先で金糸をくるくる弄る浅宮と、その隣で微かに耳を赤くしつつ誤魔化すように視線を逸らす榎本。

そんな二人のやり取りを姫路と共に見守りつつ、俺は静かに思考を巡らせる。

羽衣紫音という特大のイレギュラーにより微かにズレた〝第四の予言〟――それを踏まえれば、《習熟戦》の終幕を意味する〝第五の予言〟もまたイレギュラーをぶつけることで回避できる可能性がある、ということになるだろう。越智の〝予言〟に絶対的な効力などない。彼の思考を上回ることが出来れば、五つ目の予言は自ずと崩れる。

（けど……それには水上姉と榎本だけじゃまだ足りない。第五の予言は〝ズラす〟だけじゃダメなんだ。完全に回避しなきゃいけない。別の結末に辿り着かなきゃいけない）

そのための策はまだ固まっていないが――とりあえず、もう一つだけ〝当て〟がある。

そんなことを考えながら、俺は端末を取り出した。

♭

『――もしもし？　あ、うん。あたし』

『どこって、ついさっき学園島に着いたところよ』

『だって、紫音がそっちに行ってるなんて言うから……そんなの、居ても立ってもいられないじゃない。篠原たちの後を追い掛けてチャーター便を回してもらったわ。まあ、この辺りはメッセージでも伝えておいた通りだけれど』
『それで？　《シナリオライター》と五つの予言、だったかしら。正直、まだ全貌は掴めていないのだけど……要するに、いつもみたいな大ピンチに陥ってるってことよね？』
『別に楽観視なんかしてないわ。あんたが負けたらあたしだってどうにかなっちゃうんだから。そうならないためにも、あたしが協力してあげる――一緒に〝予言〟を引っ繰り返してあげる。だから、ちょっとだけ楽しみにしておきなさい』
「ふふん――これでもあたし、篠原の共犯者なんだから」

#

【七番区森羅高等学校：管理ダンジョン〝森然宮〟】
【領域：C／罠術：C／配下：A／制約：A。ダンジョンランク：A】
【残りプレイヤー数：14】
【制限時間：10分――侵攻開始】

二学期学年別対抗戦・三年生編《習熟戦》六日目――森羅高等学校の防衛ターン。

その開始と同時に【森然宮】へ踏み入った俺たち英明学園の一団は、island tube を通して《習熟戦》を見守っていた視聴者たちから大きな驚きをもって迎えられた。

『え、榎本進司!?』『〝千里眼〟の榎本来たぁあああ！』『ヤバい、英明マジ熱い！　篠原戻ってきて榎本も参戦して……やばいやばい逆転しちゃうぞこれ⁉』『や、てか誰が指揮官やってんの⁉』『進司&七瀬ペアにゃぁああああ！　は、捗りすぎるにゃ！』

……等々。

もちろんそんな声が前線にいる俺たちまで届くはずはないのだが、右耳のイヤホンから聞こえてくる椎名の歓声だけでその高揚は充分に伝わってきた。【制約】に大量のｐｔが振られ、最大でも十分ほどしか滞在していられない【森然宮】。昨日は〝稼がされた〟という形だったが、今回は固有宝物まで見据えて全力で宝物を獲りに行く。

中でもメインの戦力となっているのは、やはり榎本と浅宮の６ツ星コンビだ。

「進司、スタンバイおっそい！　さっさとウチの前で歯食い縛って――《ランクＤ攻撃スキル：真・虎王砲》っ‼」

「うるさい、七瀬。僕の進行ペースが最適だ。――《ランクＤ攻撃スキル：激流葬》」

活き活きとした笑顔で文句を言う浅宮が豪快な攻撃スキル――昨日の【天網宮】で夢野を吹っ飛ばすのに使っていたアレの進化版だ――を放ち、それによって空中へと身体を運ばれた榎本が仏頂面のまま水泡の槍を無数に降らせる。プレイヤーランクがＤになっているのに加え、出力は文句なしの６ツ星相当だ。結果として、宝物を守護していた三体のランクＣモンスターが一瞬にして消滅する。

「ないすぅ！」

「ふん……まあ、このくらいは当然だがな。七瀬のアシストも悪くはなかったぞ」

「当ったり前じゃん！　てか、あんなのがウチの全力だと思われたら困るんですけど！」

軽口を叩き合いながら互いに笑みを浮かべる榎本と浅宮。……そう、半年前までは〝犬猿の仲〟と称され足を引っ張り合うことも少なくなかったという二人だが、その本質はむしろこちらの方だ。合図や相談など一切必要ない。背中合わせに立っているだけで相手が何を考えているのか理解できるし、自然とそれに合わせられる。

そして——好調の要因は、端末から漏れ聞こえてくる〝指示出し〟の方にもあった。

『通達。現在、周囲のモンスターが大挙してそちらへ向かっている。宝物を確保次第、北東方面へ進路変更せよ。モンスターは相手にせず次の宝物へ向かうこと』

「了解！」

『(#^.^#)』

（……いや、それどうやって発声してんの!?）

思わず声を上げてしまいそうになるものの、突っ込んだら負けだと自制する。

先ほどから定期的に届いているのは、英明学園の新たな指揮官——〝隠れた天才〟こと水上真由による索敵情報だ。短い文節を重ねるような話し方に顔文字めいた発声。それらは全て肉声ではなく、タイピングした文字列を合成音声に読み上げさせるような形で出力しているらしい。聞けば、それも彼女の怠惰が行き着いた先……すなわち〝妹以外の人間に声帯を使うのが面倒(めんどう)臭い〟という凄(すさ)まじい理由から来ているそうだ。

『……ふぁ……』

そんなこんなで非常に変わった先輩だが、現在の等級は5ツ星。それも、なんと自分から《決闘》を仕掛けたことが一度もないのに、だ。イベントや公式戦の類(たぐい)も全てサボっているため普通なら等級が上がる機会などないのだが、実のところ学園島(アカデミー)には、毎年の進級時に〝極めて優秀な生徒にのみ星を与える〟という仕様が存在する。水上真由は、そこで異様に高い評価を得ているそうだ——曰(いわ)く、この才能が4ツ星では不当すぎる、と。

「…………」

冗談みたいな話だが……しかし、実際に共闘してみればそんな評価も頷(うなず)けるところだった。簡潔にして的確、かつ迅速な指示出し。例の管制室は榎本が構築した複雑なシステムで溢(あふ)れているというのに、全くもって危ういところを感じさせない。

俺の隣を走る姫路(ひめじ)も、感心したような口調で端末の向こうに話し掛けている。

「先ほど参加されたばかりなのによく捌(さば)けますね、水上様。もしかして、これまでの《決闘(ゲーム)》展開をisland tube(アイ・チューブ)か何かでご覧になっていたのですか?」

『否定。《新人戦(プレリュード)》の方は全部見たけど、《習熟戦(リフレイン)》は好きな実況者の切り抜き動画でしか見ていない。ただし心配は不要。会長のメモで大体のことは把握済み』

「……さすがです、としか言いようがありません」

水上（姉）の堂々たる発言にそっと白銀の髪を揺らしてみせる姫路。

（このまま行けば、本当に固有宝物の開示まで行けるかも……）

けれど――そんなことを考えた、瞬間だった。

『総員警戒。……誰か来る』

合成音声によるやや危機感のない緊急警告。

そんなものが端末から響き渡った刹那、ダンジョン内の空気が一瞬にして引き締まったような気がした。浅宮と榎本の最強タッグに押されていた【森然宮】の防衛モンスターたちが、それとは別種の恐怖に各々の身体を震わせ始める。地鳴りのようなざわめきと、ダンジョンの各所から湧き上がる抑えきれない高揚と咆哮。

それを実現できるようなプレイヤーは、《習熟戦》に……否、学園島に一人しかいない。


『――【森然宮】を侵攻中の桜花陣営に伝達します』

『ここまで辛い戦況を支えてくれて、桜花を守ってくれてありがとうございました』

『桜花の未来を担う後輩として心から感謝します』

『ですが……やはり感謝は単なる言葉ではなく、行動で示す必要がありますよね』

『なので――』

『二学期学年別対抗戦・三年生編《習熟戦》六日目、森羅高等学校防衛ターン。今この瞬間から、坂巻生徒会長に代わって私が——彩園寺更紗が、桜花の前線指揮を務めるわ！』

ッオオオオッ!!　と【森然宮】のあちこちから聞こえる桜花陣営の歓声。

そう——坂巻夕聖というリーダー格を失い、三年ツートップの片割れである清水綾乃もほぼ無力化され烏合の衆となりかけていた桜花学園をその存在だけで立て直してみせたのは、《追加選抜》を用いて《習熟戦》に参加した6ツ星・彩園寺更紗その人だった。アビリティを介したのであろう全体放送は桜花のプレイヤー全員を鼓舞し、【森然宮】の複数箇所で大規模な攻撃スキルが放たれたのが爆音やら振動から伝わってくる。

加えて、だ。

「くくっ……《ランクC補助スキル：魔法の手》発動」

「！　……久我崎、か」

横合いから現れた黒マントの男のスキルにより、奪いかけていた宝物が横取りされる。微かに目を眇めつつ身体を向ければ……そこでは、銀縁眼鏡を押し上げた久我崎晴嵐が端末を片手に恍惚の笑みを浮かべていた。

「ああ、最高だ……最高の展開だとは思わないか、篠原緋呂斗？　何の彩りもなく無味無臭だった《習熟戦》に、僕の女神が舞い降りた。やはり、遍く全ての《決闘》は彼女がいなければ始まらない。そして……僕は、女神が墜ちる姿など見たくはないのだよ」

「……要するに、桜花に加勢するってことかよ」

「くっ……本来なら学区対抗戦でそこまでの勝手は許されないが、森羅高等学校の裏切りによって音羽は大きくプレイヤー数を削られていてな。今から発展勝利、ないし殲滅勝利を目指すのは厳しい状況だ。どうせ一位を狙えないのであれば、勝利に近い他学区のアシストに回るのもそう悪くはない選択だろう？」

「ハッ……建前だろうが、そんなのは」

「よく分かっているではないか、篠原！　そもそも《我流聖騎士団》とは《女帝》をお守りするための組織。そして、我らが《女帝》が学園島に戻ってきたということであればやることは一ォつ！　これより《我流聖騎士団》は——音羽は、《同盟の絆》を用いて正式に桜花の傘下に入る。今回の負け組は貴様だ、篠原緋呂斗!!」

芝居がかったモーションで右手を前に突き出しつつ、哄笑と共に啖呵を切ってくる久我崎。そうして彼は、黒マントをばさりと翻すや否や颯爽と【森然宮】の奥へ向かう。

そんな久我崎の背中を最後まで見送ってから、隣の姫路がポツリと呟いた。

「凄いですね、ご主人様……まさか、本当にこうなるとは」

「……ああ」

微かな高揚を覚えつつそっと首を縦に振る俺。

そう——実を言えば、この展開は俺たちにとってほとんど想定通りのものだった。彩園寺が（主に羽衣のせいで）早めにルナ島を発っているのは一昨日から知っていたし、何ならつい先ほども軽く情報共有をしたばかりだ。

もちろん連絡を取っていたのは彩園寺だけだが……彼女の動きさえ分かっていれば、あとは半ば当然の展開だろう。今の桜花は二人のリーダー格を失って士気が下がっているだけだから、絶対的エースである彩園寺が加われば一気に力を取り戻す。そして久我崎晴嵐が《女帝》の味方をすることなど半年前から分かり切っている。

つまり現状は、【英明】VS【森羅】VS【桜花＋音羽】の三竦み。

「しかも……この構図は、越智のシナリオにはなかったはずだ」

「はい。確証はありませんが、その可能性は高いと思います」

俺の言葉に、傍らの姫路がこくりと頷く。

「何せ更紗様は、本来ならこのタイミングで学園島にいるはずのない人物です。ルナ島からの帰還が早まったのは紫音様の影響……そして、当の紫音様が〝イレギュラー〟として機能している以上、桜花の復活は越智様にとっても想定外のことかと」

「ああ。取り込めるはずだった天音坂が自滅しただけじゃなく、潰したはずの桜花が士気を取り戻して、ついでに音羽を呑み込んだ……こうなれば、総合的な戦力では森羅の方が下になる。……っていうかこれ、実質的なタイムリミットなんだよな。《同盟の絆》の詳しい仕様は知らないけど、使用者なら多分〝解除〟も出来るはずだ。明日になって音羽が桜花の侵攻を素通りさせたら――桜花が【音律宮】の固有宝物を手に入れるようなことになれば、間違いなく《習熟戦》はそこで終わる」

「ですね。ただ、森羅にも活路はあります――次の、英明学園の防衛ターン。そこで【英明宮】の固有宝物を手に入れれば、こちらもｐｔとしては充分でしょう。【森然宮】の総合評価がSとなり、《習熟戦》は森羅高等学校の勝利で幕を閉じることとなります」

「……だな。まさにシナリオの最終章、って感じだ」

ほんの少しだけ口角を持ち上げながら姫路に同意を返す俺。

二学期学年別対抗戦・三年生編《習熟戦》――越智の〝予言〟に翻弄されながらも、俺たちはようやく彼のシナリオとはまた別のルートに足を踏み入れることが出来た。圧倒的に優勢であるはずの森羅が、崖っぷちに立つ英明を全力で潰さなければならないような状況。第四の予言をズラせたことで、やっと意味のある場面まで展開を進められた。

（けど……）

これで終わり、というわけではもちろんない。……むしろ、英明の窮地はまだ何も変わっちゃいない。天音坂に自滅されてしまったためｐｔはろくに増えていないし、それに後がないのは俺たちだって同様だ。次で森羅が仕掛けてくるなら、その侵攻を完璧に止めなきゃいけない。第五の予言を――【漆黒の塔の中で、君たちは《習熟戦》に敗北するだろう】という絶望的な未来を、どうにか回避しなければならない。

……だから。

（勝つしかないんだ……次のターンで、英明の防衛ターンで森羅を倒し切るしかない。普通に考えれば無理だけど、その無理を通すためのピースは一応揃ってる。ヒントはとっくに出尽くしてる……だったら、あとはそれを綺麗に組み立てるだけだ）

もはや目前まで迫った最終局面に向けて、俺は静かに思考を巡らせ始めた——。

♭

「…………ふぅん？」

七番区森羅高等学校の片隅。校舎内に備え付けられた小さな一室。

あるいは自宅よりも過ごし慣れたその場所で端末越しに《習熟戦》の最新状況を確認しながら、越智春虎は吐息交じりの声を零した。

英明学園の7ツ星——篠原緋呂斗。やはり、彼はかなりの手練れのようだ。四月当初は7ツ星とは思えないほど危うい面もあったが、場数を踏むごとにどんどん手が付けられなくなっている。特に、先ほどのターンが良い例だろう。まさか〝シナリオ〟にない人物を連れてくるとは思わなかった。わずかにとはいえ、予言を躱されるとは思わなかった。

「でもね、緋呂斗。緋呂斗には悪いけど、第五の予言は絶対に叶うよ——水上真由の参戦も、榎本進司の侵攻者転向も、彩園寺更紗の帰還も、《我流聖騎士団》が《女帝》に下ることも、全部僕のシナリオに書いてある。この展開は僕の知ってるものだ」

ちらりと端末画面に目を遣(や)りながら呟(つぶや)く越智(おち)。

彼が見ているのは、いわゆるテキストファイルのようなものだ。学園島(アカデミー)の端末でなくとも備わっている一般的な〝メモ帳〟アプリのようなそれに、つらつらと文字が刻まれている。ただし、その内容はあまりにも膨大だ。この半年間で——否、それ以前から集めていた情報が一つのファイルにまとめられているのに加え、篠原緋呂斗(しのはらひろと)から色付き星(ユニークスター)を奪って8ツ星へ至るまでの〝シナリオ〟が延々と書き連ねられている。

白の星の特殊アビリティ《シナリオライター》——与えられたシナリオを実現することで、使用者が望む結末(エンディング)へ辿(たど)り着(つ)くことが出来るアビリティ。もちろん一字一句全ての展開を的中させる必要があるわけではないが、各シーンで定められた必須の場面(チェックポイント)を逃してしまうと〝修正〟が利かなくなり、そうなった時点でシナリオは崩壊する。そして強力すぎる効果の代償として、設定していた結末には永遠に辿り着けなくなってしまう。

「だから……僕は、絶対に失敗できないんだよね」

言って、越智は静かに視線を動かす。……彼が見つめる先にいるのは、同じ部屋の片隅で薄いタオルケットを羽織り、すーすーと穏やかな寝息を立てている少女・衣織(いおり)だ。ふと思い立って彼女に端末を翳(かざ)してみるが、やはりプレイヤー情報の類は何一つとして現れない。もはや日常となった異常事態を再確認してから、越智は決意を新たにする。

「ねえ緋呂斗。君が〝イレギュラー〟で僕の予言を回避するつもりなら、僕はそれすら読み切ってこの〝シナリオ〟を完遂するよ。君がどれだけ強くても、どれだけ抵抗してきても、どれだけ上手く立ち回っても――それは、全部僕の手のひらの上だ」

二学期学年別対抗戦・三年生編《習熟戦》。

もう、これ以上悠長に構えている必要なんかどこにもないから。

「――潰してあげるね、緋呂斗」

越智春虎は、静かに凪いだ表情でそんな言葉を口にした。

【二学期学年別対抗戦・三年生編《習熟戦》――六日目途中経過】

【各学区勢力（ターン進行順）】

【八番区音羽学園――音律宮。総合評価：B。残りプレイヤー数：4】

【三番区桜花学園――桜離宮。総合評価：B。残りプレイヤー数：8】

【七番区森羅高等学校――森然宮。総合評価：A。残りプレイヤー数：13】

【四番区英明学園――英明宮。総合評価：D。残りプレイヤー数：7】

【聖ロザリア女学院、栗花落女子学園、及び天音坂学園――脱落】

最終章　結末を上書きするために

liar liar

＃

二学期学年別対抗戦・三年生編《習熟戦》六日目。

森羅高等学校の管理ダンジョン【森然宮】への短い侵攻を終えた俺たちは、現実世界の生徒会室で改めて顔を突き合わせていた。

集まっているのは俺と姫路と榎本と浅宮の四人だ。体調を崩している秋月はまだ上の部屋で休んでおり、そんな彼女の看病には水上が付いてくれている。ちなみにその姉、水上真由の方は、《決闘》には手を貸してくれるもののここへ顔を出すつもりはないらしい。

とにもかくにも、英明の防衛ターンが始まるまで残り数十分——。

それまでに、どうにかして逆転の策を練り上げる必要があった。

「ふむ……やはり、今の2ターンで状況は相当動いたな」

俺の右斜め前の席で、腕組みをした榎本が深く頷きながら話を切り出す。

「天音坂の脱落、そして桜花と音羽の同盟成立。これにより、今や《習熟戦》に残っているのは英明と森羅と桜花同盟——とでも呼んでおこう——の三チームだけとなった。勢力としては桜花同盟が最大で、逆に英明は最小……さらに、昨日の侵攻で【英明宮】の固有宝物はその位置を晒(さら)しており、森羅も桜花同盟もそれさえ奪えば総合評価(ダンジョンランク)がSに届く」

「ああ」

　状況を簡潔にまとめてくれた榎本に対し、俺も右手を口元へ遣(や)りながら答える。

「明日まで縺(もつ)れたらほとんど桜花の勝ちで決まっちまうから、森羅からしたら次で絶対に英明の固有宝物(コア)を奪わなきゃいけない。で、逆にそうなれば森羅の勝ちだから、桜花同盟の連中も本気で【英明宮】を攻めてくるはずだ。……確かに、今日の午前中までとは全然違う状況だな。良い変化なのか悪い変化なのかはちょっと微妙なところだけど……」

「いえ、悪くはないと思いますよ」

　そんな俺の発言に小さく首を振ってみせたのは隣に座る姫路白雪(しらゆき)だ。彼女は澄んだ碧(あお)の瞳をこちらへ向けながら、いつも通りの涼やかな声で言葉を紡ぐ。

「《暗闇遊戯》がなければ越智(おち)様の〝予言〟を回避することは出来ませんでした。それに天音坂学園が〝自滅〟となったおかげで、既に総合評価(ダンジョンランク)がB以上となっている森羅と桜花はかなりの緊張状態です。互いにptを稼がせまいと防衛を厚くするはず……つまり、両学区共に〝英明学園からしかまともにptを入手できない状況〟になっているのです。わたしたちが《習熟戦》の命運を握っている、と言い換えてしまってもいいでしょう」

「え、ゆきりんめっちゃポジティブ……超好きなんだけど」

　姫路の論理(ロジック)に感銘を受けたようにパチパチと胸元で拍手をする浅宮。そんな反応に軽く照れている姫路を横目で眺めつつ、俺は思考を整理するように言葉を重ねる。

「第五の予言はこれまでと比べてシンプルなんだよな。【漆黒の塔の中で、君たちは《習熟戦》に敗北するだろう】……要するに、俺たちの負けを示してる〝予言〟。これを覆すってことは、つまり英明が《決闘》に勝つってことだ」

「はい、そうなりますね」

「で、その方法は〝第四の予言〟をズラせたことで少しだけ分かった。越智のシナリオはイレギュラーをぶつけることで多少なりとも揺るがすことが出来る……だからさっきのターンでも色々と試してみたわけだけど、あれだけで〝予言〟が覆るとは考えづらい」

正確なことは分からないが、慎重に動くに越したことはないだろう。シナリオはまだ崩れちゃいない。このままだと〝第五の予言〟は叶ってしまう——その上で、だ。

「まず、前提を整理しておこうぜ。今から大体三十分後……英明の防衛ターンが始まったら、森羅も桜花同盟も総力を挙げて【英明宮】に乗り込んでくると思う。どっちも固有宝物の位置は掴んでるから、ほとんどタイムアタックみたいなもんだ」

「ふむ。まあ、そうなるだろうな」

「で、俺たちはそれを防がなきゃいけない——いや、防ぐだけじゃダメだ。明日になったら森羅も桜花同盟も【英明宮】とは関係ないところで総合評価Sを達成しちまう可能性がある。つまり、今日中に森羅を倒し切らなきゃ……予言を絶たなきゃ手詰まりだ」

「え……や、確かにそれはそうかもだけど……」

俺の発言に目をぱちくりとさせる浅宮。

「でも、防衛ターンにそんなコトするのって無理じゃない？　ウチら、守る側だよ？」

「普通なら、な。確かに、防衛ターンに〝攻める〟なんて普通は無理だ。せいぜい侵攻者を何人か倒すのが限度……でも、だからこそその認識を逆手に取れないかってずっと考えてたんだよ。イレギュラーを起こせるんじゃないか、って」

対面の席から先輩二人に見つめられつつ静かに言葉を紡ぐ俺。……先ほど、森羅のダンジョンを攻める傍らでひたすらに練っていた〝最後の案〟だ。自分自身でも慎重に話を整理しながら、俺は真っ直ぐに視線を持ち上げて続ける。

「例えば、だけど――《攻守交替》みたいな名前の罠があるとするだろ？　発動するとその瞬間の防衛学区が切り替わる、みたいな効果を持ってるオリジナルの罠だ。それを【英明宮】に仕掛けておいて、森羅の誰かが起動させたらどうなると思う？」

「防衛学区を切り替える罠……？」

鮮やかな金糸を揺らすようにしながら微かに首を傾げる浅宮。やがて答えに辿り着いたのか、彼女はうんうんと頷いてから特に迷うこともなく口を開く。

「そりゃまあ、アレだよね。ウチらの防衛ターンが終わって、そのまま森羅の防衛ターンになるんじゃない？　……って、それ結構強いかも」

「……いや。結構、どころの騒ぎではない」

と、そんな浅宮（あさみや）の発言に首を振ってみせたのは、彼女の隣で腕を組んでいた榎本（えのもと）だ。彼はいつも以上に真剣な表情を浮かべながら、思案するような口振りで続ける。

「七瀬（ななせ）、《習熟戦（リフレイン）》のルールは覚えているか？」

「は、はあ？　当たり前じゃん、そんなの。今やってる《決闘（ゲーム）》のコトなんだけど」

「すまない、言葉が足りなかった。僕が訊（き）きたかったのは《習熟戦（リフレイン）》に存在するルールの一つ――〝ログイン〟に関する規定だ。各ターンにおいて、プレイヤーは一度しかダンジョンにログインすることができない」

「？　う、うん。知ってるけど……何？　もしかしてウチ、馬鹿にされてる？」

「していない。……いいか、七瀬。仮に篠原（しのはら）の言ったような効果の罠（わな）があったとして、それを森羅（しんら）が起動させたとして。その瞬間に〝防衛学区〟は切り替わるのだろうが、とはいえ〝ターン〟まで変動するわけではないんだ。朝から数えて五番目のターンのまま防衛学区だけが切り替わる……これを、先ほどのルールと絡めて考えるとどうなる？」

状況を整理するように言葉を紡ぐ榎本。その途中でようやく彼の言いたいことが分かったのか、浅宮は大きな目を見開いてたんっとテーブルの上に両手を突く。

「そっか！　森羅も桜花（おうか）同盟もみんなウチらのダンジョンにログインしてるんだから、防衛学区が変わっても自分のダンジョンにはログインできない――防衛に入れない。よーするに、みんな英明のダンジョンに閉じ込められるってコト!?」

「ああ、そういうことだ」

思いきり身を乗り出してくる浅宮に対し、俺は真っ直ぐ首を縦に振る。

二人の言う通りだ――もし今の策が実現できれば、【英明宮】に入ってきた侵攻者をまとめて置き去りにし、ガラガラになった【森然宮】へ攻め込むことが出来る。それは、まさしく最大の好機になるだろう。固有宝物を奪って一発逆転を為し得る最後の好機だ。

「《攻守交替》に関しては、確証……っていうほどじゃないけど作れる見込みがある。ほら、昨日の侵攻で霧谷が〝オリジナルの罠〟を使ってただろ？　アレが成立するなら他の罠だって作れるはずだ。《数値管理》で出力やら何やらを調整してな」

「だが、それは《改造》アビリティを持つ霧谷だから可能だったのではないか？」

「問題ねえよ。何せ、俺が今回採用してるアビリティは《劣化コピー》だ。任意のデータを複製することが出来るアビリティ……で、《習熟戦》の舞台は仮想現実空間なんだから全部が〝データ〟だ。《改造》だって当然複製できる。しかも、罠の管理をするのは管制室――あそこはダンジョンの外って扱いだからな。ログイン規定にも引っ掛からない」

「……ふむ、なるほど」

納得してくれたのか相槌と共に頷く榎本。

が――実際は、それほど簡単な話でもなかった。《劣化コピー》が〝任意のデータを複製できる〝アビリティであることは間違いないが、所持してもいない特殊アビリティを対象に取るなんて本来は不可能だ。よって、《カンパニー》の力でその仕様を捻（ね）じ曲げてもらう必要がある……ただ、その不正（イカサマ）による違和感はさほど発生しないはずだった。何しろこの《決闘（ゲーム）》において、あらゆるスキルの出力は等級によって定められている——そして俺は、この島にただ一人の7ツ星（偽）だ。当然、誰より高い威力を出せていい。

……つまり、《攻守交替》は無理なく実現できる。

それも、これ以上ないくらい〝イレギュラー〟なやり方で。

「——ただ、それでも少し問題があります」

と、そこで声を上げたのは俺の隣に座る姫路（ひめじ）だった。透き通るような白銀の髪を微（かす）かに揺らしながら、彼女は澄んだ声音で一つの懸念を口にする。

「それは、偏（ひとえ）に【英明宮】の脆弱さです。仮にご主人様の仰（おっしゃ）った方法で《攻守交替》の罠（わな）を設置できたとしても、それを森羅（しんら）高等学校の侵攻者に踏ませないことには意味がありません。ですが、作成に特殊アビリティを要するのであれば量産は不可能……その後の侵攻にスキルを残すことも考えれば、本当に一つか二つくらいしか用意できません」

「むぅ……いくら狭いダンジョンって言っても、それじゃ踏んでもらえないような」

「というより、プレイヤーが防衛に入れないのなら罠など関係なく一瞬で固有宝物（コア）を奪われるのがオチだろう。知っての通り、【英明（えいめい）宮】の強化項目（ステータス）はどれも高が知れている。森羅や桜花同盟の侵攻者を迎え撃つにはもう二段階ほど強化が足りない」

「まあな」

榎本の妥当な発言に小さく頷いてみせる俺。そうして一言、

「ってわけで、この作戦を成功させるための課題は二つだ。一つは《攻守交替》の罠を確実に森羅に踏ませること。もう一つはそれまできっちり【英明宮】を守り切ること。これを防衛プレイヤー0人で——つまり指揮官だけで達成しなきゃいけない。……けど、さすがに今の【英明宮】じゃそんなの無理だ」

水上（姉）なら飄々と達成してしまう可能性もなくはないが、失敗したら終わりという状況下でそんな賭けに出る意味もないだろう。何か手を打つ必要がある。

そして——俺には、少しだけ気になっていることがあった。

「なあ姫路。天音坂のダンジョンでのことなんだけど……奈切たちとの《決闘》が終わった後、あいつは自分から【天網宮】の固有宝物を消滅させただろ？」

「？　はい、その通りですご主人様。止める暇さえありませんでした」

「だよな。まあ、それはもう仕方ないんだけど……あの時さ、天音坂の脱落が決まって奈切と夢野のアバターが消えた後も、俺たちは【天網宮】に残ってたよな？　あれが疑問なんだ。だって、ダンジョンの〝心臓〟が消滅したんだぞ？　プレイヤーの強制ログアウトだけじゃなく、ダンジョンそのものが崩壊した方がイメージに合うと思うんだけど」

「……確かに、それは――」

「ほんとだ、おかしい！」

右手をそっと口元へ遣った姫路の声に被せるように、浅宮が勢いよく立ち上がる。

「シノの言う通りかも。確かに栗花落と聖ロザリアの時は、固有宝物が奪われた瞬間にダンジョンも崩れてた。それ、天音坂の時は見なかったかも！」

「へえ……じゃあ、やっぱりあれは異常事態って理解で良かったのか」

浅宮の補足も頭に入れつつ、俺はさらに思考を巡らせる。……栗花落や聖ロザリアのダンジョンは固有宝物が奪われた時点で崩壊したが、天音坂の時だけはそれがなかった。つまり、崩壊を食い止める何らかの力が働いているということだ。

俺と似たような考えに至ったのか、対面の榎本も「ふむ……」と静かな声を零す。

「十中八九アビリティだろうな。ダンジョンの崩壊を阻止する効果――もしくは、広く対象の時間を〝停止する〟効果。……ただ、その場合のアビリティ使用者は誰だ？　天音坂が自滅を選ぶ瞬間まで【天網宮】の中にいたのは英明くらいのはずだが……」

「その推理で合ってるよ。……多分、【天網宮】の崩壊を防いだのは【バイオレット】だ」

言って、俺はポケットから端末を取り出すと、今朝の着信――秋月から届いていたメッセージを開くことにした。彼女が登録しているアビリティの一覧とその効果。今日の《決闘》には参加できないとしながらも、誰かにそれを〝託す〟かのような振る舞い。

「秋月が何でこんなメッセージを送ってきたのか最初は分からなかったけど、【バイオレット】が来たことで意味は分かった。だから、あいつにも一通り教えておいたんだ。秋月が《習熟戦》に持ち込んでるアビリティ……で、その中に《緊急保存》ってのがあった」

「《緊急保存》？」

「ああ。強制セーブ、みたいな効果だな。体力が0になる寸前で耐えたり、総合評価Sに届きそうな敵ダンジョンを〝強化できない〟ようにしたり……色々使える便利系アビリティだ。もちろん制限時間付きではあるけど、これを〝崩壊する寸前〟の【天網宮】に使えばダンジョンが壊れないように保存することだって出来る」

「わ……すっご、何それ!?」

状況を理解した浅宮が思わずといった様子で目を見開く。

そう、そうだ——要するに、秋月が登録していた《緊急保存》のアビリティが、おそらく想定とは全く違う形で活きた、ということだ。秋月の端末を託された羽衣が、天音坂のダンジョンを壊れる前に〝保存〟した。だから、現在の【天網宮】は〝固有宝物だけがない〟ような状態なんだ。【領域】も【罠術】も【配下】も【制約】も、全て総合評価A相当の強さが保たれたままになっている。

「——そこに、英明の固有宝物を配置してやればいい」

故に俺は、微かに口角を持ち上げながら言葉を続けることにした。

「固有宝物の位置を決めるのは防衛ターンが始まったタイミングだ。そして《習熟戦》の仕様上、固有宝物のある場所がその学区の管理ダンジョンとして指定される。つまり、端的に言えば――総合評価Aの【天網宮】を乗っ取れる」

「え、それヤバ……でもさシノ、固有宝物を移動させるんだから【英明宮】の方は壊れちゃうってコトだよね？　ウチらの拠点は……」

「ギリギリまでは《数値管理》で粘るけど、あんまり気にしなくていいと思う。どっちにしろ、長期戦になったら俺たちの負けだからな。今回の奇襲で攻め切る必要がある――越智の〝予言〟を完全に回避するために、【森然宮】の宝物を四つ奪ってそのまま固有宝物も手に入れる必要がある。《習熟戦》は今日がクライマックスだよ」

そこまで言い切った辺りで、俺は「ふぅ……」と小さく息を吐き出した。

もちろん、細かい部分に目を向ければまだ練るべきことは残っている。【森然宮】最大の難関である〝時間制限〟については指揮官である水上（姉）とも相談しなければならないし、彩園寺ともう一度打ち合わせをしておく必要があるだろう。

ただそれでも、ようやく道は開けたと言っていい――《習熟戦》六日目最終ターン、ここで俺たちは勝負に出る。後にも先にもチャンスはこの一度だけだ。一つでも上手くいかなければ、越智のシナリオを崩すことが出来なければその時点でゲームセット。《アルビオン》は8ツ星への切符を手にし、同時に俺は7ツ星の座から引き摺り下ろされる。その瞬間に俺の〝嘘〟は全て暴かれ、共犯者である彩園寺も……そして、既に巻き込んでしまっている姫路や羽衣との関係も途端に崩れ去ってしまうことだろう。

（《カンパニー》の力を借りたオリジナルの罠と、秋月の準備を羽衣の機転が活かした奇跡の連携……これだけでも二つの〝イレギュラー〟が重なってる。今までの流れを考えれば上手くいくはずだ。【森然宮】の固有宝物に手が届くはず……でも）

どうしても脳裏にチラつくのは越智春虎の顔だ。俺がいくら頭を悩ませても、いくら策を仕込んでも〝計画通り〟とばかりに跳ね除けられそうな予感がある。

（だから、あと一手……あと一手だけ、越智の裏を突けるような〝何か〟が欲しい）

右手をそっと口元へ遣り、そのまましばらく黙って思考に耽る俺。

そして――――………

♭

――二学期学年別対抗戦・三年生編《習熟戦》六日目。

始まる前から史上最大級の激戦が予想されていた、四番区英明学園の防衛ターン。

「くくっ……これは、なかなか面白いことを仕掛けてきたな篠原緋呂斗ッ!!」

現状〝最下位〟――総合評価から考えれば最も攻略難度が低かったはずの英明ダンジョンにて、明らかな異常事態が発生していた。

【四番区英明学園：管理ダンジョン〝天網宮〟】
【領域：A／罠術：A／配下：B／制約：D。ダンジョンランク：A】

……十七番区天音坂学園が管理していたトラップ満載のダンジョン【天網宮】。

その変化にまず気が付いたのは、《同盟の絆》によって桜花学園と手を組んだ音羽の侵攻者たちだ。久我崎晴嵐を筆頭とする《我流聖騎士団》の面々がターン開始と同時に侵攻を開始し、直後に【英明宮】にあるはずもない強力な罠で行く手を阻まれた。そこで初めて久我崎がダンジョン情報を開示し、英明学園の所業が全視聴者に明かされる。

それこそが、管理ダンジョンのすり替え——。

秋月乃愛が登録していた《緊急保存》アビリティによって【天網宮】を崩壊させることなく保ち、そこへ英明の固有宝物を移動させる……そんなとんでもない手段で、彼らは天音坂のダンジョンを英明のそれに上書きしてしまったのだ。もちろん永続的なものではないし、元の【英明宮】に至っては固有宝物の喪失で既に崩壊してしまっている。故に、長期戦に持ち込んでしまえば英明学園を落とすのはそう難しいことじゃない。

……などと。

そんな生温い思考に陥るプレイヤーは、《習熟戦》の六日目になんか残っていない。

「——《ランクA罠解除スキル：震脚》発動ォ！」

空間を切り裂くような鮮烈な声音——。

先んじて侵攻を始めていた音羽学園の背中を追い掛けるように、あるいは英明が何か仕掛けてくることを予見して久我崎たちを〝囮(おとり)〟にしたようにも見えるタイミングで、森羅(しんら)高等学校のトップランカー・霧谷凍夜(きりがやとうや)が仮想現実空間(VR)に姿を現した。彼はランクAの豪快なスキルで罠を蹴散らすと、自らの前に無理やり道を切り開く。

そうして彼は、黒のオールバックを掻(か)き上げながら哄笑(こうしょう)と共に一言。

「ひゃはっ……まさか【天網宮】を丸ごと奪いやがるとは思わなかったぜ。大胆不敵っつーか何つーか……ま、つっても一応は妥当な線か？　連中の協力を取り付けられなかったならダンジョン(これ)くらいしか利用価値はねえもんな。てめーはどう思うよ、阿久津(あくつ)？」

「いちいち話を振らないで。私、貴方(あなた)と同行することに関してはまだ納得がいっていないから。……でも、まあそうでしょうね。あの場での理想は天音坂の自滅を食い止めることだったと思うけれど、篠原緋呂斗(あれ)にそこまでの技量を求める方が酷というものだわ」

「どうだかな。天音坂生存ルートは確かに妥当だが、その場合は春虎のシナリオ通りに第四の予言も叶ってた。そっちじゃ勝てねえ、って判断なのかもしれねえぜ」

「……だから、貴方と会話する気なんてないの。さっさと終わらせましょう」

二つの色付き星(ユニークスター)を有する6ツ星の《絶対君主》こと霧谷凍夜と、元《ヘキサグラム》大幹部にして同じく6ツ星ランカーである阿久津雅(みやび)。

「…………」

……ついでに一言も喋らず霧谷の後ろに隠れているぶかぶかの服の少女・衣織。

彼らにとって、【天網宮】は〝いつか真正面から突破する必要がある〟ものとして真剣に攻略法を吟味していたダンジョンだった。故に足が動かないなどということは全くない。総合評価がDからAに変わったくらいで森羅の森羅は止まらない。

「ダンジョンを入れ替えたところで一度開示された固有宝物は隠せねーし……何より、この【天網宮】には奈切来火がいやがらねえ。難攻不落ってほどでもねーよ」

これで勝ったつもりか、とでも言わんばかりにニヤリと口角を持ち上げる霧谷。

けれど——そんな霧谷たちよりも、遥か後方にて。

「……妙ね」

【天網宮】に入ってしばし情報を集めていた彩園寺更紗が、ポツリとそう呟いた。

彼女は、つい先ほど《習熟戦》に参加したばかりのエースプレイヤーだ。《女帝》親衛隊のまとめ役こと清水綾乃は一応生存しているが、継続ダメージの罠を受けている彼女はダンジョン内へ入るとすぐに脱落してしまうため、管制室から出なくて済む〝指揮官〟に転向している。よって、彩園寺更紗こそが侵攻部隊を引っ張るリーダーだ。

そんな彼女が、微かに眉を顰めて言葉を継ぐ。

「ちょっと静かすぎるわ。……確かに【天網宮】は罠ダンジョンだけれど、island tube

の映像で見た限り、奈切さんはプレイヤーを適切に派遣して上手く防衛をしてたはず。それなのに、篠原たちが全く妨害してこないのは一体どうして？」

『多分、更紗ちゃんに恐れを為したんだと思うわ。だって更紗ちゃん、こんなに強いんだもの。きっと久我崎くんみたいに素直になってくれたのよ。違う？』

「……いいえ、綾乃先輩。篠原がそんな殊勝なことを考えるわけがありません。きっと何か企んでいます――全プレイヤーに伝えてください。私より前に出ないように、と」

『そう？　分かったわ、更紗ちゃん』

反《女帝》派の坂巻夕聖が学区を仕切っていた頃とは打って変わったニコニコな声で返事をし、直ちに管制室から通信スキルを飛ばす清水。

そんな様子を端末越しに窺いながら、彩園寺更紗はさらりと豪奢な赤髪を払っていた。

(全く……感謝しなさいよね、篠原)

……そう。

彼女は、部分的にではあるものの英明学園の作戦を知っていた。ダンジョンがすり替わっていることも、桜花が前に出過ぎると意味がなくなってしまうことも知っていた。

何故なら――彼女は今、通信スキルを介して篠原緋呂斗と連絡を取っているからだ。

『――協力どうもな、彩園寺。やっぱり桜花のトップはお前じゃないとしっくりこない』

「む。……ちょっと篠原、変なタイミングで話し掛けてこないでよ。あんたと通信してることがバレたら面倒(めんどう)なことになるんだからね？」

『大丈夫だよ、お前のおかげで作戦は順調だ。この後の流れはさっき伝えた通りで頼む』

「はいはい、分かってるわ。全くもう、人使いが荒いんだから……」

言葉とは裏腹に愉(たの)しげな笑顔で髪を払いつつ、右手をそっと腰に当てる彼女。

「ちなみに、突入はいつ？　そろそろ待ちくたびれたのだけれど」

『ああ、心配すんな——』

彼がそこまで言葉を紡いだ辺りで——カチリ、と、どこからともなく音が響いた。

その瞬間に起こったことを大まかにでも理解できたのは、《決闘(ゲーム)》内のあらゆる情報を管理している《ライブラ》のごく一部と、それから森羅(しんら)高等学校の管制室で継ぎ接(は)ぎの映像を眺めていた越智春虎(おちはるとら)くらいのものだっただろう。《改造》アビリティを経由して作られた《攻守交替》なる罠(わな)が炸裂(さくれつ)したこと、その効果により英明(えいめい)の防衛ターンが強制終了したこと、そして同時に森羅高等学校の防衛ターンが始まったこと——。

そんな怒涛(どとう)の急展開を背景に、声はニヤリと笑ってこう言った。

『——ちょうど今、逆転劇が始まったところだ』

#

《習熟戦(リフレイン)》六日目ラスト、英明学園の——改め、森羅高等学校の防衛ターン。

『3、2、1……突入だよ、お兄ちゃん！』

俺たちにとって最初で最後の〝大侵攻〟は、椎名紬(しいなつむぎ)による号令から始まった。

いや、もちろん彼女の声が聞こえているのは俺と姫路(ひめじ)の二人だけだ。元々の指揮官である榎本(えのもと)は侵攻者へと転じており、さらに二代目指揮官の水上(みなかみ)（姉）はこのターンのスキルを全て使い切ってしまっているため、ダンジョン内の情報は姫路が探索系アビリティを使って随時確認する……という体で、実際は《カンパニー》に預けている。

が、まあそれはともかく。

【七番区森羅高等学校：管理ダンジョン〝森然宮〟】

【領域：C／罠術：C／配下：A／制約：A。ダンジョンランク：A】

――圧倒的な強化項目(ステータス)を再確認しつつ、俺たち四人はダンジョン内に足を踏み入れる。

既に体感させられている通りではあるが――【森然宮】は、【制約】にｐｔを集中させることで極端な〝時間制限〟を実現したダンジョンだ。何の対策も講じなかった場合、ダンジョン内に入っていられる時間はたったの十分間。いくらプレイヤーを隔離できているとはいえ、宝物(トレジャー)を四つ見つけて固有宝物(コア)まで辿(たど)り着(つ)くにはさすがに時間がなさすぎる。

が、だったら専用の対策を講じればいいんだ。《習熟戦(リフレイン)》の特殊仕様、《追加選抜(スカウト)》によるプレイヤーの登用には一つ大きな利点がある。それは、アビリティの登録(セット)が〝参戦初日であればいつでも構わない〟と規定されている点だ――故に、先ほど参加したばかりの水上（姉）はまだアビリティを選ぶ猶予を残していた。

その結果、

『真由ちゃんが使ってくれた《延長戦》アビリティ十回分――おかげで、ヒロきゅんたちの残りログイン時間は120分くらいになってるよん。それにしても、スキルなしで《攻守交替》発動まで持っていくとか、あの子も豪胆っていうか何ていうか……』

右耳のイヤホンから聞こえる加賀谷さんの声に内心で同意しつつ、俺は小さく首を横に振る。……スキルの使用回数制限は指揮官であっても同等に降りかかる。その上で俺たちの侵攻にアビリティを全振りしてくれたということは、つまり【天網宮】の防衛にはスキルを一つも使わずに済むと判断したということだ。もちろん実際にそうなっているのだから文句など何一つないのだが、思考が読めないため無駄に冷や冷やしてしまう。

ともかく――やや強引な手段ではあるものの、【森然宮】最大の特徴である時間制限に関してはどうにか延長することが出来た。あとは越智の〝予言〟通りに終わらぬよう、ひたすら〝宝物乱獲〟を進めていけばいいだけだ。四つの宝物獲得と、その先にある固有宝物の入手……すなわち森羅の脱落。それが達成できない限り英明に勝ちはない。

「――《ランクＡ移動スキル：大いなる翼》！」

瞬間、浅宮の声が辺りに響き渡り、同時に俺たち全員の身体がふわりと宙に浮き上がった。所属が総合評価Ａの【天網宮】に切り替わったことで解放された強力無比な移動スキルだ。四人の身体を持ち上げて、巨大な翼が勢いよくダンジョン内を飛翔する。

眼下のモンスターを警戒しながら、榎本が「ふむ……」と真剣な顔つきで声を零した。

「七瀬の〝翼〟がしばらく保つのなら、このまま一分と経たずに一つ目の宝物まで辿り着けるだろう。そのペースなら充分に間に合う……が、この《決闘》は他でもない上位ブロックの《習熟戦》、それも最終局面だ。何も妨害が入らない可能性は極めて低い」

「え、嘘……対応できるの？　この奇襲」

「……そりゃまあ、防衛戦力を完全に削ぐのはさすがに無理だって」

驚きに目を見開いている浅宮に対し、俺は静かに首を振りながら答えを返す。

「まず、元々【森然宮】にいるモンスターは絶対に排除できない。それに、管制室にいる指揮官――越智も、侵攻者に転身すればいつでも【森然宮】にログインできる」

「あ、そゆこと？　うん、まあそれはしょうがないよね」

「それだけじゃないって。……確かに同じターンで二回以上ダンジョンに入るのは禁止されてるけど、《習熟戦》にはそれを無理やり可能にする方法が一つだけある。いや、方法っていうか〝権利〟って言った方が正しいかもしれないけどな」

「権利？　……って、あ。ねえシノ、それってもしかして……《追加選抜》!?」

――そう。

浅宮の言う通り、魔法のようなその方法とは他でもない《追加選抜》のことだ。新たなプレイヤーを動員する場合はもちろん、現時点で《習熟戦》に参加しているプレイヤーの場合でも——例えば【天網宮】内で自滅してから《追加選抜》権利で復活すれば——当然ながらログイン制限は解除されることになる。

「ふむ……実際、【英明宮】の総合評価が順当に上がっていれば、僕も《追加選抜》権利は有事のために残しておくつもりだったからな。故に、森羅もまず間違いなく——」

「——ああもう、分かったから！　ごちゃごちゃうっさい進司————来たよっ!!」

浅宮が叫ぶようにそんな声を発した、刹那。

ドッ、と突き上げるような衝撃が彼女の展開していた〝翼〟を襲い、俺たちは一斉に宙へと投げ出された。一瞬の無重力感……直後、俺は落下に備えてぎゅっと目を瞑っていた姫路の手を空中で引き寄せ、彼女を抱き留めるような形で着地する。

「あ……ありがとうございます、ご主人様」

「いや、たまたま手の届く距離だったからな。怪我とかしてないか、姫路？」

「はい。ご主人様に助けていただいたおかげで傷一つ負っておりません」

白手袋に覆われた両手でぱっぱっとスカートを払い、ふわりと笑みを浮かべる姫路。

ちなみに——榎本も俺と同様に傍らの浅宮へ手を伸ばそうとしていたようだったが、当の浅宮は空中で木を蹴って一回転し、最高にスタイリッシュな着地を決めていた。

「っとう！　……って、あれ。進司、何転がってんの？　もしかして着地ミス？」

「うるさい……放っておけ。というより七瀬、仮にも女子高生を名乗るならスカート姿で一回転というのは些か無防備すぎるのではないか？　痴女だというなら話は別だが」

「は、はあ!?　違うから、下にレギンス穿いてるから！　痴女とかじゃないし！　全くもう、進司はほんっとこれだから……ウチが進司以外に気抜くわけないじゃん……」

微かに顔を赤らめながらはぁ～と溜め息を吐く浅宮と、仏頂面を浮かべたまま立ち上がる榎本。二人の無事を確認した俺は、改めて視線を正面に向け直す。

「ふぅ……」

そこに立っていたのは、たった一人のプレイヤー――銀灰色の長髪を靡かせる6ツ星ランカー・阿久津雅だ。木の洞のような場所に収まった宝物を守護するために立ち塞がりつつ、《ヘキサグラム》の元幹部は俺の方を見て嘆息交じりに口を開く。

「……認めたくはないけれど。貴方とは、つくづく縁があるみたいね」

「そうか？　縁があるっていうより、お前が勝手に押し掛けて来てるようにしか見えないけどな。俺たちはただ【森然宮】の固有宝物を奪いに来ただけだぜ」

「だから私が戻ってくる羽目になったんじゃない。……そんなことも理解できないほどの無能じゃないんでしょう？　ここを通りたければ私を倒してから行くことね」

すっ、と端末を掲げつつ鋭い視線をさらに細める阿久津。……佐伯薫を支え、時には意のままに操っていたと言われる6ツ星プレイヤー。《ＳＦＩＡ》での一戦から彼女が弱いはずはないと知っているし、本来なら腰を据えて対峙するべき相手だろう。

けれど、

「——悪いがその提案には頷けないな」

「そーそー、ウチらのシノはお安くないんだから！　あくっちゃんの相手はウチと進司でやってあげる！」

俺と姫路を庇うように、ざっと音を立てて前に出る榎本&浅宮の６ツ星コンビ。

それを見て、対面の阿久津が微かに眉を顰めた。

「貴方たち二人で、私を止める……？　あまり筋の通っていない話ね。私が相手をするのは貴方たち全員——特に、篠原緋呂斗。彼とそれ以外では優先順位が違いすぎるの。貴方たちに喧嘩を売られたところで、彼から警戒を切るなんてことは——」

「——阿久津雅。そちらこそ、何か勘違いをしているようだ」

瞬間、静かな声を零すと同時に榎本が一歩だけ前に足を踏み出した。それだけで阿久津を黙らせた彼は、特に表情を変えることもなくいつも通りの仏頂面で続ける。

「認めたくはない事実だが……僕と七瀬がまともに組んだ場合、誰かに敗北したことなど、一度もない。そちらの優先順位など、全くもって関係のない話だ」

「ん。ってか、ウチらもあんま時間ないからね。五分くらいでちゃちゃっと片付けて、ついでに後ろの宝物も奪ってあげるから。覚悟してなよ、あくっちゃん？」

「ッ……だから、貴方たちに興味はないと言っているでしょう。大人しく――」

「そちらにはなくとも僕たちには大ありだ。何せ、古賀(こが)――僕の友人が今でも公式戦に参加できていないのは、《ヘキサグラム》による無根拠な〝正義〟が原因なのでな。水上(後輩)を痛めつけられた借りもまだ直接は返せていない。いわば雪辱戦というやつだ」

「……私、もう《ヘキサグラム》とは縁を切っているのだけど」

「残念ながら、そちらの意見など聞いていない」

にべもない榎本に阿久津は「っ……」と微かに表情を歪(ゆが)める。それは、彼女が榎本進司というプレイヤーの強さを知っているからこその反応だろう。そして同時に、彼がここを通す気がないという事実も充分に伝わったはずだ。

そんな一触即発の空気の中――こちらを振り返った浅宮が、明るい笑顔でこう言った。

「んじゃ、シノとゆきりんは先に行ってていいからね。あくっちゃんはウチらが相手しとくから、二人は別の宝物(トレジャー)をお願い。まあ多分、そっちにはもっとヤバいのが来てると思うけど……にひひ、二人ならだいじょーぶ！　英明(えいめい)の未来をよろしくぅ！」

「ふむ……右に同じ、とだけ言っておこう」

ぐっとサムズアップしてみせる浅宮と、肩を竦(すく)めて適当に同意する榎本。

そんな二人に頷きを返しつつ、俺と姫路は二つ目の宝物(トレジャー)を目指して侵攻を再開した。

「っ……これは、少しばかり手荒な歓迎ですね」

森羅高等学校管理ダンジョン【森然宮】――。

榎本と浅宮による割り込みで阿久津雅を突破し、《カンパニー》の情報提供も受けつつ次の宝物を探していた俺たちは、目の前の光景を見て呆然と立ち尽くしていた。

いや――一見すれば、何の変哲もないダンジョンの一角だ。深い森に流れる勢いの速い川と、そこに架かる大きな橋。防衛モンスターもいなければ、プレイヤーが戻ってきているわけでもない。……が、それは単に〝見えていない〟だけだ。探査スキルで前方を覗いてみれば、橋の上には夥しい数の罠が仕掛けられているのが見て取れる。

隣の姫路が、白銀の髪をさらりと揺らしながら微かに焦った様子で言葉を継いだ。

「【森然宮】の【罠術】ランクはあまり高くなかったはずですが……わたしたちの動きを見てこの場所に罠を集中させた、ということでしょうか？」

「まあそうだろうな。しかも、ご丁寧に〝足止め〟系の罠ばっかりだし……」

仮想現実の視界に映る罠の情報を確認しながら呟く俺。宝物の配置状況は既に椎名が看破してくれているが、この川を超えない限りどうやっても〝四つ〟には届かない。

「他のルートはなさそうですか、加賀谷さん？」

『う～ん……微妙なところだねん。ダンジョン深部に繋がってるルートはヒロきゅんたちがいるところの他に三ヶ所くらいあるんだけど、そっちはそっちでランクB以上のモンスターがガチガチに配置されてるよん。もちろん飛翔（ひしょう）系スキルで川の上を抜けるのも手だけど、どう見ても誘われてる感じだよねん……多分、それが一番の悪手かな』

『お兄ちゃん、お兄ちゃん！　これって、わたしが解除しちゃダメなの？　わたしの【魔眼】ならダンジョン中の罠をぜーんぶ消し飛ばせるよ！』

『こらこら冗談言わないのツムツム。ツムツムが本気出したら、罠どころかダンジョンごと消滅しちゃうんだから。……それに、そもそも罠の解除をおねーさんたちがやるのは難しいんだよ。だってほら、言い訳が出来ないでしょ？　罠が勝手に解除されるなんて有り得ないから、ちゃんと調べられたらヒロきゅんの立場が危うくなっちゃう』

『え～……そっか。ごめんね、お兄ちゃん』

「……いや、もう充分すぎるくらい助かってるから」

しゅんとしたような声を出す椎名に対し、俺は苦笑交じりに本心を告げる。……【森然宮】のマップ作製に比較的安全度の高い侵攻ルートの検索。《カンパニー》の協力がなければ今回の突入は成り立っていない。固有宝物（コア）の奪取など夢のまた夢だっただろう。

ただ、《カンパニー》の力では目の前の状況が解決できない、というのも同じく事実だった。こうして頭を悩ませている間にも、残りログイン時間は刻一刻と減っていく。

と——そこで、姫路が俺の顔を覗き込むようにしながら静かな声音でこう言った。

「突っ込みましょう、ご主人様。……わたしが採用しているスキルを使えば、継続的な防護壁を張ることが出来ます。それを《数値管理》で補強すれば大部分の罠を無効化することが出来るでしょう。ただ中には〝貫通〟効果を持った罠もあるようですので、数十分の硬直は覚悟しなければなりませんが……時間を使ってでも、ここは進むべきかと」

「……だな」

少し悩んだ末に腹を括り、銀髪の従者と頷き合う俺。

そうして姫路は、端末を握った両手を真っ直ぐ前に突き出して――

「――ダメだよ、白雪ちゃん♪　ここは乃愛の活躍シーンなんだから――《ランクA範囲起動スキル：大暴走》発動♡」

瞬間、後方からタタタッと軽い足音が聞こえ、同時に甘い声音が耳朶を打った。

続けて跳躍――彼方から駆けてきた栗色ツインテールの少女は、ひらりと宙を舞うような軌道で俺と姫路を追い越すと、そのまま無数の罠が仕掛けられた〝地雷原〟へと着地する。そんな彼女が使用したのは周囲一帯の罠を強制起動する豪快なスキルだ。硬直に麻痺にスキル封印、ありとあらゆる妨害効果が一斉に彼女へ襲い掛かる。

「ん、ぁっ！　……って、えへへ♪　ちょっと変な声出ちゃった……♡」

痺れが走ったのか橋の上でガクンと両膝を突き、それでもあざとい声を零してみせる少女――秋月乃愛。英明学園から欠けていた一ピースである彼女は顔の近くでダブルピースを決めてみせると、半ば無理やりな笑みを浮かべる。

「えへへ、乃愛ちゃん完全復活……と思ったら、いきなり動けなくなっちゃった。せっかく摩理ちゃんの看病で良くなったのに……緋呂斗くん、手籠めにするなら今だよ♡」

「……手籠めにされる側からそんな提案を受けるシチュエーションなんか絶対ねえよ」

「え～、緋呂斗くんの奥手～♪　でもでも、確かに今はみんなに見られてるもんね。全部終わったら、可愛い可愛い乃愛ちゃんのこと好きにしていいんだよ？」

はぁはぁと荒い吐息を零しながら気丈に声を上げる秋月。……発言も相まって艶めかしく聞こえてしまうが、単純にまだ体調が戻り切っていないだけだろう。それなのに、彼女はこうして飛び込んできてくれたんだ。大量の罠を一手に引き受けるために。

だから――、

「……ま、そうだな」

俺は、静かに端末を掲げると、ロスした時間を取り戻すために加速系のスキルを使用することにした。そうして走り出す直前、秋月の方を見て微かに口元を緩めてみせる。

「この《決闘》が終わったら、お前の体調が良くなるまで嫌でも一緒にいてやる。俺も姫路も、榎本も浅宮も水上もだ。覚悟してろよ、秋月」

「……えへへ」

そんな宣言を聞いて、秋月はふにゃりと表情を歪めた。栗色の髪を頬に張り付けた彼女は、あざとさを狙ったものではない自然な笑みを浮かべてこんなことを言う。

「うん——それは、結構嬉しいかも」

#

——スキルを使って疾駆する。

例の橋を渡り切ってすぐのところで宝物を一つ入手できたため、固有宝物の発見に必要な宝物は残り三つとなった。加賀谷さんによれば、榎本と浅宮の方はまだ勝負が付いていないらしい……が、あの二人が揃って阿久津雅を超えられないとは思わない。実質的にはあと二つ、といったところだろう。

ただ、当然と言えば当然ながら、宝物の防衛というのは〝既に奪われている宝物〟の数が多くなるほど堅牢になる。四つ目はもちろんのこと、三つ目だって奪われてしまえばリーチだ。相手方も最大級の戦力を投入してくることだろう。

『お兄ちゃん、次！　次の分かれ道をびゅんって右に曲がるとどどーんって感じの建物が出てくるから、そこを目指してぐんぐん進んで！』

（了解……！）

そろそろ慣れてきた椎名の感覚優先な指示に従って分岐路を右に曲がる俺たち。

と――そこには、これまでの鬱蒼(うっそう)とした森林とは打って変わって、大きく開けた空間が広がっていた。石造りの庭のようなエリアが円状に広がり、その中心には【森然宮】の景観にやや不釣り合いな漆黒の塔が聳(そび)え立(た)っている。マップを見る限り、最も近い宝物(トレジャー)はこの広場のどこか……そして、あの塔の中にもまた別の宝物(トレジャー)が出現(ポップ)しているようだ。

端末の向こうの椎名はすっかりご機嫌な様子ではしゃいでいる。

『わ、すごいすごい！　こういうのゲームでいっぱい見たことある！　ボス戦の前とかにある〝何もない〟場所……絶対何か出てくるよ、お兄ちゃん！』

「あー……まあ、確かに」

漆黒の塔、という単語に〝第五の予言〟が頭をチラつく中、それはそれとして椎名の語るゲームあるあるに同意を返す俺。特にRPGと呼ばれるゲームジャンルにおいて、本当の意味で〝何もない〟空間というのはあまりない。そして、《習熟戦(リフレイン)》は既に最終局面なのだから、何かが起こるとすれば間違いなく今だろう。

そんな俺たちの予測を裏付けるかのように。

「ッ……!?」

まず感じたのは、ズン……と腹に響くような振動だった。続けて、何かがせり上がってくるような激しい駆動音。しばらくそれが続いた後、そいつは俺たちの前に姿を現す。

控えめに見積もっても数十メートルはありそうな――見上げるくらい巨大なゴーレム。

『ツッツッツッツッ！』

広場の宝物を守護するべく現れたのであろうゴーレムは、俺と姫路を視認するや否や極太の両腕を高々と振り上げた。そうして直後、意外にも機敏な動作でそれを思いきり振り下ろす……と、鼓膜が破れんばかりの轟音の後、石造りの地面に深さ数メートルの亀裂が叩き込まれた。あんな攻撃を食らったらひとたまりもないだろう。

仮想現実の視界に敵の情報を表示させた姫路が、こくりと息を呑みつつ口を開く。

「【鋼鉄の巨人】……ランクAの防衛モンスターですね。それも、おそらく何かしらの強化を受けています。体力の試算は、ランクAの単体攻撃スキルでおよそ三十回分」

「……あくまでもここは通さない、ってか」

《習熟戦》のスキル回数制限を考えれば理論上〝倒せない〟相手を前に、俺は小さく頬を引き攣らせる。……現在は、俺たちが【森然宮】に潜り込んでから七十分近くが経過したところだ。ログイン時間はまだそれなりに残っているが、この後に控えている連中のことを考えると全くもって余裕があるとは言いがたい。

（くそ……戦うしかないのか？　〝漆黒の塔〟はすぐそこだってのに……？）

ギリ、と強く奥歯を噛み締める俺。本当ならこんなモンスターなど無視して進みたいところだが、既に捕捉されている状態ではそれも叶わない。こいつをこの場所に縛り付けられるくらいの戦力が英明にあれば良かったのだが、榎本も浅宮も秋月もみんな他の場所で戦っている。彼らがここへ来るのは物理的に不可能だ。

（っ……あいつが、あいつが間に合ってくれれば――）

そうして俺が、英明の所属ではない赤髪の少女を思い浮かべた……瞬間、だった。


「――全く。本当に、世話の焼ける共犯者ね」


不意に、耳元でそんな声が聞こえた気がして。

直後、俺たちの前に一つの人影が現れた。《女帝》の風格を纏いながらも見た目は華奢な少女。とっくに見慣れた赤の長髪と、どこか不遜な仕草で腰に添えられた右手。

彼女は――彩園寺更紗は、紅玉の瞳をちらりと俺に向けつつ嘆息交じりに口を開いた。

「せっかくの《追加選抜》権利をこんな形で使うのは癪だったのだけれど……でも、これで貴方たちの奇襲が失敗したら桜花にとっても大打撃だもの。別に貴方たちと――英明と手を組むつもりなんかは全くなくて、単に利害の一致ってこと。仕方ないからゴーレムは私が引き受けてあげるわ」

「……へえ？　いいのかよ、桜花の《女帝》が雑魚退治なんかに駆り出されて」

「あら、その雑魚にしっかり足止めされてた分際でよく言うじゃない。素直に感謝した方が貴方のためだと思うのだけど？」

「はいはい、ありがとな彩園寺（さいおんじ）」

「む……ちっとも気持ちの籠もってない言い方ね」

不満げなジト目をこちらへ向ける彩園寺。……事前の打ち合わせ通りなら、彼女は《追加選抜（スカウト）》経由で――つまり自滅か何かで【天網宮】を抜け、再度プレイヤー登録を済ませて【森然宮】へ入り直してくれているはずだ。故に、飄々（ひょうひょう）とした態度を取っているものの俺の内心には感謝しかないし、おそらく彩園寺の方もそれは分かっているのだろう。不服そうな仕草や表情なんかを演出しつつも、口元は微（かす）かに緩んでいる。

そうして彼女は、仕切り直すような形でびしっと人差し指をこちらへ突き付けた。

「いい、篠原（しのはら）？　貴方（あなた）はさっさと先へ行って、どうせあの塔の中で待ち構えてる霧谷凍夜（きりがやとうや）と越智春虎（おちはるとら）を倒して、【森然宮】の固有宝物（コア）もしっかり奪って――そこで、私にやられなさい。ふふっ、こっちの方が越智の〝シナリオ〟よりよっぽど素敵だわ」

「……ハッ。ま、確かに急増のシナリオとしちゃ及第点ってとこか。けど、役者（こっち）も必死でやってるんだ。多少のアドリブが入っても許せよな」

「多少なら、ね。……さっさと行って、時間がないわ。負けたら承知しないから」

最後に俺と姫路（ひめじ）の目をじっと覗（のぞ）き込みながらそう言って、彩園寺は自身の端末を引き抜いた。意思の強い紅玉（ルビー）の瞳は、既に【鋼鉄の巨人（アイアンゴーレム）】をロックオンしている。

そして――、

「さあ――かかってきなさい、デカブツ。貴方の相手はこの私、桜花（おうか）学園の彩園寺更紗（さらさ）が務めてあげるわ。あの世で感謝することね――！」

桜花の《女帝》は、痛烈な一撃をゴーレムの身体（からだ）に叩（たた）き込んだ。

♭

――【森然宮】の最奥でそんな激戦が繰り広げられていたのと時を同じくして。

「〰〰♪」

羽衣紫音（はごろもしおん）は、またしても歩いていた。

ただし、昨日のように家を抜け出して云々（うんぬん）……という話ではない。仮想現実空間（VR）、もっと正確に言うなら【森然宮】の中を鼻歌交じりに歩いている。

本来なら参加できない《決闘（ゲーム）》の中だから、当然その姿は彼女自身のものではない。英明学園のプレイヤーとして選抜されていながらこれまで《習熟戦》に参加していなかった生徒に極秘でコンタクトを取り、そのアカウントを一時的に借り受けた。

そこまでして【森然宮】にログインしているのは――探している人物がいるからだ。

「ええと……こちらですね」

今の外見には似合わない上品な仕草で首を傾（かし）げてからさらに歩を進める羽衣。

別に、これは誰に頼まれた話というわけでもない――親友に恩を返したいという気持ちはあるものの、そうは言っても羽衣紫音は英明学園の生徒じゃない。むしろ、本来所属するはずだったのは桜花の方だ。ただそれでも、気付いてしまったからにはじっとしていられない、というのが彼女の性分だった。この《決闘》の結末を見届けたくて仕方ない。

もちろん、篠原緋呂斗がそこまで辿り着かなければ全く意味がないのだが……。

「――いえ。あの方は、わたしが認めた〝7ツ星〟ですから」

上機嫌な口調でそう言って、羽衣紫音は静かに視線を持ち上げた。

【森然宮】のその外れ――鬱蒼と生い茂る木々に囲まれた一切日の当たらない場所。少なくとも通常の侵攻では絶対に人が立ち入らないであろう地点に彼女はいた。長い前髪が目元を覆い隠していて、ぶかぶかの制服をワンピースみたいに着ている可愛らしい少女。そして、おそらくは越智春虎の〝シナリオ〟を崩すための鍵となるはずの少女。

「この姿だと、もしかしたら怖がらせてしまうかもしれませんが……」

なるべく優しく話し掛けよう、と心に決めてから。

羽衣紫音は、ふわりと少女の近くにしゃがみ込んだ。

#

彩園寺に引き付けられた【鋼鉄の巨人】から実質三つ目となる宝物を掠め取った後。

「……ふぅ」

四つ目の宝物（トレジャー）がある漆黒の塔の前に立った俺は、静かに息を吐き出していた。

漆黒の塔――第五の予言にも記載があったものだ。【漆黒の塔の中で、君たちは《習熟戦（リフレイン）》に敗北するだろう】……つまり、ここがシナリオの終着点。当然、守りは最も厚くなっていることだろう。越智（おち）も霧谷（きりがや）も、おそらくはここで俺を待ち構えているはずだ。けれど、もう引き下がる選択肢なんてなかった。ここまで手を尽くしてようやく辿り着いたんだ。道を切り開いてくれた先輩たちのためにも、文句を言いつつ駆けつけてくれた共犯者のためにも、俺は絶対に負けられない。

「……ん……」

分厚い門扉（もんぴ）にゆっくりと指を触れさせる。……いつの間にか、呼吸が少し荒くなっているのが分かった。緊張と高揚とそれに類する諸々（もろもろ）の感情。そんなものに精神を掻（か）き乱されて頭の中がぐちゃぐちゃになっている。

（あ、やば――）

「――大丈夫ですよ、ご主人様」

と……その時、微（かす）かに震えた俺の右手に、白手袋に包まれた柔らかな手がそっと重ね合わされた。釣られて隣を見れば、姫路（ひめじ）が優しげな笑みを湛（たた）えて俺の顔を覗（のぞ）き込んでいる。

そうして一言、

「ご主人様は負けません。誰より特別な力を持っていて、素敵な仲間に恵まれていて、そして何よりわたしがついていますので——ご主人様は、いかなる時でも勝ちますよ」

「…………そう、だよな」

迷いなど一切なく紡がれたその言葉に身体がふっと軽くなって。

俺は、ほんの少しだけ口角を持ち上げながら塔の扉を押し開けることにした。

——漆黒の塔の内部に広がっていたのは、がらんとした空洞だった。

かなり背の高い塔に見えていたのだが、その辺りは〝見た目だけ〟なのだろう。上に向かう階段やら昇降機の類はどこにもなく、あるのは一階のフロアだけ。その一階も基本的には何もない空間で、ただただ静謐な空気に包まれている。

そして、そんなフロアの真ん中に堂々と置かれているのは、不思議な植物のような外観を持つ宝物だ。俺たちからすれば四つ目となるお宝。あれさえ手に入れれば——ついでに阿久津戦の決着がつけば——【森然宮】の固有宝物の位置が明かされる。

が……もちろん、何の防衛もないというわけじゃない。宝物の前には、案の定二人のプレイヤーが立っていた。七番区森羅高等学校の制服を纏った二人の三年生。

「ひゃはっ……よくここまで辿り着きやがったな、7ツ星。てめーなら春虎の策にも食らいつけるとは思ってたが、正直なとこ予想以上だ。オレ様が直々に褒めてやるよ」

「……お前に褒められても全く嬉しくねえっての」

黒のオールバックを掻き上げながら煽るような称賛を向けてくる彼に対し、俺は小さく肩を竦めながら嘆息交じりにそんな言葉を返すことにする。

霧谷凍夜——七番区森羅高等学校の三年生にして二色持ちの6ツ星。徹底的に勝利を追い求める《決闘》スタイルから《絶対君主》の二つ名を持ち、この《習熟戦》においても天音坂の奈切来火と並んでトップクラスの戦績を残している。間違いなく森羅高等学校のエースプレイヤーと言って差し支えないだろう。

——けれど、

「…………」

今回の森羅は、霧谷凍夜だけじゃない——いや、むしろこの《習熟戦》に限っては、指揮官である彼の方がよほど強大な支配力を見せつけていた。《シナリオライター》なる色付き星の限定アビリティをもって《決闘》の展開を陰から操っていた張本人。前人未到の8ツ星に到達するため俺を引き摺り下ろさんとする裏組織《アルビオン》のリーダー。

七番区森羅高等学校三年、越智春虎。

霧谷と並ぶと幾分か幼く見える彼は、視線を俺たちの方に向けてから静かに口を開く。

「どうも。少し久しぶりだね、二人とも」

「ハッ……まあ、確かに直接会うのは二日ぶりだな。だけど、こっちはずっとお前の〝予言〟に振り回されてたんだ。それほど久しぶりって感じでもない」

「そうかな？　……いや、振り回されてたのは僕の方だよ」

端末を取り出しながらそう言って、ちらりと手元の画面に視線を落とす越智(おち)。それから小さく肩を竦(すく)めた彼は、淡々とした態度と声音で言葉を継ぐ。

「はっきり言ってあげる。僕の〝予言〟が少しでも外れたのは今回が初めてだ――そういう意味じゃ、本当に凍夜(とうや)の言った通りだよ。予想以上の大健闘だ。凄(すご)いね、緋呂斗(ひろと)。ほんの少しだけとはいえ、僕の《シナリオライター》に抵抗するなんてさ」

「皮肉にしか聞こえないっての。それに、お前らがここにいるってことは……〝第五の予言〟を達成しようとしてるってことは、シナリオはまだ崩れちゃいないんだろ？」

「まあ、そうだね。確かに〝第四の予言〟は逸(そ)らされたけど、緋呂斗の言う通りシナリオ全体への影響は微々たるものだ。緋呂斗とそっちのメイドさんがここへ来ることも当然シナリオに書いてある通り。残念ながら、君たちはここで負ける運命にある」

言って、微(かす)かに細めた目をこちらへ向けてくる越智。

そんな彼と真正面から対峙(たいじ)しつつ、俺は仮想現実(VR)の視界で時間を確認する――残りログイン時間はあと三十分といったところだ。それまでに目の前の6ツ星ランカーを二人とも蹴散らして、【森然宮】の固有宝物(コア)を奪わなきゃいけない。勝たなきゃいけない。

だから、

「越智、それに霧谷(きりがや)。……わざわざ二人とも待ち構えてたってことは、ここが最終決戦の舞台って認識でいいんだよな。このまま二対二で宝物の奪い合いか？」

じり、とわずかに体勢を落としながら挑発的に口を開く俺。

フロアの中央に置かれた宝物の奪取——防衛に当たっている二人の実力を鑑みれば入手難度は最難関レベルだが、とはいえ勝算がないわけでもない。【天網宮】を乗っ取れたおかげで俺と姫路のランクも彼らと同じ【A】まで上がっているし、それに〝加勢〟が見込めるのはこちらの方だ。《追加選抜》の仕様があるとはいえ、森羅が阿久津と霧谷以外のプレイヤーまで復帰させられるほど権利を残していたとは思えない。対する英明側は、榎本に浅宮、秋月に彩園寺……誰か一人でもここへ辿り着けば戦況は大きく変わる。

が、しかし。

「いや——違うよ、そういうことじゃない」

そんな俺の思惑をあっさりと切り捨てたのは他でもない越智だった。彼は静かに首を横に振ると、何もかもを見透かしたような瞳を俺たちに向けながら言葉を紡ぐ。

「言ったでしょ？　君たちがここへ来ることは最初から分かってた。だから、凍夜に特製の罠を用意してもらったんだよ。誰かがこの塔へ入った瞬間に起動する罠を」

「……罠？　いえ、ですが探査には——」

「引っ掛からないよう《改造》してもらってね。隠すのに力を割いたから効果はそんなに致命的なものじゃないんだけど、とにかく緋呂斗たちはもうそれに掛かってる。罠の名前は《無頼決闘》……これを起動させてしまったからには、緋呂斗には今から僕たちが提案する勝負を受けてもらう。まあ、簡易版の《決闘》みたいなものだね」

決まりきった事柄を告げるかのように、越智は淡々と説明を進める。

《無頼決闘》——対象を強制的に《決闘》のようなものへと誘うオリジナル罠。罠に関しては《カンパニー》が常に探査してくれていたのだが、どうやら霧谷の《改造》アビリティを〝強化〟ではなく〝潜伏〟に使われたということらしい。確かに、そうなってしまうと事前に看破するのはほぼ不可能になる。してやられた、といったところだろう。

「……それで？　その〝勝負〟ってのは一体どんなルールなんだよ」

「ひゃはっ——そいつを訊く相手は春虎じゃねえよ、７ツ星」

と……俺が問いを投げた瞬間、それまで黙っていた霧谷が哄笑と共に越智の前へと足を踏み出した。越智の方も特に口を挟むことなく、静かに成り行きを見守っている。

ともかく、霧谷凍夜は威圧的な口調で続けた。

「てめーも知っての通り、《アルビオン》のリーダーは春虎だ。個々の戦術まで口出ししてきたりはしねえが、大まかな流れ……それこそてめーを７ツ星から引き摺り下ろすための気の遠くなるような〝シナリオ〟は、全部こいつが管理してる」

「？　ああ、それは知ってる」

「だろうな。が……覚えとけよ、最強。裏工作はともかく、勝負だの《決闘》だのは全部オレ様の担当だ。春虎が《アルビオン》の〝裏〟ならこのオレ様が〝表〟。倉橋なんつーバカがはしゃいでた時期もあったが、基本はそうやって出来てんだ。なあ、春虎？」

「そうだね凍夜。まあ、僕は別に凍夜がリーダーでも構わないと思ってるけど」

「あ？　バカかよてめー。《アルビオン》の目的を考えりゃ舵取り役は圧倒的な頭脳派じゃなきゃ務まらねえ。オレ様はてめーの実力を認めてるからこうして従ってやってんだ」

「はいはい。僕も凍夜の実力は認めてるから——だから、《決闘》はよろしくね」

　軽口を叩く霧谷に対して微かに口元を緩めてみせる越智。……越智は霧谷のセンスを認め、霧谷は越智の頭脳を認めている。それが《アルビオン》の骨格というわけだろう。となると、彼らの目的が——8ツ星を目指す動機が——余計に気になるところだが。

「話を戻すぞ、篠原。……今からオレ様とてめーとで一つの勝負をする。本当なら数日掛かりの超複雑で面白え《決闘》にしたいとこだが、まあ《習熟戦》の方がそれなりに盛り上がってくれたからな。オレ様としては、最後はシンプルな内容でいいと思ってる」

「是が非でもそうしてくれよ。じゃなきゃ、俺たちは《無頼決闘》とやらを解除する方向に全力を尽くさなきゃいけなくなる」

「ひゃはっ……ま、そうなるよな。んなことになっちまったら一気に興覚めだ。このオレ様がそんな愚策を選ぶはずがねー」

　言って、霧谷は制服の内ポケットから端末を取り出した。そうして何らかの操作をしたかと思えば、自身の背後に大量の投影画面を展開する――それも、十や二十といったレベルじゃない。正確に数えたわけではないが、優に三桁は超えているだろう。そしてそれらの投影画面は、よく見ればいずれも【森然宮】の内部を映し出している。

「これは……管制室の再現か？」

「よく分かったな、７ツ星。そうだよ、こいつは即席の管制室みたいなもんだ。森羅のダンジョン内にある監視系の罠やら防衛モンスターの視覚情報、その他諸々から引っ張ってきた映像を雑多に並べてる。モニターの数は全部で３４２だ」

「……へえ？　いいのかよ、そんなもん見せて。極秘情報じゃないのか？」

「ひゃはっ、つまんねえこと訊くなよ最強。てめーが勝つにしろ負けるにしろ、どの道このターンで決着はつくんだ。こんなもん見られたところで何ともねえよ」

愉しげに口角を持ち上げたままそんなことを言う霧谷。

無数の投影画面を背に、彼はもう一度「ひゃはっ」と笑って言葉を継ぐ。

「ルールは笑っちまうくらいシンプルだ――どれか一つ。てめーは、この投影画面の中からどれか一つを選択する。何を狙って選ぶのかって言や、そりゃあこいつは《習熟戦》だからな。てめーが探すのは【森然宮】の固有宝物……要するに、オレ様の後ろにある３４２の投影画面から【森然宮】の固有宝物が映ってる画面をピンポイントで的中させてくれりゃいい。それが出来れば文句なくてめーの勝ちだ」

「……は？　それだけ、か？」

「基本のルールはな。《決闘(ゲーム)》名は……ま、《取捨選択(ワンオアオール)》とでも名付けるか」

俺の疑問を置き去りに、いかにも愉(たの)しげな口調でそんなことを言う霧谷(きりがや)。

彼の仕掛けてきた疑似ゲーム《取捨選択(ワンオアオール)》——そのルールは、聞いていた通り本当にシンプルだ。３００以上ある投影画面の中から【森然宮】の固有宝物(コア)が映っている画面を選び出せたら俺の勝ち、というもの。ただし、何度もチャンスがあるような《決闘(ゲーム)》じゃない。完全な一発勝負……投影画面を選択できるのは、たったの一回だけだ。

「——あの。少々お待ちください、霧谷様」

と、そこで声を上げたのは姫路(ひめじ)だった。彼女は白銀の髪を揺らすようにしながら静かに俺の隣へ歩み出て、一定の距離は保ちつつも真(ま)っ直(す)ぐに霧谷凍夜(とうや)と対峙(たいじ)する。

「それだけ、というのはさすがに少し乱暴なルールではないでしょうか。固有宝物(コア)はダンジョンによって見た目も変わるものですし……この投影画面の中に〝当たり〟がいくつあるのかは分かりませんが、当てずっぽうでどうにかなる確率ではありません」

「ま、そりゃそうだろうな。ちなみに言っとくが、この《決闘(ゲーム)》中はスキルもアビリティも使用不可だ。どうやっても封印できねえ《通信》と《緊急退避》を除いてな」

「……ですから」

「ひゃはっ……あーあー、そう睨(にら)むんじゃねえよ。オレ様はまだ基本ルールしか説明してねえ。７ツ星が相手だってのに運ゲーじゃオレ様だって燃えやしねーっつの」

　姫路の追及を受け、霧谷は小さく首を振りながら嘆息交じりにそう言った。そうして彼は、自身の顔の前で指を三本立ててみせる。

「三回、だ。……篠原、てめーに三回まで質問の権利をくれてやる。オレ様が直々に答えてやるが、当然答えを直接訊くようなモンは禁止。いわゆる〝ＹＥＳかＮＯで答えられる質問〟限定、ってやつだ。こいつを上手く使ってせいぜい勝ちを目指してくれ」

「質問を三回、か……なるほど」

　思わず右手をそっと口元へ遣りつつ静かに思考を巡らせる俺。……宝探し、それから質問という形式はいつかの秋月との《決闘》を思い起こさせるが、はっきり言って《取捨選択》はあれとは比べ物にならないくらい理不尽だ。質問の回数はたったの三回。３４２ある画面を半分ずつ絞り込んでいったとしても、まだ四十択以上残ってしまう。

「ルールはそれで全部なのか？」

「残念ながらその通りだ。もしてめーらが勝てば、その時点でオレ様と春虎は全面的に降伏。スキルもアビリティも使用不能になる設定だから、勝手に殺して勝手に宝物を奪っていけばいい。逆にオレ様が勝てば、今度はてめーらが降伏する番だ。……ま、そもそもこの奇襲が決まらなけりゃ英明に勝ちの目なんざねえんだけどな」

「……まあ、否定はしねえよ」

肩を竦（すく）めて答える俺。そういう意味では、この《決闘（ゲーム）》を受けることにデメリットの類（たぐい）は何もない。いつも通り、ただただ勝たなきゃいけないというだけだ。最後の〝予言〟を引っ繰り返すために、シナリオを上書きしてやらなきゃいけないというだけだ。

そんな風に決意を固める俺の対面で、霧谷凍夜（きりがやとうや）はニヤリと獰猛（どうもう）な笑みを浮かべた。

「てめーらの残りログイン時間はざっと二十五分……んじゃまあ、そろそろ始めようぜ篠原緋呂斗（しのはらひろと）。時間ギリギリまでじっくり考えて、出来るもんならオレ様を倒してみせろ」

「ハッ……言われなくてもそうするっての」

【森然宮】最奥の塔の中、数歩分だけ離れた距離でバチバチと視線をぶつけ合って――。

こうして、俺と霧谷の〝一発勝負〟が始まった。

♯

――二学期学年別対抗戦・三年生編《習熟戦（リフレイン）》六日目。

俺と霧谷の《決闘（ゲーム）》が始まってから、しばらく誰一人として言葉を発さなかった。

まあ、それもそのはずだろう――《取捨選択（ワンオアオール）》。彼の提案してきた《決闘（ゲーム）》の内容は本当にシンプルだ。３００以上ある投影画面の中から【森然宮】の固有宝物（コア）が映っているものを一発で当てろ、というもの。それを為（な）すための武器（ツール）として俺に与えられているのは質問の権利が三回だけだ。どうしたって慎重にならざるを得ないルールだろう。

だから俺は、霧谷の後ろで静かに状況を観察している越智春虎に視線を向けつつ、その場に座り込んでしまうことにした。同時に端末を取り出して――

「って……ん？」

――そこで《通信》スキルを介した数件のメッセージが届いていることに気付いて小さく眉を顰めた。よく分からない文面と一枚の写真。意味ありげではあるものの当然深く考えている暇などなく、諦めた俺は『ちょっと待て』とだけ返信しておくことにする。

そうして、改めて霧谷の背後へ意識を向けた――まるで空間を埋め尽くすように広がっている投影画面。罠やモンスターから得ている映像が多いため、流動的なものや真っ暗なものなんかも存在する。ただ、それでも情報量は膨大だ。この中から見た目も分からない固有宝物を見つけ出すなんてとても人間業とは思えない。

「……いかがなさいますか、ご主人様？」

ふわり、と俺の隣にしゃがみ込んだ姫路が、耳元の髪を掬い上げながら訊いてくる。

「後方部隊に連絡を取って各投影画面の座標を検証する……ということも、やや無謀ながら出来ないわけではありません。選択肢は多少なりとも削れるかと思いますが」

「ん……悪くない作戦だけど、やっぱり徒労に終わる確率が高い気がするな。普通の《決闘》ならともかく、今は向こうに越智がいるんだから」

「……確かに、そうでした」

残念そうに首を振る姫路。……仲間を頼って選択肢を削る、というのは確かに順当なやり方だが、それでは越智のシナリオを揺るがせないのはこれまでの経験からよく分かっている。真っ当な思考はあいつの〝予言〟に絡め取られる。

ただ――一つだけ、これだけは最初に訊いておかなければならないだろう。

「霧谷。……一つ目の質問だ。この勝負は、本当に〝ゲーム〟として成立してるのか？」

「あ？　そいつは随分と曖昧な質問だな。ちと訊き方を変えろ」

「そうか。じゃあ……お前が俺の立場だったとして、俺と同じだけの情報を持ってたとして。その状況で、お前はこの《決闘》に勝てると思うか？」

「てめーと同じ立場と情報、ね……さて、どうだかな」

口端にニヤリと笑みを浮かべながら小さく肩を竦めてみせる霧谷。

「出来るかもしれねえし、出来ないかもしれねえ。……でも、そのくらいのレベルだ。この《決闘》はクリア不可能な代物じゃねえし、ましてや運ゲーでもねえ」

「…………なるほど」

煽るような口調で答える霧谷に対し、俺は再び視線を下げる。

クリア不可能な代物じゃない――《決闘》として成立している。ということは、どこかに何かしらの〝ヒント〟があるわけだ。固有宝物を見つけ出すのに必要な情報が既に提示されているか、あるいはそれを〝質問〟によって訊き出す……というのが《取捨選択》の肝。そしてそのヒントは、俺でもしっかり辿(たど)り着(つ)ける範囲にあるのだという。

（まあ、当然って言えば当然か……霧谷は根っからの《決闘(ゲーム)》好き、それも〝強い相手をしっかり打ち負かす〟のが好きなタイプだ。最初から勝てない《決闘(ゲーム)》を提示して喜ぶようなキャラじゃない……いや、だからって手を抜くようなやつでもないんだけど）

そんなことを考えながらそっと右手を口元へ持っていく俺。……固有宝物(コア)の重要性を考えれば、複数の画面が〝正解〟になっている可能性も充分にある。そこから逆説的に答えを絞り込むことも不可能ではないだろうが、とはいえ画角も遠近感も全てバラバラだ。一つ一つのモニターを見比べていたらそれだけで何時間かかるか分からない。

「……いえ。むしろ、映っていない可能性もあるのではないでしょうか？」

と——俺がそこまで考えた辺りで、姫路が不意に声を掛けてきた。

「通常の方法で探査することが出来ないとはいえ、固有宝物(コア)を分かりやすい位置に晒(さら)しておく理由はないように思います。こういった建物の中や、あるいは森林の奥深くに隠しておくなど……であれば、画面には映っていないような気もするのですが」

「なるほど、確かに……」

言われてみればその可能性もある。【森然宮】のモチーフは〝深い森〟であるため、視界はむしろ悪い方だ。固有宝物(コア)が必ずしも画面に収まっているとは言い切れない。そうなると《取捨選択(ワンオアオール)》のルールが破綻しているような気もするが、そもそも映像の提供元は監視系の罠(わな)やモンスターだ。映っていないなら画面を動かせ、という話なのかもしれない。

　というわけで、

「二つ目だ、霧谷(きりがや)。【森然宮】の固有宝物(コア)は今も間違いなく画面に映ってるか？」

「あ？　あー、どうだろうな……映ってる可能性は大いにあるが、間違いなくって訊(き)かれると答えはノーだ。映ってねえ可能性もあるにはある」

「なるほど。なら、別に隠されてるってわけでもないんだな」

「どう捉えてくれても構わねーよ。てめーが質問の権利をもう一つ消費するってんなら正しく答えてやってもいいけどな」

　ひらひらと手を振ってみせる霧谷。……おそらく、目的の固有宝物(コア)は確かに目に見える場所にあるのだろう。ただし、現時点で絶対に画面に映っているという保証はない。

（っ……ダメだ、これじゃ全然絞り込めない。しかも、質問は今ので二つ目——あと一つしかない。何を訊(き)けばいい？　どうすれば固有宝物(コア)を見つけられる……？）

　攻略ルートが見えないまま一瞬で追い詰められ、ひたすらに焦(あせ)りだけが募っていく。が、まあそれもそのはずだ——何しろ《取捨選択(ワンオアオール)》という《決闘(ゲーム)》は、ルールが単純なだけにヒントが少ない。例えば〝ルールの穴を突く〟とか〝相手の策を引っ繰り返す〟といった思考ならそれなりに慣れているが、これだけシンプルだと穴も何もないんだ。けれど、それでも霧谷は〝クリア可能〟だと言っている。

「ご主人様……時間が」

ほんの少し躊躇うような表情で声を掛けてくる姫路。……気付けば《決闘》が始まってから既に十五分近くが経過していた。残り時間は約十分。刻一刻とタイムリミットが迫っているのに、何一つとして手掛かりがない。現状を打破するためのきっかけがない。越智の放った第五の予言――【漆黒の塔の中で、君たちは《習熟戦》に敗北するだろう】なるそれが、徐々に現実味を帯びたものとして俺の両肩に圧し掛かってくる。

（くそっ……こうなることも、越智のやつには〝見えて〟たってことなのかよ。結局、あいつの〝シナリオ〟からは逃れられないってことなのかよ……！）

下唇を噛み締めながらわずかに視線を持ち上げてみれば、霧谷の後ろに立つ越智は相変わらず静かに凪いだ表情でこちらを見つめていた。何もかも計画通りだと言わんばかりの冷静な顔。俺の動悸も、憔悴も、全て見透かされているかのようだ。

もちろん、最初から分かってはいた――《取捨選択》は霧谷との《決闘》だが、本質的には越智との勝負でもある。そして、越智に対抗するためにはやはり〝イレギュラー〟が不可欠なのだ。そう考えれば、この《決闘》は正攻法じゃ絶対にクリアできない。羽衣紫音や《攻守交替》のような〝予想外の一手〟で越智の思考を上回らなきゃいけない。

けれど、《習熟戦》にこれ以上そんなイレギュラーが残っているとは……

（……って、あれ？）

と——そこまで思考を巡らせた瞬間、ふと頭の中に何かが引っ掛かったような気がして俺はそろそろと右手を口元へ遣（や）った。

越智春虎（おちはるとら）による五つの予言と、それを回避するための〝イレギュラー〟……俺の《習熟戦（リフレイン）》はそんな構図で展開されてきたが、一つだけ。たった一つだけ、他でもない森羅が関わっている〝イレギュラー〟な事象がある。これだけは説明が付けられていない。

いや……例えば。例えば〝阿久津雅（あくつみやび）の参戦〟に関しては、驚きこそしたものの納得はできる。お互いに利用価値を見出した末の共闘、というのは動機として分かりやすい部類だろう。その他の誘導やら同盟やら裏切りといった諸々（もろもろ）についても、森羅（しんら）がやってきたことは〝シナリオ〟と呼ぶに相応（ふさわ）しく誰かの——越智春虎の意図がはっきりと見える。

けれど。

（じゃあ、あいつは……あの女の子は、何者なんだ？）

——そう、そうだ。

初めて俺と越智が対面した時、霧谷（きりがや）が《同盟の絆（きずな）》を裏切った時……彼らの後ろにはいつも、ぶかぶかの制服を着た謎の少女が立っていた。俺の知る限り、彼女は一度もスキルの類（たぐい）を使っていない——つまり、一切戦力になっていない。が、それにしては扱いがやや丁重すぎるだろう。常に6ツ星と一緒にいる、というのはちょっと尋常じゃない。

そして、極め付きが……《取捨選択（ワンオアオール）》の開始直後に届いていた、こんなメッセージ。

『――こんにちは、篠原さん』

『わたし、【森然宮】で迷子を一人見つけたのですが……実は今、ちょっとした事情で男の方のアバターを借りていまして。このままだと誘拐のような絵面になってしまうんです』

『どうしたらいいと思いますか？』

……読み返せば読み返すほど意味の分からない、羽衣紫音からの連絡。

羽衣が何故【森然宮】の中にいるのかは不明だが――添付されていた写真に映っている迷子というのは、どう見ても例の少女だった。ぶかぶかの服を着た森羅の少女。写真を撮られることに慣れていないのか、恥ずかしそうに視線を下げている。

まあ、それ自体は別にいいのだが。

（おかしいだろ……こいつは、霧谷たちと一緒に【天網宮】へログインしてたはずだ。それなのに【森然宮】をうろついてるってことは、まさか《追加選抜》を使ったのか？　ろくに戦ってないのに、何でこいつを……？）

ようやく掴んだ細い糸を決して離さないよう、俺は高速で思考を巡らせる。……おそらく、この思考が〝答え〟に繋がっているはずだ。確かに《取捨選択》は単純なルール故にそうそう穴など見つからないが、これはあくまでも《習熟戦》とリンクした《決闘》。そして、当の《習熟戦》にならいくらでもヒントは転がっている。

名前すら開示されない少女の異質性。

　彼女が今この瞬間も【森然宮】の中にいるという事実。

　そして、霧谷(きりがや)の発した〝この《決闘(ゲーム)》はクリア可能〟だという言葉——それら全てを組み合わせれば、薄っすらと見えてくるものがある。

「……なあ、霧谷」

　だから——残りログイン時間、五分二十九秒。《通信》スキルを用いて先ほどのメッセージに追加の返信を行った俺は、静かに視線を持ち上げながら口を開くことにした。

「最後の質問だ。……森羅(しんら)の固有宝物(コア)ってのは、常に決まった位置にあるものか？」

「……あ？　質問の意味がよく分からねーな」

「そうかよ。じゃあ、もっと分かりやすく言い直してやる——〝動くか？〟って訊(き)いてんだ。お前らが大事に匿ってる【森然宮】の固有宝物は、勝手にふらふら動くのか？」

「————ッ」

　俺の質問に無言で瞠目(どうもく)する霧谷と、その後ろで微(かす)かに眉を動かす越智(おち)。

　霧谷はその後もしばらく硬直していたが……やがて、緩やかな仕草で天を仰いだ。右手で顔全体を覆うようにしながら大きく息を吐き、それからゆるりと手を下ろす。

　……そして、

「ひゃはっ……辿り着いたみてーだな、篠原(しのはら)。……イエス、だ」

　相応にもったいぶってから、彼は俺の最後の質問に対して端的な肯定を返してきた。

「あーあー、さっすが7ツ星ってやつなのかね……偶然出てきた質問ってわけでもなさそうだ。そうだろ、篠原？」

驚愕(きょうがく)に観念に悔恨に称賛、その他諸々(もろもろ)の感情が入り混じった声で尋ねてくる霧谷。そんな彼に対し、俺は「まあな」と素直に頷(うなず)きを返すことにする。

「最初から気にはなってたんだ――お前ら《アルビオン》と一緒にいた謎の女子。あいつさ、これまで一回もスキルを使ってないだろ？　《習熟戦(リフレイン)》への貢献度って意味じゃ最下位のはず……どうしてあいつが学区の代表に選ばれてるのか分からない。いや、もっと言えばそれすら曖昧だ。だってあいつは、プレイヤー情報を確認しても名前すら表示されない……どういう扱いで《決闘(ゲーム)》に参加してるのか全く分からない」

「ま、そうだろうな。てめーの推測通り、あいつは――衣織は、厳密に言えばこの《習熟戦(リフレイン)》のプレイヤーじゃねえ。プレイヤーになる権利を持ってねえ。ただ、アバターは用意されてたんだよ。【森然宮】の固有宝物(コア)としての映像情報(グラフィック)は、な」

「……やっぱり、な」

霧谷の発言に頷きながら俺はそんな言葉を返す。……例の少女、衣織(いおり)は正規のプレイヤーじゃなかった。【天網宮】にいた白狐(びやっこ)のような、意思を持つ固有宝物だったわけだ。

「けど……プレイヤーになる権利を持ってないってのはどういう意味だ？　確かに《習熟戦(リフレイン)》は選抜制だけど、《追加選抜(スカウト)》を使えば誰でも参加させられるだろ」

「いいや、選抜できねえんだなこれが。衣織は確かに森羅の生徒だし、学園島の端末だってしっかり持ってる。だけどダメなんだよ。あいつだけは事情が違う」

　オールバックを乱暴に掻き上げつつ嘆息交じりに告げる霧谷。彼の発言を頭の中で一つ一つ整理しながら、俺は微かに視線を眇めて尋ねる。

「あいつは……衣織ってのは、一体何者なんだ？」

「残念だが篠原、そいつはちょっと話せねえな。ＹＥＳかＮＯじゃ答えられねえし、何より質問の権利はもう弾切れだ。……が、まあヒントくらいは言ってやってもいい。あいつは、衣織は《アルビオン》の目的そのものだ——今はそれだけ知っときゃ充分だろ」

　言って、話は終わりだとばかりに首を振る霧谷。そうして彼は、仮想現実の視界で時刻表示でも覗いたのだろう、どこか煽るような口調で言葉を紡ぐ。

「つか……いいのかよ、篠原？　てめーの残りログイン時間はたったの三分だ。固有宝物の正体が分かったところで、当たりの投影画面を見つけられなきゃ意味ねえぞ？」

「……ああ。それなら、大丈夫だよ」

　霧谷の挑発を軽く受け流しつつ、俺はポケットから端末を取り出した。そのまま例のメッセージ——羽衣からの〝迷子情報〟をもう一度開くと、それに対する返信の方を投影展開してみせる。具体的にはこんな文面だ。

『さっきの迷子の話だけど』

『俺のいる座標まで今すぐ連れてきてくれ――転移系スキルを使って大至急、だ』

「――――な？」

対面の霧谷が顔色を変えるのを見て取りながら、俺は微かに口角を緩めて続ける。

「もうすぐ、この《習熟戦(リフレイン)》に紛れ込んだ最大の〝イレギュラー〟が衣織(そいつ)を連れてきてくれることになってるんだ。画面を選ぶのはその後でも遅くはねえよ」

「衣織を、ここへ……だと？　じゃあてめー、まさか最初から読んでやがったのか？」

「いや、そうじゃない。俺がそこまで辿(たど)り着いたのはついさっきのことだ。けど、こっちには〝状況を引っ掻き回すのが趣味〟みたいな悪戯(いたずら)好きの協力者が一人いてな。迷子を捜しに来てたんだから、探査系スキルも転移系スキルも採用されてないはずがない」

「…………ふぅん？」

と――そこで、霧谷の後ろに立っていた越智(おち)が久々に声を零(こぼ)した。彼は静かに凪(な)いだ表情でこちらを見つめると、淡々とした声音のまま言葉を継ぐ。

「【バイオレット】のことかな。僕のシナリオを揺るがせた最大の要因の一つ……ルナ島最強の【ストレンジャー】。もしかして、緋呂斗(ひろと)があの子をコントロールしているの？」

「どうだろうな。あいつを制御できるやつなんか学園島(アカデミー)に一人もいないと思うけど」

「へえ、そうなんだ。なら、やっぱりあの子は――」

「？　って……そんなこと言ってる間に、だ」

きぃ、と扉が開く小さな音を聞き付けて越智との会話を切り上げる俺。続けて、姫路と共に後ろを振り返る……と、そこには二つの人影が並んでいた。

一人は、なんと古賀恵哉——昨年度まで英明の主戦力となっていた5ツ星の高ランカーだ。《ヘキサグラム》の流した風評によって社会的に潰された元エース。《習熟戦》の選抜メンバーにも名を連ねていたものの、これまで全く参加していなかったと聞いている。彫の深い顔立ちに筋肉質で引き締まった身体。男らしい印象の三年生だ。

「あら、雪に篠原さん。ふふっ……こんなところで会うなんて奇遇ですね？」

……ただし、その辺りの諸々は外見だけで、中身はやはり羽衣紫音らしい。秋月の時と同様の代理ログイン。台詞と声と仕草と見た目のギャップに頭が混乱しそうになるが、まあそれに関しては後で追及すればいいだろう。今重要なのはもう一人の方だ。

ぶかぶかの制服をワンピースのように纏った少女——衣織。

「…………」

ちょん、と羽衣（古賀）に手を引かれた少女は、前に見た時と同じく少しだけ俯いていた。彼女はやがて静かに顔を上げると、状況を把握するように視線を巡らせ、その最中に越智と霧谷の姿を発見したのかパッと羽衣の手を振り払って小さな歩幅で駆けていく。

「っ……！」

「……うん。おかえり、衣織。見つかっちゃったんだね」

制服の裾にしがみつく少女を見つめながら少し優しげな声を零（こぼ）す越智。そんな彼らの姿に、先ほど霧谷が言っていた〝衣織こそが《アルビオン》の目的そのもの〟という表現が思い起こされる。……《アルビオン》は、俺を7ツ星から引（ひ）き摺（ず）り下ろして史上初の〝8ツ星〟に至ろうとしている組織だ。だとしたら、彼らはあの子の――衣織のために8ツ星を目指しているということか？　それは……一体、どういうことだ？

「――ご主人様。お気持ちは分かりますが、先に《決闘（ゲーム）》を終わらせてしまいましょう」

「っ……ああ、そうだった。ありがとな、姫路」

再び思考の迷宮に迷い込みそうになっていたところを姫路に掬（すく）い上（あ）げられ、俺は慌てて首を横に振った。《アルビオン》と衣織の関係は確かに気になるところだが、それを考えるべきは今じゃない。今はただ、この《習熟戦（リフレイン）》を終わらせる。

ふう……と静かに息を吐き出して、俺は改めて越智と霧谷に向き直った。

「それじゃあ、霧谷。お望み通り正解を当ててやる――俺が選ぶのは、お前の真後ろにある画面。この塔の内部に仕掛けられた座標X0／Y0の投影画面だよ」

「ひゃはっ…………正解、だ」

ニヤリと口角を持ち上げながらそう言って。

霧谷が端末を持った右手を大きく掲げると同時、彼の背後を埋め尽くしていた300以上の投影画面がまるで雪崩（なだれ）のように掻（か）き消えた。そうして残った最後の一つ、俺が指定した画面には、確かにここにいる全員の姿が映っている。この【森然宮】の固有宝物である少女——衣織の姿も、鮮明に。

そんな演出を背景に、霧谷は小さく肩を竦めて言葉を継いだ。

「《取捨選択》勝利条件達成……勝者はてめーだ、篠原。これでオレ様と春虎は完全に抵抗不能。四つ目の宝物も固有宝物も何もかも、好きに略奪していけよ」

「……？　やけにあっさり退くんだな、霧谷。お前はそれでいいのかよ？」

「ひゃはっ……いいんだよ、別に。この《決闘》の結末はこれでいい」

意味深な言葉を口にする霧谷に「……？」と眉を顰めながらも、残りログイン時間がわずかとなった俺は端末を片手にフロアの中心へと足を進めることにした。そうしてまずは四つ目の宝物に端末を翳し、その後静かに身体の向きを変える。

「「…………」」

——越智春虎と、それから彼の後ろで身を縮めている衣織。

詳しいことはまだ分からないが、きっと特別な〝何か〟がある少女に視線を向けて。

「悪いな、越智。……今回は、俺の勝ちだ」

俺は、手に持った端末を彼女に——【森然宮】の固有宝物にそっと触れさせた。

LNN -Librarian Net News- 号外

2学期学年別対抗戦・結果ダイジェスト

一年生から三年生の学年別で繰り広げられた2学期学年別対抗戦。逆転に次ぐ逆転劇や思わぬ人物による大波乱が繰り広げられた白熱のレポートをお伝えするにゃ！　強過ぎる英明学園、止めるのは果たして誰にゃ！

――女子プレイヤーによる頂上決戦！

一年生《新人戦》で目立ったのは、1学期の大規模決闘でもその実力を発揮した面々。水上摩理（5ツ星・四番区・英明学園一年）、夢野美咲（5ツ星・十七番区・天音坂学園一年）、飛鳥萌々（4ツ星・三番区・桜花学園一年）らが勝ち残った白熱の戦いは、三年生のサポートを最大限に有効活用した水上摩理が僅差の勝利を掴み取った。

――7ツ星、まさかの敗北！？

今年もルナ島に多数の強豪が揃った二年生《修学旅行戦》、その中心は快進撃を続ける篠原緋呂斗（7ツ星・四番区・英明学園二年）。謎の学外プレイヤー・バイオレットの猛威に対し、天音坂陣営と思われたファントムを仲間に引き込む奇策で英明学園を勝利に導いた。一方で、個人では《女帝》こと彩園寺更紗（6ツ星・三番区・桜花学園）が篠原を上回る活躍でトップの成績を残し、現7ツ星に一矢報いる結果に。

――めまぐるしく変わる順位、そして奇跡の大逆転！

三年生編《習熟戦》にて、序盤の攻勢から一転、三年の有力プレイヤーを多数揃えながらも森羅や天音坂の猛攻に遭い、途中最下位に沈んでいた英明。だが、逆転の切り札として《修学旅行戦》を終えたばかりの篠原緋呂斗を投入し、混戦に。奈切来火（6ツ星・十七番区・天音坂学園三年）による天音坂の突然の敗退、彩園寺更紗の参戦による桜花・音羽同盟の反攻、絶対君主こと霧谷凍夜（6ツ星・五番区・森羅高等学校三年）の奮戦など見所満載の中、最終的には篠原投入以降一気に巻き返した英明学園が奇跡の逆転勝利。一人で戦況を覆してしまった7ツ星、果たして止められるプレイヤーは現われるのか!?

エピローグ

＃＃

二学期学年別対抗戦・三年生編《習熟戦》六日目――【森然宮】最奥。

「……ふぅん。やっぱり君、強いんだね」

固有宝物を失ったことで崩壊していく世界の中で、俺は越智春虎と対峙していた。

残りログイン時間は既に0となっている。姫路も羽衣も霧谷も衣織もログアウトしているし、俺たちの身体だってとっくに半透明だ。一斉にダンジョンを追い出されなかったのは、単なる時間差のようなものなのだろう。まあ、残されたのがたまたま俺と越智だった点には、何らかの意図……あるいは〝シナリオ〟のようなものを感じてしまうが。

ともかく、越智は真っ直ぐ俺を見つめて言葉を継ぐ。

「まさか凍夜が負けるだなんて思わなかったよ。最後の《決闘》のためだけに今まで衣織のことは話題にも上げてなかったのに……よく頭が回ったね、緋呂斗」

「そりゃどうも。これまでの全部を操ってきた黒幕に褒められるなんて光栄だな」

「うん、本当に凄い。……でもね？　僕は一つ、君に謝らなきゃいけないことがある」

徐々に身体が薄れていく中で、越智は挑むような視線をこちらへ向ける。

「この《習熟戦》――僕は、シナリオを遂行するために全力で《決闘》を操っていた。各学区の動きを誘導して、負ける要因なんて一つもないくらい絶対的な優位に立った」

「？　ああ、そうだな」

「だけど、僕は一つだけズルをしていたんだ――五つ目の予言。【漆黒の塔の中で、君たちは《習熟戦》に敗北するだろう】。……気付かなかった、緋呂斗？　四つ目までの予言の中では、緋呂斗は〝貴方〟って記載されてたんだよ。だけど五つ目だけは違う。この予言における〝君〟っていうのは、僕のこと――つまり越智春虎のことだ。最後の予言は緋呂斗じゃなくて、この僕が《習熟戦》負けることを意味していたんだよ」

「…………は？」

あくまでも淡々と告げる越智に対し、俺は微かな動揺と共に口を開く。……五つ目の予言で〝敗北する〟とされていたのが俺ではなく越智？　そう言ったのか、こいつは？

「いや……有り得ないだろ、そんなの。お前の望む結末へ向かうための〝シナリオ〟だってのに、何で俺に負けることが予言されてるんだ？」

「そんなに不思議がることでもないと思うよ？　もしかしたら緋呂斗は少し勘違いしてたのかもしれないけど、僕のシナリオにおいて《習熟戦》は最終章でも何でもない――いわゆる中盤の山みたいなもので、ここで緋呂斗に負けるのがシナリオを進めるための鍵だったってわけ。……まあ、僕個人としてはこのまま勝てるんじゃないかとも思ってたんだけどね。だから、緋呂斗（ひろと）があの惨状を引っ繰り返したことは素直に称賛してるよ」

「……へえ？　そいつは、程度の低い強がりか何かかよ」

「そう聞こえたならそれでもいい。どうせ、緋呂斗とはまた戦うことになるから」

どうでも良さげな口調でそう言って、淡々と話を切り上げる越智（おち）。

そうして彼は、ふと思い付いたとでも言うような表情でこんな言葉を口にする。

「ねえ緋呂斗。せっかくだから、最後に《習熟戦》とはまた別の予言をしてあげる――今から少し先のこと。年度末に開催される、学園島（アカデミー）内で一番規模の大きな《決闘（ゲーム）》。【そこで貴方は、《アルビオン》の前に膝を突くことになるだろう】……だから、そう。そこが僕らの最終章だ。楽しみにしててよ、緋呂斗？　きっと刺激的な《決闘（ゲーム）》になるからさ」

「――――――」

一方的な〝予言〟を突き付けて、微（かす）かに口元を緩める越智春虎（はるとら）。

そんな彼に返事をするよりも早く――俺の意識は、仮想現実空間（VR）から消えていた。

＃＃＃

結局――二学期学年別対抗戦・三年生編《習熟戦（リフレイン）》は、英明（えいめい）と桜花（おうか）同盟（桜花と音羽（おとわ）の連合軍）の同時優勝という形で六日間と少しの激戦に幕を下ろすこととなった。

まあ、それはある意味で当然のことだ。最後の大侵攻で英明が宝物（トレジャー）四つと【森然宮】の固有宝物(コア)を獲得したのはいいのだが、桜花は桜花でランクＡからさらに強化されたモンスターである【鋼鉄の巨人(アイアンゴーレム)】を倒している。それ以前の侵攻によるｐｔが蓄積していたこともあり、要は英明も桜花連合も同時に〝総合評価(ダンジョンランク)Ｓ〟に到達してしまったのだ。

最終的なダンジョンの強化(ビルド)状況はこんな感じである。

【天網宮（英明）――領域：Ａ／罠(わな)術：Ａ／配下：Ｂ／制約：Ａ。総合評価：Ｓ】
【桜離宮（桜花）――領域：Ａ／罠術：Ｂ／配下：Ａ／制約：Ａ。総合評価：Ｓ】
【音律宮（音羽）――領域：Ｂ／罠術：Ｃ／配下：Ｂ／制約：Ｄ。総合評価：Ｂ】

――一位は同率で英明と桜花、そして桜花と同盟状態だった音羽が三位。

あの劣勢から戦況を覆(くつがえ)したということもあり、island tube(アイ・チューブ)やらＳＴＯＣでの反響は凄(すさ)まじいものだった。何しろこれで、英明学園は二学期学年別対抗戦の全てを〝一位〟で終えたことになるわけだ。少なくともここ数年は果たされていなかった快挙らしい。

故に、朝早くに決着がついてしまった七日目は、一日中パーティーのような大騒ぎだった。学区内の飲食店やら屋台のオーナーが英明の大ホールで豪勢な食事を振る舞い、《新人戦(プレリュード)》を勝ち抜いてくれた一年生や《修学旅行戦(フォルティッシモ)》を終えてルナ島から帰ってきたばかりの二年生、そして《習熟戦(リフレイン)》の行く末を画面越しに見守ってくれていた――俺たちの勝利を信じてくれていた――三年生まで、何千人もの生徒がワイワイとやっていた。

「えへへ、今度こそ乃愛(のあ)ちゃん大勝利♡」

すっかり回復した秋月も含めて、《習熟戦》逆転の立役者として称賛されまくったのはやや照れ臭かったが……勝利の余韻としては悪くない、と言っていいだろう。

（まあ、越智のやつには妙な〝予言〟を突き付けられちまったけど……）

そんなモヤモヤを振り払うべく宴に興じて。

数時間後――俺と姫路は、ホールを抜け出して三日前にも利用した空港を訪れていた。

「――ふふっ。雪、それに篠原さん。数日間お世話になりました」

鈴の音のような声が柔らかに耳朶を打つ。

零番区の中枢近く、小型機専用の離着陸場。そんな場所でふわりと頭を下げたのは、人形のように長い髪を靡かせる羽衣紫音だ。《習熟戦》が終わって満足したのか、あるいはもう帰らなければいけない事情があるのかもしれないが、とにもかくにも行動が早い。

俺と姫路の顔を順番に覗き込みながら、羽衣は嫋やかな笑みを浮かべる。

「お別れになってしまうのは名残惜しいですが……あ、篠原さんはわたしの何倍も名残惜しいと感じてくれていることと思いますが」

「……思ってないことはないけど、別に張り合う必要はないだろ」

「ふふっ、冗談です。やはり、わたしが学園島にいると色々と問題が起こってしまいますからね。先ほど、莉奈ともゆっくりお話ができましたし……しばらくは大人しくしていようと思います。ただ、これからは雪や篠原さんとも連絡できるということですよね？　わたし、ごく普通の高校生ですから。電話もメッセージアプリも大好きなんです」

「はい。いつでもお待ちしております、紫音様」

ふわりと髪を揺らしながら冗談めかして言う羽衣に対し、姫路が柔らかな笑顔を零す。

そんな様子をしばし見つめてから――俺は、躊躇いながらも口を開くことにした。

「なあ、羽衣。ルナ島での話の続きだけど……少し、待っててくれ。お前と姫路と彩園寺が三人揃って学園島で過ごす方法……もしかしたら、ないわけじゃないかもしれない」

「！　……そのようなことが可能なのですか、ご主人様？」

「ああ。まだ具体的な方法は分からないけど……気付いたんだ。８ツ星になれば、学園島の頂点に立てるんだよな。彩園寺家に代わって学園島のルールを作れるんだよな？」

「ぁ――それ、は」

「……ふふっ」

俺の言葉に大きく目を見開く姫路と、それとは対照的にくすくすと嬉しそうな笑みを浮かべる羽衣。一頻り笑ってから、彼女は可憐な仕草でこてりと首を傾げてみせる。

「つまり、こういうことですか？　篠原さんが８ツ星になって〝ルール〟を変えて、わたしを学園島へ連れ戻してくれる、と？　それは――とっても素敵なプロポーズですね」

「……だから、そういうのじゃないんだけどさ」

単に、《アルビオン》と戦っていて思ってしまっただけだ。今の俺は色付き星を五つ持っている――〝8ツ星〟まではあと三つだ。もしかしたら、届くかもしれない。

そんな俺の内心を見て取ったのか、羽衣紫音は心の底から嬉しそうに笑ってみせた。

「分かりました。――では、それまで首を長くしてお待ちしていますね？」

恋い焦がれるような一言――それを最後に、羽衣は上品な仕草でくるりと俺たちに背を向けた。彼女はそのまま検査ゲートを抜けると、大人しく搭乗口へと消えていく。

そんな彼女の背中を見送ってから建物内へ戻る……と、窓際の椅子に焦げ茶色の髪の女性が一人座っているのが目に入った。柔らかな雰囲気を持つ大人の女性。俺たちに気付いて手を上げた彼女は、他でもない篠原柚葉――俺の実姉に当たる人物である。

手に持っていた端末を閉じつつ、柚姉は微かに口元を緩めて訊いてくる。

「どうだった、緋呂斗？　ちゃんと感動の別れになった？」

「いや、普通に挨拶してきただけだけど……っていうか、一緒に来てもよかったのに」

「私？　んー、私はさっきハグまで済ませといたからね。それに多分、私と一緒にいるところを見られちゃうとあの子の方が困ることになるし」

小さく口角を上げながらそんなことを言う柚姉。……まあ、確かにそれもそうか。今回羽衣が学園島内でも好き勝手に動けたのは、管理部の友人――つまり柚姉の後ろ盾があったから。そのラインは出来る限り極秘にしておかなければならないだろう。

ともかく――何故か胸を強調するような形で「ん～」と両手を上げて伸びをすると、柚姉はとんっと軽やかな仕草で椅子を立った。

「ま、とりあえず二人ともお疲れ様。学年別対抗戦が終わったから、次のイベントは学園祭かな？　二学期は色々と慌ただしいよね、うん」

「学園祭か。まあ、確かにそんな時期かもしれないけど……」

「えー、そんなこと言ってていいの、緋呂斗？　そろそろ決めなきゃでしょ」

「……決める？」

柚姉が何を言っているのかよく分からず、隣の姫路に助けを求める俺。……と、当の姫路は、何とも言えない表情で目を泳がせていた。彼女にしては珍しい反応に俺が小さく首を傾げていると、柚姉が全てを見透かしたような表情でくすりと笑う。

そうして彼女は、どこか悪戯っぽい声音で――一言、

「うん。だって、この島の学園祭は色んなイベントが目白押し……中でもメインイベントって言ったら、カップルじゃなきゃ参加できない〝恋愛ゲーム〟なんだから」

「――――へ？」

それは、新たな波乱の幕開けを告げる衝撃的な発言だった。

あとがき

こんにちは、もしくはこんばんは。久追遥希(くおうはるき)です。

この度は本作『ライアー・ライアー9　嘘(うそ)つき転校生は頼れる先輩の危機に駆けつけます。』をお手に取っていただき、誠にありがとうございます！

いかがでしたでしょうか……!?　前巻の《修学旅行戦(フォルティッシモ)》から息つく間もなく学園島(アカデミー)に舞い戻り、途中参加することになった《習熟戦(リフレイン)》は既に絶体絶命の大ピンチ！　そして篠原(しのはら)と姫路(ひめじ)の前に立ち塞がる〝黒幕〟の正体とは……と、今回も超盛りだくさんの内容となっております。めちゃめちゃ頑張りましたのでお楽しみいただけると嬉(うれ)しいです！

続きまして、謝辞です。

今回も最ッ高のイラストで物語を盛り上げてくれたkonomi先生。新キャラ二人のデザイン超好みでした！　そして表紙も最強です……！　待望の乃愛(のあ)！　あざと可愛(かわい)い!!

担当編集様、並びにMF文庫J編集部の皆様。今回も大変お世話になりました！　引き続きお世話になるかと思いますが、どうぞよろしくお願いいたします！

そして最後に、この本を読んでくださった皆様に最大級の感謝を。

次巻もはちゃめちゃに頑張りますので、楽しみにお待ちいただければ幸いです！

久追遥希

MF文庫J

ライアー・ライアー 9
嘘つき転校生は頼れる先輩の危機に駆けつけます。

2021年11月25日 初版発行

著者 久追遥希
発行者 青柳昌行
発行 株式会社 KADOKAWA
〒102-8177 東京都千代田区富士見2-13-3
0570-002-301（ナビダイヤル）

印刷 株式会社広済堂ネクスト
製本 株式会社広済堂ネクスト

Printed in Japan ISBN 978-4-04-680913-1 C0193

【 ファンレター、作品のご感想をお待ちしています 】
〒102-0071 東京都千代田区富士見2-13-12
株式会社KADOKAWA MF文庫J編集部気付「久追遥希先生」係「konomi（きのこのみ）先生」係